梅蘭芳

穆儒丐
孤本小說

穆儒丐 著
陳均 編訂

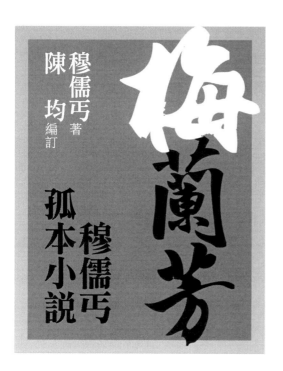

焚書——穆儒丐小說《梅蘭芳》前記

穆儒丐的小說《梅蘭芳》在二十世紀中國史上，自有一番奇特的命運。

先是在報紙上連載，小說未完，報館已因此被毀，穆氏遠遁東北謀生。繼而奮力完成，刊行海內，不料又被人收購而焚之。歷經數十年歷史之煙雲，如今所見或僅存一本矣。故我來編此書名之曰：「孤本」。

穆儒丐之小說《梅蘭芳》原題卻是「社會小說」。「社會小說」者，蓋民國初年風行之小說文類也，其時報刊多連載之，取實事（時事）而敷演之。如穆儒丐譯《悲慘世界》、《基督山伯爵》等亦名為「社會小說」。彼時國門初開，風氣乍興，各種小說名目甚多，不可勝數，是為今人所言「被壓抑的現代性」（或曰：「沒有晚晴，何來五四。」）是也。

有研究者以穆氏為白話長篇小說之第一人（此第一人指最早寫白話長篇小說也，如陳衡哲乃是第一位寫白話短篇小說者，而非魯迅氏），因其於報刊連載小說早於張資平氏所出版的長篇小說也。然此論或可再議，報刊連載與單行本之概念當有所異。

但穆氏卻正是白話長篇小說（或曰：「現代文學。」，或曰：「民國文學。」）的早期作家，不僅筆撰不斷，作品甚巨，且是所謂被忽略之「文學史上的失蹤者」也。今之研究者多為滿族文學、戲曲領域，淪陷區文學、東北現代文學則漸有涉矣。

穆氏又是彼時名聲卓著之劇評家也。民初報刊初起，戲曲亦盛，故報刊多有劇評，穆氏出身旗族，本嗜戲曲，兼以賣文為生，故有此譽。其小說《北京》即彷彿自傳體，云如何至報館謀生，如何遇白牡丹而捧之，如何又為白牡丹所棄（因成名後為有力者所奪也），整整一部民初之優伶史，亦是沒落文人之傷心史也。（穆氏自云：「燕趙悲歌之地，長安賣漿之家，有廢人焉。」）

穆氏又撰《伶史》，以司馬遷作《史記》之體例寫伶人，如《程長庚本紀第一》、《孫菊仙本紀第二》……《梅巧玲世家第一》、《俞潤仙世家第二》等。且以名伶之事亦有「有關政治風俗」也。

穆氏作「社會小說」《梅蘭芳》亦是為「政治風俗」也。所謂「村語俚詞，聊託微言以諷世。」其小說之大略（如人物、故事、傳說、線索等），皆見於《伶史》之《梅巧玲世家第一》，事實俱在，幾乎一般無二。只不過其間夾雜小說式的細節與敘述也。

其細節亦有佳處，如初寫梅蘭芳之聲影，歷「首回」、「第一回」，至第二回才現出此番風景：「少時簾子起處，只見進來個十四五歲的少年，時正春天裡，見他穿件淡藍色長袍，青緞鑲邊鷺黃色圖魯坎兒，青緞靴子，腦後一條松花大辮子，襯得頭皮越青，髮光越亮，一雙笑眼兒，鼓膨膨的巴達杏核兒一般，漆黑的眼睫毛，足有兩三分長，隱著一雙秋水似瞳子，鼻樑懸得適宜，口角生得合度……」

（吾讀至此，則評曰：「行文至此，蘭芳方露真面矣。若驚鴻乍現。」）

《梅蘭芳》之為「焚書」，一為其述堂子歌郎事，即「梅郎前史」，為彼時所忌。一為「實名」，小說中人，皆真名或相近之化名也，如梅蘭芳等，又如馬幼偉為馮幼薇（即馮耿光，梨園人稱馮六爺）、齊東野人為齊如山等等。馮耿光之助梅蘭芳，世人皆知，其緣卻是起於堂子。《梅蘭芳》之小說，述之甚詳，而為馮氏所迫、所焚也。

我讀此書，覺其確為晚清民國之重要戲曲史料也。雖人物、事蹟或有作者之偏見、亦有據坊間傳聞之虛構，然其言語宛然，非熟諳彼時梨園屑事之人莫能為也。其首回言堂子之變遷，其後述堂子、歌郎之細事，可謂除《品花寶鑑》後又一難得之著作也。

又，張菊玲師，精研滿族文學，曾撰《顧太清傳》。一九九四年自日本歸時，於日本東京都立圖書館複印穆氏之小說《梅蘭芳》，其後亦撰文考穆氏之生平與文學。么書儀師，撰《晚清戲曲之變革》，於晚清演劇與體制之關聯多有發見，且精彩紛呈，其中關於「堂子」、「歌郎」之文尤為引人矚目，穆氏之《梅蘭芳》遂又聞於戲曲界矣。然多只知其名卻不得其實，故我以此書商之於蔡登山先生，乃有面世之機也。

穆儒丐小說《梅蘭芳》原文僅有句讀，不分段。我今略加點校，並依其意劃分段落，亦保留異體字，若干由於印刷而產生的明顯錯訛字則改之。另附張菊玲師、么書儀師相關著述，讀之則可明穆儒丐、梅蘭芳、堂子、歌郎之大略。亦知穆儒丐小說《梅蘭芳》之前世今生，及與讀者諸君今日之緣也。

陳均

辛卯歲暮，新曆元旦於通州

序一

龜年笛韻，興杜老之悲思；龍友桃花譜，芸亭之歌扇。寄託深遠，有由然矣。穆子六田，京華逸少，遼左右安，無計依劉，有心報國，春華秋落，感歎無涯，雕黍油木，哀思靡己，周賢自慨，簡兮成詩，明社傾屋，板橋作記。若《梅蘭芳》一書者，蓋在茶餘酒後，月夕燈前，咳唾珠璣，繽紛花雨，於其淋漓痛快，效王郎斫地之歌；悱惻纏綿，誦廣平梅花之賦。且也窮形盡態，鑄禹鼎之奸回；繪影肖聲，燃殷犀於牛渚。夭矯環抱，情景生文，若泣若歌，為諷為刺。言不嫌其鯁，率嫵媚多姿句，補避其褻狎閒邪，存正溯自教坊，畢同明室。秦淮少哀怨之鴻，左戲盛在燕京韓譚，浸傷心之月，改玉而後天步方艱，革雖革矣。為所為之深情厚貌，伏狼子之野心。言是行違，猶野獸之本性；人情變幻，男女遭際何真？世路險夷，簡冊之遺直未泯；揮斥如椽之筆，據事而書，點染生動之文，盡情發洩。雖三味之遊戲，亦救世之婆心。是總堪傳，宜為佐證，況華嚴樓閣，無異粉本三都旖旎風光，斯稱質

文並美。覽新朝之蕩佚，想故國之流風。昆明湖上，尤見銅駝。太液池邊，懶聞弦管。（清宮中有昇平署專司菊部，傳角入內演唱，名曰供奉，猶梨園之遺意也。）撫今追昔，有不禁黯然神傷者矣。往者韓非，積憤說難成篇。司馬遭饞，國聞垂史自來。物不平則鳴，事足傳則記。美人香草，既馥帙而芬編。碧玉琳琅，斯涵光而吐彗。雖欲闕之，烏可得哉！僕十年落拓，委吏浮沉，千里奔波，罪言狂放。己未春暮，與六田相見，識神交於沅澧，獲聲應於氣求。小樓月滿三酌，醇醪歌場，歎終一聲河滿。奇文既讀，良友歆欲廣流傳，慫恿付梓。縹緗錦綺既綴，牙籤提要鉤元，須識丹彩。而六歷虛懷若谷，在遠不遺，既制宏才，復徵小識。僕襪線愧才，點糞茲思，躊躇竟日，楮墨方伸，塗乙再三，稿本甫定，深知鄙陋必罹覆瓿，何幸高華得附驥尾，坐看兼金胡賈爭購白傳之詩端錦宮娥來買文園之賦。胡天胡地，馳天禦風，徂北徂東，乘傳置驛於知快，覩非一人矣。當茲炎帝威人，荷風入座，梅花三弄，沁脾芳心，蘭蕙數畦，消魂蕩魄，爰作斯序，用就正於六田，其不以唐突西施而見哂也幸矣。是為敘。

中華民國八年歲在己未荷月
憫卿室主人謹敘於瀋水

序二

秋月春花，供人詩料；情苗愛葉，備我箸材；不遇騷人墨客，用為遣興；薰闌韻士，藉以書懷耳。若夫事出旖旎風光，纏綿悱惻，文成斑斕五色，歌哭離奇，皮裡陽秋，讀來似褒似貶，神工鬼斧共知，有興有謨，以撥雲撩雨之言，寫傷時愴懷之恨者，則穆子六田之《梅蘭芳》說部是也。六田京華望族，曠世清才，幼讀詩書，壯遊瀛島，秉嘯傲不群之資，負笈航海，攬江山名流之勝，盡入奚囊，觸目傷情，覩蒼生而雪涕，憂心如醉，欲報國其誰，知不得已，而投身報界，藉輿論以挽狂瀾，揮筆燈前，託閒情以伸幽憤，亦云苦矣，殊可憐哉！戊午春，側身時報，橐筆遼東，而乃賦詠三都，洛陽紙貴，伶倌一傳，塞上人驚，瘦吟庸才，駑鈍作嫁，依人僅識之無，畧以自遣，云箋唱和，訂成文字因緣，杯酒言歡，竟感芝蘭氣味。茲當棗梨初梓，際會風雲，謹贅俚語數言以資紀念。

己未荷花生日

瘦吟館主序於萬泉河上

序三

世有可賤之人乎？而必指之曰優曰娼，斥之曰寡廉，曰鮮恥，語云：「千夫所指，不病而死。」彼為優為娼者，何以一賤至此，而為世人所吐棄也。嗚呼，世之為優為娼者，固皆可賤之人乎？固皆寡廉鮮恥者乎？余聞古有相關建功之娼、仗義撫孤之優，而野乘裨史所記載，類多俠烈節義之事，令人凜然動容、肅然起敬，而視廟堂之上食厚祿擁高位者平日養尊處優、聲色是好，一旦禍起輒變色震恐伏而不敢動，或者乘他人之危而取其利，若而人者非皆儒門中人乎？然則忘恩負義，反出於優娼之下而不聞有指之斥之者，豈於優娼則謂之寡廉鮮恥而於彼輩則可寬議曲諒耶？故曰：「世無貴賤，唯良心乃有貴賤。」世之汲汲於功名、不惜奴顏膝婢，以媚其上，幸而得之，則欣欣然以驕其鄉黨，其廉恥之喪失為何如乎？則其衣冠堂皇不啻犬豕蒙文繡耳，夫優娼為三百六十行中最賤之業，然非有所迫亦不肯腆顏事此（此就中國人心理而言），余謂優娼中未必皆可賤者，而不賤之人亦非在優娼之外，蓋人秉靈

氣而生性質一也，無所謂貴賤也，世人所指為貴賤者，徒為一種形式上之名稱，不足為貴賤也。真正之貴賤，在乎良心，即道德與不道德耳，故能正其良心，不為邪念所惑則放刀成佛，雖至賤極惡之物，亦可以證真果，況優娼乎？

梅蘭芳優而娼者也。跡其平生，齷齪萬狀，宜乎為社會所不齒、世人所吐棄，然優而娼者，非蘭芳始，而使蘭芳至於優而娼者，亦非蘭芳之本心，實不良之社會、萬惡之金錢，有以驅使之也，苟無不良之社會、萬惡之金錢，則蘭芳優可耳，何至於娼？況蘭芳之藝，可以操梨園必勝之券，挾其所懷抱，亦可優遊一世，何必再以不潔不淨者貽畢生之污玷哉，故曰：不良之社會、萬惡之金錢有以驅使之也。辰公之為蘭芳作外史，亦有憤於社會之不良、金錢之萬惡，構成一種齷齪不堪之風氣，而使優潔清白者受畢世難洗之羞恥，且小則有背人道、大則有喪禮教，故借稗史之直筆寫社會之真狀，蓋欲警戒群愚掃滅萬惡，其心苦，其志正，誠幽室之禪燈、迷途之寶筏也。而蚩蚩者流以為不利於蘭芳之名譽，一再阻撓，直欲舉個人言論自由箝制之，不使發其心，抑何愚乎？夫蘭芳之齷齪史不自辰公作外史始播露於人間也，稍留心社會情形者，類能道之，而辰公之為蘭芳作外史，非欲矜其能刺人隱私也，即不忍目睹齷齪之風氣蔓延於社會，禍吾群生，故不憚筆墨之勞，曲曲傳出，此余所以有其心苦，其志正之言也。嗚呼，邪說寢興，妖言不息，懷蘭握瓊者每見棄於時流，而附羶逐臭者，恆竊仁義以欺世人，於是道德告逝，良心斯亡，群惡相濟，乃產成晚近傷心慘目之社會，機械百出，有觸必中，雖平居以道德自高者，至此亦挾其狡詐詭譎之技，與世人相角逐，一若天下皆濁，吾不得不濁，舉世皆醉，吾不得不醉也者，而察其所懷，則道德者固一種應酬功夫，其目的大半屬於金錢爵位也，而金錢勢力尤大者，其擾亂社會也尤烈，蓋彼輩挾其金錢勢力謀，所以快私欲者故雖於人道風化有如何之障礙，人皆慴焉，不敢爭，以其有金錢勢力也，於是彼之手一動而社會即遭一次之損喪，日居月諸彼之私欲固暢，而社會不堪其蹂躪矣。一人之害如此，而況大多數者紛紛注目於此，嗟嗟社會尚有慶全之望耶？餘書至此，不禁淚眼滂沱，欲招自由幸福之魂而不可，況欲喚起奄奄一息之民氣耶？余於辰公為蘭芳作外史，誠不能不感及於今日之社會而有所言矣。

中華民國四年十二月四日
東滄布衣許烈公謹序

此吾友許烈公四年前為余書所作之序也。因吾書迭經不幸，此序亦埋於行篋，委屈四年矣。今吾書成，此序亦脫穎而出，快何如之！烈公少年英俊，能為古文，有理致，槖筆四方，今不知漫遊何地矣。奉讀一過，故人風采如在目前也（儒丐附志）。

答曾經滄海客（代序）

曾經滄海客足下：拜讀賜書，殷殷懇懇於僕停刊《梅蘭芳》小說一事，三致其意，詞雖不滿，於僕意必愛僕者，不然何不惜筆墨諄諄其言之，固知君之見愛而猶以吾作為能一顧也。念僕一書生耳，顧乃不知其愚，好為直言，而又以社會小說，自任贛詞忤世，誠所不免，以此之故，吾書乃阻力橫生，俾不能竟其業，此意僕亦早言之，諒足下亦知之，不須更為足下詳述。夫古人為書，必待異世而始，傳《水滸傳》、《金瓶梅》、《紅樓夢》皆是也。而僕步自揣量，竟欲以今人傳今人之事，宜乎其不見容而厄於人也。客既號曾經滄海矣，則此中況味，諒必先我而嘗之，何不恕而不吾憐耶？足下之意，謂梅蘭芳為不足畏，此言良然，惟一考其實，僕之見折於蘭芳已為不可掩之陳跡，不第僕為所折，報館亦為所折，則蘭芳之勢力果為不足畏耶？雖然蘭芳一優伶耳，始為侑觴之明僮，若與吾輩品高下，實不啻雲與泥也，顧乃能折僕，且折報館，則勢力詎云小耶？雖然蘭芳之勢力何所得，則必別有

賦與之者無疑。若究其勢力之源，社會之不良為難諱矣！吾書既不能與不良之社會爭斯，則不能與蘭芳爭矣。足下之言曰：「蘭芳一伶人耳，而其所牽於北京社會者甚重。」如君之言，則僕書之中止，已早為君道破，更何問僕耶？僕書所以中止者，正為其繫於社會者重耳，不重，吾書詎有今日。若謂中止別有他意（曾經滄海客疑僕有敲詐行為，遂引為吾書中止之原因），而故為不得已之詞，以欺世，則僕不敢任何也。吾書原無半點之價值，而又為社會中不喜吾書者所忌，則一啟口之勞，吾書敗如秋葉矣，今欲續登而不可得，而謂以此能挾人耶？至於單本遲遲而出，則一困於冗務，一因原稿未脫。此雖小事，在僕則至難，以時與才皆僕所短，惟耿耿此志，尚能自勉，且知其有餘。足下如能假僕以時日者，必能以辰公作小說《梅蘭芳》數字，榜於書肆之門，任足下購取，僕亦知不至此不能以解群疑也。足下如愛我者，幸為傳語疑我者，謂辰公小說必有出現之一日，以公同好，除海枯石爛、人類滅絕，吾書或歸烏有，不然必履吾志，惟此志未明知先，人多不之信，僕亦不敢多辯，以足下殷殷以此下問，故聊報數語，詞不宣意，尚稀有以諒之。辰公頓首。

民國四年，吾書始見於京師《國華報》，未數日，為有力者勒令停刊。有力者為誰？即書中所敘馬幼偉其人也。後《群強報》又轉錄之，亦遭同一不幸，於是《梅蘭芳》一書遂不能竟其也，而外間不察，以此書之停刊為受蘭芳之賄買，當時僕與《群強報》主人陸瘦郎合登廣告，以明心跡，有若拿不義之財必得不善之果之句，而世人之疑終不能釋。曾經滄海客之質問即其一也。爾來僕奔走衣食，無暇及此。丁巳冬，入《盛京時報》社以應友人之囑，為女優一書，固無意於重續《梅蘭芳》之舊作，後徇友人華公之慫恿，始完成之，又以謬承讀者之推許，而印行之議遂決。自吾書初見《國華報》至於今日，其間迭經摧折，已四年於茲矣。以一遊戲之作，其困難尚如此，甚已哉！著作之難也。書成，憶及《答曾經滄海》一書，遂重錄一過，以代自序。書中之辰公，儒丐之舊署也。《國華報》於民國五年已停刊，今吾書成，而該報已歸烏有，回首前塵，感慨繫之矣（儒丐附誌）。

目次

首回　述楔子演說像姑堂　託微言重續伶官傳

世界由來棋一局，孤注輸贏，不惜乾坤覆。試看中原猶逐鹿，干戈滿地人民哭，舞榭歌台燒玉燭。偎綠依紅，閒聽梅花曲，淚滴成珠三百斛，傷心寫出伶官錄。（右調蝶戀花）

幾句拙詞，聊當開書引子。郤說北京一隅，乃是五方雜處之地，當差應役，作買作賣。五行八做，大都薈萃此間，比戶而居。更兼明清兩代天子，六百年經營締造，把個北京修飾的錦團一般。這個地方既是兩朝帝王行政所在，那貴族顯宦，自然多於過江之鯽。買賣商家，為投豪華紈絝的嗜好，只把歌樓酒肆、娼寮妓館，拚命似去經營，所以直到如今，北京沒什麼特別長處，除了勢力二字，多半都是供給人肉慾上的營生。不用說別的，只那像姑一項的營業，也不知創自何人，始於何代？大抵古之伶官，皆為一種玩弄品，其性質與娼妓無擇，故曰娼優。但是歷代伶官，不盡無才，其滑稽諷世，因而感悟人主者，史不絕書。則

伶官又不可為像姑之始。後世像姑，殆如豪族所蓄孌童，以其色能惑人，且獲厚利浸浸而至於公開，在上者不之禁，利有此業，以為讌集修禊之地、爭逐酒肉之場。但是像姑本業，以售色侑觴為能，業是者，恐與娼寮無別。所以兼令諸童習演劇，登舞台，藉為招徠計。世人遂混像姑、戲子於一途，而不知此中大有分別也。

像姑居處曰私寓，又曰堂子。戲子居處曰總寓，又曰科班。凡科班出身者，不營像姑業，遇像姑不以平等，猶之士林，捐班佐雜，不能儕於科甲也。像姑半為良家子，以家貧署券典賣，入堂子、習像姑業，稱堂主為師，自為弟子。其有世襲此業者。則堂主稱為主人，子侄輩皆為少主人。像姑之師弟關係，無異妓之與鴇，特美名曰師弟，而師之虐弟，有甚於鴇之虐妓者。像姑之傑出者，既能為堂主得財，當然加以特別待遇，衣服飲食屋室皆較常童為優，猶之花界之紅姑娘也。其色藝不佳，又無人緣者，既不能博客歡，堂主亦不假以顏色，甚或撻楚從事終身無揚眉日。往年私寓所在，多在韓家潭、百順胡同、大外郎營、李鐵拐斜街諸巷。今則皆成娼寮，無復昔日光景。然依稀往事，猶在目前。

當日北京花界，實無今日之盛。席面上的應酬，全賴像姑活動，寫張條子，一招即至，佐酒侑觴，備極旖旎，然不能久坐，旋即他往。像姑每出，御者外，必隨健僕一，手握山胡桃，稜稜作響。像姑入席，健僕鵠立室外，時間長短，一聽僕命。僕以為時至，則故使胡桃發聲，像姑聞其聲，立即起席。如飲於堂子中，則可盡歡，時間較為餘裕，酒價不等，由四兩至十二兩，賞錢不在此中，然已較之今日花酒便宜多多矣。像姑之客，亦有程度之厚薄。極揮霍之量、盡捧場之能事者，始能博得老斗之頭銜。老斗之於像姑，不必如外間所懸揣，大都達官顯宦、紈絝子弟，不惜金錢，故事豪舉，是亦一時之風尚，無足怪也。像姑日日應客，心中欲擇一人而事之。蓋像姑以無人為之脫籍，視為大恥，故遇有富貴客人，必嬲其代為脫籍。俗謂之為出師，又曰脫靴子。出師為像姑一生最幸事，非有大財力者不易辦，如對於師父之謝禮，少則數千，多則累萬。像姑之居宅，像姑之婚事，以及輿馬僕役等類，咄嗟之間，皆由老斗任之。故好為像姑出師者，往年以內務府人為最多。內務府人，向為皇室掌家政，得財之易，無異掘土得磚。而又有一二人為之提倡前導，如楊立山，如繼祿，如慶小山，如文田三等，皆為像姑之恩人，昭昭最著者也。像姑出師之後，身既自由，財產又有人接濟，則獨立經營堂子，自謂主人，用闊老的造孽錢，採買良家子弟，使之充小像姑，所以此項營業逐日發達，師弟相承，子孫相長，再加以闊老的援助，當日北京幾成像姑世界。胡同的姑娘。倒占了第二位。除了王皮蔡柳，幾條小巷，大胡同都是像姑的巢穴。

直到民國元年，像姑堂子照舊發達，無人非難。這時戲界裡面，有個最開明的人，名喚田際雲，即昔日之「想九霄」，糾合了幾個同志，在大市精忠廟，創立一個正樂育化會，呈請教育部及警察廳，□（注：此字未能辨識，暫闕。）可立案，打算改良戲劇，維持戲子風化。又以為像姑營業，為有傷人道。他便提出一個議案，痛論此項事業，為梨園之羞，交到會上議決禁止。當時大多數的戲子，皆主張廢除，惟獨幾個指著像姑營業發大財的，由心裡不願意，但是扭不過眾議，遂由正樂育化會呈請警廳，出示禁止。警廳見這題目來得正大，不好批駁，只得允准所請，傳飭私寓業主，限日一律停止營業。那些像姑得了這道命令，好似晴天霹靂，都垂了頭。他們並不想這種營業，不是男子作的，一心只恨絕了生財之道，又不敢抗令不遵，沒法子，只把育化會來罵，說他們無事生非，混出主意。人家作這行買賣，是自己樂意，幹不著誰大腿疼，管什麼閒事！雖是這樣罵，卻也無可挽回，只索罷了。但是那等知道自愛的，借著這個禁令，倒容易下台，關上門，過老實日子，改了門庭的很多。還有一等不得實惠的小像姑，平日挨打受罵，正無處訴，忽然聽說禁止營業，一個個樂的要不得，好似小鳥脫了樊籠，又似帝制犯遇了特赦，亡國奴得了自由，俘虜耐到停戰、交換回國一般，家裡大人更是喜歡，好幾百元的典字，可以不還，又得孩子完璧而歸，只可惜憑白的也落個私坊出身，有些不值了。

還有一等人，表面上雖然也說禁止像姑營業是一件與風化有益的事，可是心理不大謂然，就如那些老斗先生，平日本是拏像姑當下酒物的，如今忽然禁止了，沒處去消遣，一個個好生寂寞。本打算仗著自家金錢，仍然到像姑家裡去，或者不至把財神爺往外推。無如禁令初頒，不好公然破壞，只得忍些痛癢，打斷念頭。雖知日子久了，對於國家法令，便有些玩忽起來。再說禁止像姑，不過是一種形式上的改革，內容的積弊，是不易除的。況且多年的老習慣，一時那裡除得盡。再說誰也不能與快樂、金錢有仇，當然變著法兒，恢復他的樂趣，開開他的財源，但是又不便照舊營業，只可師法暗娼半掩門的方法，依然招待主顧。那膽子大的，不但預備麻雀剖克，便是大煙嚴禁之物，居然也敢開燈供客。大凡人類都有一種共通弱點，便是貴難輕易四個字，當初像姑公開營業的時代，無論誰自要肯花錢都能辦得到，那時看得像姑，也不過是一種普通營業，沒什麼稀奇，除了那些舊式闊老，非有朋友往還應酬，誰也不能天天往堂子裡跑。如今既被禁止，反覺此樂難得，那些沒經驗過的人，鑽頭覓縫，打算要見識見識。忽聽人說某某像姑，不改舊業，仍然在家□（注：此字未能辨識，暫闕。）客，自是起了問津之念。可惜半掩門與公開不同，沒有熟人介紹，不能入門的，於是朋比相引暗中活動，漸漸造成一種風氣。警廳雖然屢得報告，無如這些人，都是極有勢力的，不便得罪，只得裝聾作啞。再說已禁的像姑，也是自由人，託言交際，官府也無可如何。

只顧這一放任，把伶界的風俗可攪亂了。當初伶官本分兩途，像姑雖然唱戲，卻專門以應酬為生意，所以他們的名字，都跟女孩兒一樣，不是花兒，便是朵兒。科班戲子，往年極避香豔名號，常書本名，或直書乳名。票友出身的則書號或書某處，以示區別。近日此風已泯。雖純粹戲子，或票友出身者，亦多以香豔名字金書牌匾，使人至不能辨清濁。這種風氣，大抵由於人心不古、世道日頽，拏像姑當老前輩，甘心師法，毫不知恥。揣摩這些人的心理：第一是羨慕像姑的色藝，多受社會歡迎。我如今也起個漂亮名字，或者也能使人注目。第二是羨慕像姑結交闊人，名聲較尋常戲子為優。我如今若是把名字改得香豔，骨頭練得軟和，衣服穿得新奇，舉動學得卑賤，或者那些闊人見而成憐，也把我賞識起來，豈不是極大幸福！普通戲子，只顧存了這個念頭，當然以邪招邪。沒有不開市的買賣，但分有點姿色的，多半有人照顧他，童伶之中為尤甚。所以今日北京的戲子，早已分不出好歹，一例兒免不了應酬。所可幸者，武行及唱花臉的，皆因盤兒不尖，還是劃然自為風雅。雖然北京戲子，何以竟弄成這種現象？可就不能不咎於始作俑者那些闊老、名士、政客了。皆因這些人腦子裡，總忘不了逛像姑那種樂趣，及見警廳頒令禁止，卻把當日明逛的舉動一變而為捧戲子的行為，表面上雖然是捧場，內容還是以接洽應酬為宗旨，把當日叫條子的儀式，改了請客，於戲子既不傷體面，自家亦免卻多少嫌疑，普通人見他們幹得有趣，三五成群，都找個戲子來捧。高等的不易辦，只按著自家身份，尋那相當人材，作個消遣目的。甚至學校士子，亦都染上這種風氣，講堂功課可以不理，戲不能不聽，戲子家裡不能不去。探本溯源，實少數人提倡於先，多數人風從於後，他們還以為是英雄本色、名士風流，而不知社會風俗，為之衰落而不可挽。作書的，概歎之餘，擇此中代表的人物梅蘭芳一角，演繹成書，非敢妄為月旦，故事臧否，聊託微言以諷世云爾。正是，往事不堪談天寶，傷心我亦傳伶官。欲知正傳所敘何事，且看下回分解。

第一回　二瑣臨終託孤兒　蘭芳奮志繼父業

話說前清咸同以來，海內初平，正是中興之世。士大夫安享承平，大都以選色徵歌，為消磨歲月之計。當時北京青樓營業，不甚發達，只有西城口袋底胡同，有家女兒班子，名為售歌，實則是一種娼寮營業。只因坐落在城裡，士大夫往來多有不便。前門外的青樓，又皆卑陋不堪，人才亦欠大雅。只有像姑堂子，屋宇既極潔整，人才多有可觀，知書識字，工於繪事者，尤且不少，更兼又是極選的美童，較之青樓女子，最能博人憐愛。那時有點體面的人，大都是逛相公堂子的。再說這些像姑，來自蘇州的極多，皆因當時洪楊之亂，南方大遭兵燹，良家子弟，或往京師避難，或被人掠賣，多半淪落梨園，或入堂子當徒弟，所以人才極一時盛。

當時有個最著名的像姑，名喚梅巧玲，字慧仙，原籍蘇州，其先人亦是為髮匪亂，流落京師，無以為生，不得已把巧玲典與福勝堂私寓。該堂主人楊三，手內領著七八個徒弟，皆為一時俊秀，自得梅巧玲後，生意好不興旺。

這巧玲生得肌膚豐潤，濃豔無比，性尤聰慧，能為小詩。當時士大夫莫不特加優禮。巧玲出師後，自在李鐵拐斜街營一私寓，榜曰景和堂梅，手下收著幾個徒弟，還有自己兩個兒子，大的叫大瑣字雨田，二的叫二瑣字竹芬。二瑣性溫婉，美如好女。大瑣，體癡肥，外號梅胖子，工胡琴，為第一名手。

巧玲既有這個堂子，又掌著四喜班，掙得家成業就。相傳那時有個南方客人，在京中打點差使，惑於巧玲色藝，不曉得花了多少錢。後來漸漸窮了，豪興仍然不衰，積欠景和堂的酒債，足有數千之數。又過一二年，這人竟客死京中。無錢購買棺木，同鄉數人，方躊躇議醵金，巧玲忽持券至，眾為愕然，皆以其將索宿逋也。那知梅巧玲走到死者床前，放聲大哭，既而當著大眾，把一捲債券就燈前燒毀了，向大眾說道：「死者與我有恩，如今我把這帳條子並借我的欠字全行燒了，省得死者在九泉不安。再說死者身後蕭條，連個棺材還沒有，何能歸得了故鄉？我今天對於死者無以為報，謹以白金百兩，用作賻儀。」說罷，由袖口內取出銀子，放在桌上。大家一看，又驚又愧，每人也出了幾兩銀子，才將死者盛殮起來，送回故鄉。

梅巧玲自有此舉，人咸義之。後來皆因年紀老了，不便管堂子裡事，只由他兩個兒子主持。又過一二年，巧玲一病而亡，二瑣以色藝兼全，襲了景和堂主人的稱號。這二瑣天生的弱質，禁不住操勞，再說這堂子的營業，全仗精神，講究卜日卜夜，全無半點疏懶，二瑣那樣一個瘦弱的人，如何受得禁起，那消兩三年，把個乳嫩的人，累得不成樣子，漸漸黃瘦起來，白天不思飲食，夜晚只覺發燒，眼見是個虛療之症。大瑣一見，早已著了慌，便與他請大夫來診治，誰知症候已深，醫藥罔效，過了六七個月，已然落了炕，瘦得不成人形。

二瑣自知已無生望，只得耐著限期。一日，二瑣把他哥哥大瑣叫到床前，伸出一隻枯柴一般的手，拉住大瑣，咽嗚不止。大瑣也是落淚，說：「兄弟，你有什麼話，只管說。」二瑣方要說話，又咳嗽起來，半天才向大瑣說：「哥哥，兄弟有句話，要對你說，你是千萬要記在心裡的。我想咱們這行營業，不是人幹的，雖是掙錢容易，掙的卻不是好人的錢。那些闊老，雖然說是一班風流名士，心裡卻極不正經，拏人不當人，卻用許多風雅言語來遮飾。我對於他們，是極惡嫌的，不過掙他幾個錢，不便得罪他們。如今我的病已到十成，過不去兩三天，便要死了，所以把心裡的話要對你說一說。」說到這裡，又連連咳嗽幾聲。大瑣見了，好生心焦，忙說：「你不要忙，慢慢的說。」二瑣緩了一口氣，又向大瑣道：「我死了以後，這堂子裡的買賣，你可以把他收了，別再作了。家裡這兩處房子，足夠你用的了。你那侄兒群子，你千萬好生看顧他，可憐他兩歲上，把娘沒了，如今我要死了，這孩子是個沒爹沒媽的苦孩子了，全仗你疼他。」大瑣聽到這裡，哭道：「兄弟，你如何說這些傷心話！你的兒子是我的侄兒，我能不疼他嗎？你只管放心，日後我絕不能把他看錯了。」二瑣點點頭，又接著說道：「你過日子往後若有不丁對時，寧可賣房賣地，只求你不要把群子送在堂子裡。咱們雖然是這行出身，不是不能改的。我打算教群子念幾年書，學點別的，改了這下賤營生，另換個門庭才是。再說此中甘苦，我已盡行嘗受，焉能再教孩子去受。你想開堂子的，那個能照咱們爹那麼慈善，一個個都是鐵了心的，孩子有出息還好，不然罪孽大了，所以我發願不教你侄兒再幹這個。哥哥，你是千萬聽我言語，我總在九泉，也瞑目的。」說到這裡氣息微了，不往下再說，只用兩隻深陷下去的眼睛，望著大瑣。大瑣一邊擦眼淚，一邊安慰他，教他靜養著，「你說的話我全記住了。」

自此二瑣之病，一日比一日沉重，後事早已預備齊全。又過幾天，二瑣死了，大瑣替他料理喪事，不消細說。事情完畢，謝過親友，大瑣果聽他兄弟遺言，把景和堂私寓營業收了，自家卻是一把好胡琴，唱戲的都喜歡他作琴師，大瑣便以此為業，每天到戲館子去拉胡琴，回家時節，總與群子買點吃食，時常囑咐他老婆，寒熱的在群子身上用心，別教街坊說閒話，道他沒爹沒娘的孩子，淪到伯伯大娘手裡，便不當親生一般看待。大瑣家的，本是個辣潑婦人，聽了大瑣的言語，早已不耐煩，沉著臉，向大瑣說：「你一家來，便囑咐我多疼群子，彷彿我怎麼虐待他似的。你看，是短他吃了？是缺他穿了？便是我親生自養的，也不能這樣疼！還要怎麼樣呢？難道打塊板兒把他供起來才稱你的心呢？」大瑣聽了，忙說：「人家與你說好話，你便這樣回答。我怕你在他身上有些不下心，招出旁人的話來。再說我那兄弟臨死時，苦苦的跟我說，教我疼群子，你我又沒個兒女，拿這孩子就得當親兒子才是。我方才的話，不是說你不疼他，為是教你要強，落個疼侄兒的名聲，豈不好呢？」婦人道：「誰也沒不疼他，你天天這樣查詢我，人家的心不白用了嗎？」大瑣說：「你既能如此，我很放心。算我多管閒事便了。」當下夫婦全不言語。

原來大瑣為人忠厚有餘，在家庭裡除了疼愛他這個侄兒，別的事全不在心，並且好交朋友，拿錢不當錢，每天拉胡琴所掙的錢，本是有限，家裡又無多少產業，不過兩處房子，租錢又不多。大瑣向常在金錢上總不大注意的，況且私寓出身的人，多半染成一種紈絝習氣，向來不知道物力艱難。當初有人供應，吃穿玩好，隨心所欲，原無不可。如今收了買賣，獨立生活，還要那樣揮霍，如何成的了？那消四五年，大瑣所承受的房產，早被他花完了。往後一想，將來的生活不免有些困難，才知道這幾年自己不會經營，萬不該把先人的產業典賣了，諒我一把胡琴，絕不能恢復舊業的。想到此間，未免有些驚慌，舉動言語，大不似往常。回到家中，發愁的時候多，喜歡的時候少，他的老婆不時又與他數柴論米，埋怨他不應在外面狐朋狗友的亂交，「直到如今，房子也沒了，錢也光了，你也喜歡了。早是不聽我言語，總說人得有骨肉，得講究交朋友。我看你沒米下鍋時，還講究不講究了！」

大瑣說：「我又不是神仙，能夠未卜先知。誰想有今日呢？總算我時運不佳，活該受窮。你埋怨我也當不了什麼，只對不起咱們老太太，那大年紀他跟我受窮。」婦人說：「雖然這樣，難道你也不想發財之道麼？」大瑣說：「我沒法子，這發財的事，全靠時運。我有本事沒有時運，混想發財，倒須瘋了。就拿前幾天，上海有人來邀譚鑫培唱戲，他打算把我帶了去，誰知他又病了，合同沒有立，你看這不是我的時運不及，總把人家妨的這個樣子。」婦人說：「你別瞎造謠言了，誰能妨誰？假如譚老闆把你帶到上海，頂多給你一千八百，也有花了的時候。何況賠賺還不可知？我勸你把腔子放敞著點，想個長遠主意才對。」大瑣說：「你教我想長遠主意，什麼是長遠主意？我就會拉胡琴，只得拿這個當飯碗。還有什麼能耐呢？你們老娘兒們就知道一說，自己也未必有高招兒。」婦人聽了，冷笑一聲說：「我早有主意了。只怕你想不到。」大瑣見說，忙問道：「你有主意，倒要聽聽是個什麼主意？大概也不是麼新鮮招兒。」婦人說：「不新鮮，能發財便了。」因向大瑣說：「你看旁人家的孩子，投師的投師，學戲的學戲，一個個都有正經事，連小梧桐小鳳凰都是挺紅的事。只有咱們家這個孩子，終天價當小老爺子供養著，什麼也不幹，十二三歲了，還不與他打個主意。前天我見著小芬，他還問我打聽群子在家作什麼，意思要收他作徒弟。我說那孩子是我們家的家堂佛，動不的，誰敢說教他下堂子去！人家由鼻子裡笑了一聲說：『雨田挺聰明的人，這樣溺疼，不把孩子給耽誤了嗎？』我說我們家的事難說，等有了機會，我還求你帶領帶領這個孩子呢！你看人家都說你辦事不對，你還說你那一條不錯，這不是枕著烙餅挨餓、拿著銀碗討飯吃嗎？所以我勸你活一活，把群子認給小芬，豈不是一個長遠之計。一則你我有個希望，二則日後群子也有個營業，一舉兩得，有何不可呢？」

大瑣聽婦人說完，忙道：「得了，別說啦，我早料到你必搜求到群子身上。你想這樣好，我卻不能辦。我那兄弟臨死時與我說的話，此刻全在我心裡，他本說教群子念幾年書，改了這個營業。我沒把他送入學房去，已經是對不起死鬼。如今我房子也沒了，錢也光了，反教群子與我奔去，我與心何忍？誰教我沒能耐，只好教他跟我受窮。別的話一概不能聽的。」婦人聽了，早把眼睛睜圓了，怒衝衝的向大瑣說：「你真不錯，能拿你兄弟的遺言當事！我說的話都算放屁哪！你也不想想，你們家有那麼大德行嗎？想著教孩子念書，這給聖人作揖的事，不是你們家的孩子幹的，放著家傳的買賣不作，一死兒要改換門庭，就讓你成了書香人家，也不過是活挨餓！那個作大官的，發大財的，是由書本子裡的來的？我勸你別發昏了，說這不吉祥的事作什麼，明兒趕早去找小芬去，往他說，把群子認幾他，是正理。」大瑣說：「我不能去，要去你去。」婦人說：「你當真不去？」大瑣說：「那是自然。」說著站起來，到自己屋子睡覺去了。婦人見了，又可氣，又可笑，惡狠狠的罵了一聲

「窩膿肺，沒能耐也就會一睡！打量沒有你別人不會辦了。你看看，我非把群子認與小芬不可，看你怎樣！」當下婦人也不言語了，自己拿定主意，次日便去找小芬。

這小芬本是雲和堂主人，朱霞芬的兒子，還有個兄弟，名叫幼芬。霞芬數年前故去了，兄弟兩個掌著雲和堂，手底下收著幾個徒弟，是韓家潭首屈一指的下處。這小芬手眼極為靈敏，走著幾個闊門子。他兄弟幼芬唱正旦，色藝才情，並皆佳妙，一時名流多半是照顧雲和堂的，所以生意比別家強。這日小芬正在家中坐的，忽見大瑣家的來了，便知有些意思，急忙讓到屋中，小心款待。坐了一會兒，大瑣家的向小芬說：「我來找你不為別的，便是為群子的事。上回你不還打聽他？我知道你必有意成全他。後來我跟他大爺一說，也沒什麼不願意的，咱們這樣老世交，我說話也不瞞你，我們這幾年的日子實在緊的厲害。若不給群子找個地兒也真不是話。若說認給別人，不但他大爺不願意，連我也不放心。第一孩子在家驕養慣了，什麼都不成，咱們這樣交情，你萬不會錯待他，所以我想把他認給你，沒什麼說的，你費點心把他收下，將來他有點出息，還能把你忘了嗎？」小芬見說，心中十分歡喜。原來他早把群子看在眼裡，孩子的性格模樣，都夠十成人材，放在堂子裡，萬不能不紅。還有一節，為普通孩子所不能及的，便是梅巧玲的嫡派孫子，就世系而論，可稱得起名人之後，不用吹噓，自然有名聲的，再說北京這些闊老，與巧玲父子有關係的極多，若見群子出世，一定不忘舊交，大捧特捧，那時我的利益可想而知。但是這件大事，雨田不來與我說，卻教老婆來，一定他還是不願意。如今為生意起見，也不能管雨田願意不願意，先跟這婦人辦妥了，想他此刻正窘著呢，見了我的銀子，也就無話說了。想到此處，遂向大瑣家的說：

「論理早就該這樣辦，何必等到今日呢！」大瑣家的說：「他大爺總捨不得，所以才耽誤了哇。」小芬說：「你們如今既願意把孩子認給我，怎個辦法呢？還打算使幾個錢不使呢？」大瑣家的見說，喲了一聲說：「我們那裡供得起他！只好立個合同，使你幾個錢，我們也好還還帳。」小芬說：「既然這樣，也好。今天晚上我便求人寫字，你們也找個保人，明天我就把銀子送過去。」當下說了大概，又談些別的閒散話。大瑣家的告辭家去，小芬把他送出去，回來喜不自勝，又恐怕事情遲了生出變故，趕緊把銀子封好，次日給大瑣家的送去。

大瑣家的見小芬把銀子送來，滿心歡喜，急忙讓坐。小芬坐下，便問：「雨田沒在家嗎？」大瑣家的道：「還得會子才回來呢。」小芬說：「我事情忙，等雨田回來，可以教他看這張字兒，畫個花押，擇個好日子，我便要收徒弟了。」說著由袖口取出那張合同，交與大瑣家的。大瑣家的說：「何必等他呢！我替他畫個押便了。」小芬說：「總是教雨田親自畫押好一點。」婦人說：「這事我可以作主，諸事若都推在他身上，什麼好事都得放過去了。」說著找了一管筆，把合同打開，在梅雨田名字下，歪歪擰擰的畫了一個十字，交與小芬說：「你拏去吧，決沒錯兒的。」小芬知道這個婦人不比尋常，很放心，遂將合同與大瑣家的留了一張，自己拏了一張，笑嘻嘻的去了。大瑣家的故意把銀子跟合同放在桌子上，單等大瑣回來與他說。

晚飯以前，館子散戲，大瑣家來了，到了自己屋中，見桌子上擱著這東西，忙問他老婆道：「這是什麼？」婦人說：「你打開看。」大瑣先打開那張合同一看，卻是把群子典與小芬的一張契紙，遂向婦人說：「你怎麼真這樣辦了？難道我說的話你一點也不聽嗎？」婦人說：「若再聽你的，往後連飯都沒得吃了！你怎麼還這樣糊塗，這不是一件正經事嗎？誰還能笑話？」大瑣說：「不是我不願意，這事怪對不起死鬼的。如今你既硬辦了，沒法子只得由你，還有什麼說的。」說罷呆呆的坐在那裡。婦人說：「你不說外頭有多少虧空，這銀子足夠你用的了吧！你還愁什麼？」大瑣見了那銀子，也壯起點氣來，當下只得與婦人商量，何時把群子送入雲和堂。閒言少敘，過了兩天，擇個吉辰，大瑣果把群子送到小芬那裡。小芬皆因收了這個得意徒弟，特地的備了幾桌喜酒，邀許多同業親友來作賀，又求人與群子起了名字，喚作梅蘭芳，字畹華。蘭芳見同輩的人都是作這個的，在家時耳朵裡聽慣了，不以為怪。又知自己祖父和父親，都是仗著這個得的大名，起的家業，自己往後也須立個志向，把產業恢復回來才對。正是，老梅已枯重放蕊，幽蘭將折又開花。欲知後事如何，且看下回分解。

第二回

露頭角蘭芳始上台　買臉面幼偉初入幕

話說梅蘭芳，自入雲和堂，專心一意的習學席面上的種種應酬禮節。十幾歲的孩子，初到堂子裡，自然是溫柔有餘，活潑不足，蘭芳的秉性，又是個極沉靜的，不喜打圍，終天沒人與他說話，總不言語的，便是好人家的姑娘，也沒他安穩。但是像姑業，講究的是精神活潑，口齒伶俐，到了場面上，能夠豁拳善飲，鼓動賓主豪興，必然大受歡迎，誰都願意招呼。蘭芳在這上頭，不甚嫺熟，聽見人說句村話，或是與他說句玩笑話，他先害臊，小臉立刻緋紅起來，同院的孩子，見他如此，都拿他當騃子，善逛的那些紈絝子弟，也都不甚喜歡他，這些人純粹以豪放恣肆為行樂要旨，請客叫條子時，必揀活潑好熱鬧的招呼，非鬧得杯盤狼藉、椅倒凳翻不止。蘭芳來了，總是呆呆坐著，按著規矩斟酒布菜，這些人那裡看得上，有的說他是梅巧玲的孫子，我們應當特別看顧他，那些好鬧的便不以為然，都說：「叫條子為的是歡喜，不能招呼，這樣木頭人，別管他是梅巧玲的孫子，不會教我們高興，誰

的後人也不行！」這些人只願眼前歡，把個梅蘭芳可委屈死了，這孩子本是溫柔嫵媚一派，不與他處長了，萬得不著他的好處。論理這樣人是明僮上選，不易得的，可惜那群紈絝，胡鬧慣了，賞識不到。蘭芳不遇知音，只好耐待時機。

小芬見他事由不甚好，便想托幾位老名下來捧場，以資鼓吹，一面張羅教他學戲。此時喜連成科班正創頭科，每日在廣德樓演唱，極有名譽的。小芬便將蘭芳送在喜連成科班附學。蘭芳的體格，向來柔弱，只可學青衣花旦，與本來營業也相稱，大凡科班學生最是淘氣不過，對於私坊裡的孩子，每每輕視，如今蘭芳水蔥一般的人，到這科班來學戲，焉能討的了便宜，那些科班裡的孩子，一個個野猴兒一般，同科唱青衣小旦的，若是老實一點，還受他們欺負，何況外來附學的孩子，更是把他來作小菜碟兒。那群唱武生的，如康喜壽、張喜福、吳喜年、侯喜瑞諸人，最是蠻橫無比，見了梅蘭芳，便如獅子見了綿羊，誰不欲嘗一口。一到後台，你拉我扯，明著鬧著玩，皆存不利孺子之心。蘭芳講打講罵，都不是這些人對手，只好忍氣吞聲，拿他們當野蠻，不與計較。

蘭芳是私寓徒弟，每日到戲班的時間有限，仍然得在堂子裡應酬，這日有位北京的老名士爽召南，同著幾個朋友去逛雲和堂，內中有位謝素生，本是姚江名士，在兵部供職，他招呼的是朱幼芬，一進門，跑應的見是熟客，便讓到幼芬屋裡，卻巧幼芬剛應酬回來，酒意還未退，滿臉嬌霞，明豔無比，見了大家，忙起來讓坐說：「我今天吃醉了，你們可別怪我！」大家齊說：「既是醉了，可以躺一躺，我們自己坐著說話。」幼芬說：「倒不覺怎樣，只是有些發燒。」此時小芬聽說爽召南諸人來了，也忙跑到這屋裡來，與大家請了個安，陪著大家說話，既又笑向爽召南說：「二老爺，你老人家竟往誰家走？怎的不到我這裡來？」召南說：「我這幾年精神不佳，不大出城的。偶爾同著朋友出來一盪，不過是解解悶，不能照原先了。」小芬說：「你老人家很硬朗的，年青的也趕不上，往後我還得求你老人家多照顧呢！現在我新收個徒弟，名叫梅蘭芳，沒什麼說的，你老人家抬舉抬舉這孩子，替我們捧捧。」召南見說，忙道「梅蘭芳，不錯。前幾天我聽說你這裡有這麼一個人，皆因不甚注意，沒細打聽，聽說他還是梅慧仙的孫子，怎麼這幾年梅雨田過得很不好，連房子帶買賣都沒了？按說他父親給他留下不少，怎麼一旦就這個樣子了呢？」小芬說：「雨田人卻很好，自打他們老二一死，景和堂收了以後，他是一天不如一天，這也是一步運，走的不甚強。」召南聽了，點點頭說：「慧仙活著的時候，那時什麼樣子！如今內外行都找不著這樣人了！」既又向小芬說：「咱們只顧說話，把蘭芳忘了，真個的你把他叫來，我們看看。」小芬見說，即向窗外說：「來個人，你把蘭芳給叫來！」只聽外面答應一聲。

少時簾子起處，只見進來個十四五歲的少年，時正春天裡，見他穿件淡藍色長袍，青緞鑲邊鷺黃色圖魯坎兒，青緞靴子，腦後一條松花大辮子，襯得頭皮越青，髮光越亮，一雙笑眼兒，鼓膨膨的巴達杏核兒一般，漆黑的眼睫毛，足有兩三分長，隱著一雙秋水似瞳子，鼻樑懸得適宜，口角生得合度，惟有兩雙耳朵，少形寬長，總觀面龐輪廓，是由一個媚字堆出來的，看不出一些英氣來。大家見了自然又是一種觀察法，況且腦子裡都有巧玲和二瑣的舊時面影，見了蘭芳，總有幾分相似，早動了憐愛之念，齊說：「好，這孩子往後一定有出息的，看這樣子，彷彿府門裡的少爺。」小芬說：「這就仗諸位老爺抬愛了！」說著一一與蘭芳介紹，教他都給請個安。爽召南也連連誇讚說，「還是名人之後，到底不凡的。」小芬說：「二老爺既這樣說，一定喜歡的了。就請你老人家抬舉抬舉他吧！」大家也說：「我們贊成！召翁最喜歡小孩子的，這倒有解悶的了。我們借你的老時運，也沾的光兒。」說著都笑了。小芬見召南招呼了蘭芳，心中十分歡喜，坐了一會，便向大家說：「恕我不恭，不能陪了。」又向蘭芳說：「小心聽諸位老爺說話！記在心裡，能免好些俗呢！」說著自去了。

這裡蘭芳見這幾位都是斯文一派的人，又見爽召南挺長的鬍子，慈眉善目，一定不能照那些紈絝子弟胡鬧混說，早把小心兒放下來，臉上的笑容也堆了下來。遞茶布瓜子，都很有情致的。爽召南喜歡的，只撚著鬍笑。蘭芳見召南只顧笑，自己沒話可說，便問召南說：「你老人家笑什麼？」召南說：「我心裡喜歡，自然是要形於外的。」此時素生諸人見有機會打趣兒，便向蘭芳說：「一定問問老頭兒笑什麼哪！說不明白，可以拔他的鬍子。」蘭芳見說，果然跑到召南面前，伸出手來說：「他們可教我拔鬍子呢！是說不說呀？」召南見了，更是笑不可止，就勢把蘭芳的手拉住說：「你不要聽他們教你這類主意，我笑的是你像一個人。」蘭芳說：「這更得問了，我像誰呢？」此時忽聽外面喊著蘭芳，彷彿是有客來了。幼芬聽了，忙向蘭芳說：「先去看看去，回頭再問。」蘭芳見說，往別屋去了。

蘭芳剛出去，幼芬便斜著眼往外一瞅，彷彿不甚滿意蘭芳的樣子。既又向召南諸人說：「這孩子什麼都不懂得，今天在你們大家跟前，會抖起機伶來了。又不會說話，初見面就敢買臉，不是二老爺脾氣好，愛小孩子，一定看不上這個樣子！」召南說：「他幾多大歲數，又兼是新出來的，你當然看不上他。往後你帶領帶領他，一定不錯的。」幼芬說：「往後瞧吧！」

待了會兒，不見蘭芳過來，只聽別的屋子打打鬧鬧的，知是蘭芳被客伴住了，看看錶，時間不早了，便向大家說：「不早了，我們外頭吃飯去吧。改日我在這裡為蘭芳約一局，把幼偉諸人都邀來。」大家見說，忙穿馬褂，幼芬叫人喊蘭芳來，小芬也過來說：「你們幾位忙什麼？天還早呢！」召南說：「不早了，我們明天來。」蘭芳還記著方才的話，說：「明天我得問問，到底我像誰？」召南說：「明天告訴你。」說著大家走出來，門上喊了一聲「點燈籠」，小芬特特送到門外，向召南說：「二老爺你老人家多捧！」此時早有召南的跟人，打著燈籠頭前引路說：「還上誰家去？」召南說：「怎麼車沒套來嗎？」跟人說：「大人沒分付，沒教他們套。」內中有遊興還濃的，便說：「既然沒套車來，咱們到大朗營佩秋那裡看看！」說著一齊去了。大家到了佩秋那裡，隨便坐了一會兒，遂又到煤市街去吃飯。十點鐘左右，都進城了。

次日召南寫張帖子，請幾個朋友約定後日在雲和堂小酌。頭一天打發人先到雲和堂墊了話，恐怕臨時沒屋子，又得改期。雲和堂得了信，自去預備酒席，不在話下。到了日子，召南先坐車出城，徑到雲和堂，小芬接著，倍極歡迎。蘭芳見召南來了，比乍一招呼那天更覺親熱，又知召南今天特特與他請客擺酒，雖然是十幾歲的孩子，心裡也十分高興。再說蘭芳自到雲和堂，這是頭一桌酒，初次有人捧場，彷彿不走時運的舉子，累試不售，一旦金榜題名一般，不知怎樣樂才對。蘭芳便是這個樣子，出來一遛，進去一遛，好不高興。

少時召南所請的客，陸續都到了，只有幼偉還沒來。召南問素生諸人說：「你們沒見到幼偉麼？他怎麼還不來？」素生說：「他隨後就來，我們來的時候，他在朋友家裡打牌呢！」正說著，只聽門上喊了一聲，「諸位有等！」口音多半帶著廣東味兒，卻故意的撇京腔，年紀三十左右，人極精神。大家見了都起來讓坐，說：「我們亦是剛剛到不大會兒，你來的不晚。」看官你道此人是誰？原來是廣東一個富商之子，姓馬名賡光，字幼偉。熱鬧場裡皆以六爺呼之。此人是保定陸軍學堂出身，現在督練處供職，他知道做官的秘訣，非由金錢運動不可，自家有的是錢，便在京中大肆活動，各界人士，沒有他不接納的，只是眼睛總往上看，比他低下一點的，絕不正眼來看，又因在京多年，惡習染得極深，紈絝官僚兩種不得人心的派頭，他一身兼而有之，每日除了嫖賭，沒有正事，皆因在堂子常與召南諸人遇見，便作了同道之人。大家見他多少有點墨水，不似尋常軍人那樣豪橫，也不見外他，所以召南為捧蘭芳，也把他約來，為的是席上熱鬧。

此時馬幼偉已將馬褂脫下，早有跑應的接過去，掛在衣架上，遂即遞過手巾，斟了碗茶。幼偉坐下，不顧別的，先與召南說：「聽說召翁新賞識一個人，自然是不錯的，我倒要看看。」召南說：「不過是個小孩子，將來還須有點出息。」此時蘭芳已到別屋去了，只有小芬和幼芬在這屋裡張羅。召南遂向小芬說：「你把蘭芳叫來，教馬老爺看一看。」小芬見說，即叫跑應的去喚蘭芳，少時蘭芳過來，召南給他與幼偉介紹一遍，蘭芳恭恭敬敬的與幼偉請個安，站在一旁，兩隻眼睛卻不住的看幼偉，幼偉也用眼去看蘭芳，不知怎的，心裡一動，彷彿受了什麼感觸，不知不覺的全身的精神都飛到蘭芳那邊去。

按說幼偉在花天酒地，可稱得起經多見廣，無論遇見什麼人，總沒失過當度，如今見了蘭芳，怎的便如受了催眠術一般，據表面上的見解，自然說是蘭芳魔力作用。但是一人有魔力，一人不受這魔力，雖有魔力也是枉然的。再說蘭芳出來應酬，也不是一天了，怎的今日才使馬幼偉中魔呢？這樣看起來，兩人相與，兩物相求，都不是一方面的作用，必然是雙方的精神程度相合，所以才能有這種現象。譬如無線電信，兩架機器，震動的原力，必然毫釐不爽，然後總能互相感觸，語所謂同聲相應、同氣相求是也。這情字的作用，也是這個道理，別看新交乍興，只要程度相等，一定固結不開，不過這裡頭有貞淫之分、潔穢之辨，至其相結之始，均非偶然，其揆一也。

閒言少敘，卻說幼偉目不轉睛的看蘭芳，蘭芳也將目力都費在幼偉身上，大家見了他二人這種現象，都笑起來說：「怎麼你二人乍見面，就作出這個神氣，不怕召翁倒了牙嗎？」幼偉見諸人這樣一說，才把精神換過來，復了原狀，向大家說：「這孩子真好！想不到爽召翁還走這麼一步老時運！」召南說：「這那裡是我的老時運！你既然這樣賞識他，分明是蘭芳的小造化，將來你便替我多捧捧便了。」幼偉說：「君子不奪人之美。這個捧字，恐怕我擔不起。」口裡雖這樣說，眼睛卻仍望著蘭芳，心裡更願召南把蘭芳讓給他，並且把蘭芳拉過來，握著他手，問長問短。

召南及素生諸人早已體出這個意思，便打算提議讓渡問題。這時小芬見客已經來齊，便向跑應的使個眼色，請示召南擺酒不擺呢？召南說：「是時候了，就擺吧。」鄰室一間屋子，早已將桌面擺好，召南起來讓大家入席說：「今天我暫坐主位，明天這個座兒就是幼偉的了！」大家說：「我們贊成。」說著都入了座。有那好熱鬧的，紛紛寫起條子來，由別家又叫幾個孩子來陪酒，少時酒菜逐序而上，大家舉杯緩飲。幼偉特意叫蘭芳挨著他坐著。酒過三巡，只見召南端起鍾兒來，鄭重其事的向大家說：「我今天有件事，就這席上要說明了。蘭芳這孩子，本是我於無意中認識的，因他是梅慧仙的後人，不想中落了。我動了點憐憫的意思。想著替他延延譽。論我這大年紀，一個月未定出城一盪，焉能在這孩子上有多大裨益？這捧場的勾當，雖說是金錢第一，也得人有這分精神，我自問實在來不及。如今幼偉一見蘭芳，便大加賞識，這裡頭一定有點宿因，再說他精神極好，我老朽絕不能與他爭的，這件事正宜他作，將來一定會把蘭芳成全起來，所以我想就今日把蘭芳讓與幼偉，我甘居友位，不知諸君以為如何？」大家聽了，見召南確是誠意，都說此事辦的，為蘭芳打算，召翁的主張是極不錯的。此時蘭芳見召南要把他讓與幼偉，早已坐不住，撒腿跑向別屋了。幼偉見召南向著他心眼來，焉有不應之理，無奈不好就認，只得假意推託說：「怎好這麼辦呢？」召南說：「沒什麼不可以的。這一來我倒卸了責任了。」在席眾人也說：「既是召翁願意這麼辦，幼偉哥倒不必推辭的。反正召翁的本意，也是願意有人捧蘭芳。以後你能把蘭芳成全起來，便不負召翁這番美意。你就實受了吧，別作這假惺惺了。」說著合席都笑起來。幼偉見大家如此主張，好似趙藝祖在陳橋黃袍加身一般，口裡雖然連說謙詞，早是以主人翁自居了。

此時召南又把小芬叫過來，與他說知，小芬已知幼偉是個花將，日後不但於蘭芳有大便宜，便是雲和堂的生意，賴著這個人，也要興旺興旺。召南此舉，真是積德不小，他還有不願意的嗎？遂向召南說：「二老爺願意這麼辦，我們有什麼說的呢？反正那一位老爺捧，都是抬愛我們。如今馬老爺既是喜愛蘭芳，我們便遵命教蘭芳伺候馬老爺。」說著把蘭芳叫來，與他說明，蘭芳倒怪不好意思的，紅著小臉，坐在一旁。此時幼偉不知怎樣高興，只把酒來痛飲，又與大家打了兩個通關，幾乎要醉了。召南恐怕他樂大發了，便張羅吃飯，大家也都有了酒意，不能再飲，叫來的條子，早都陸續去了，於是大家胡亂吃點飯，紛紛起席，到旁屋啜茗吸煙。幼偉拉著蘭芳，倒在一張床上去說閒話。此時，有欲先走一步的，幼偉由床上爬起來說：「你們別忙，我有話說，明天晚上咱們還是這裡見！我要還一局的！」大家說：「你何必這樣忙！那一天不成，必得明天麼？」幼偉說：「非明天才熱鬧呢！諸位不看我面，也得為蘭芳來一盪。」大家見說，只得答應，要先走的都把車叫來，紛紛去了。幼偉雖然是新主人，今天晚上究竟是客，不便久坐，只得把明天的酒局，告訴小芬，也先走了。

只有召南等著開賬，未曾走。小芬來陪著說話，因問召南說：「二老爺，你老人家何必將蘭芳讓與馬老爺呢？讓他伺候你們二位不一樣嗎？」召南說：「你不知道，馬幼偉這人，最是好勝，而且向不願與旁人共識一人，非得滿盤讓與他，才能熱心來捧。不然他往後一定不來的。挺好一個主顧，被我與你們擠走了，豈不可惜麼？」小芬見說，笑道：「還是二老爺替我們想得到。若是別人，也不肯這樣辦！」說著賬已算好，召南一一開付，然後命把車叫來，進城去了。正是，才聞倦鳥歸林去，又見閒雲出岫來。要知後事如何，且看下回分解。

第三回 郭三相踏雪尋梅 馬六爺看花煮酒

前回書，表的是爽召南把梅蘭芳讓給馬幼偉，這正是召南的一個乖處，一則可以買他個歡心，二則自己也脫了後來的責任。原來這捧像姑一事，不是輕易幹的，召南既然招呼了蘭芳，他的身分，不比泛常之人，一定得像個樣兒，倘或日後蘭芳要求與他脫籍，實在不好回復，不應吧，面子上不好看；應了吧，這筆花費實在不輕。如今千幸遇見這個馬幼偉，中了魔一般愛蘭芳，這老頭子便就勢推了出去，還顯得自己夠朋友。俗語說，薑是老的辣。真不錯的。

閒話慢表，卻說馬幼偉，出了雲和堂，高高興興，對於召南這番好意，非常感激，當晚也不回寓，逕往朋友處，去報告方才的佳遇。他的朋友多半是軍界人，正在一起打牌呢，見他誇得蘭芳無美不具，都要看看。幼偉說：「你們明天就看見了，我還求你們捧場呢！我在那裡已然定下兩台酒，明天一定要熱鬧的。」大家聽了，自是驚喜，說：「明天我們一定去與你賀賀，孩子若是真不錯，我們就把

他捧起來。」幼偉說：「你們也不能不替我幫忙，既然捧就得像個樣子。」說著看看錶，見天還早，便將外套脫了，與大家一同打牌。天快亮了，才散。

次日晚上，幼偉同著朋友，先到雲和堂去，召南諸人也都來了，這一局不比前日，酒是雙台，人多一倍，不在話下。單說蘭芳，本是個小像姑，居然得這大臉面，同院的師兄弟，誰不羨慕。小芬幼芬見他紅運已至，也不似往常那樣冷遇，自然是得當錢樹寶盆似衛護。在蘭芳一己，更是異常得意，把從前的呆氣，也化沒了，開展的十分秀媚，每日到富連成班去串戲，也不是從前那樣踖踽。那消幾月，早已獨立能演一戲，又得幼偉召南諸人不時到戲館子與他壯色，看戲的人也漸漸知道有了梅蘭芳三字。大瑣夫婦見蘭芳得一幫闊人來捧，更是喜歡。至於蘭芳，見堂子的生涯既日見起色，所學的戲劇，亦大進步，早已不願在科班裡，與那群野蠻孩子一同演唱，便移到中和園去。此時俞毛包的兒子俞振庭，在西珠市口起了個文明茶園，爾時正是前清光宣之際，人民趨向浮華，見這戲園冠以文明二字，時髦一點的人，都到這園子去看戲。俞振庭本是梨園中一個光棍，早知蘭芳有一群闊老捧場，便將他拉入文明園，為是招徠幾個闊座兒。蘭芳自入文明園，果然比在中和好一點，暫且不表。

且說此時在文明園看戲的，有個少年，姓郭，原是世家子弟，人皆以郭三相呼之，生得極其都曼，性格亦極溫存，在這情字上，最肯用功的，皆因常到文明園去看戲，別的戲子都不打心上來，只愛蘭芳一人。無奈一個在戲台上唱戲，一個在台下看戲，怎能接洽的了呢？沒法子，只得每天來看戲，坐在近台地方，希望蘭芳看他一眼。日子長了，蘭芳見他風雨無阻，天天來，並且老坐在那一個地方，慢慢的在他身上也注意了，後來悉心體會，知道這人是為自己來的，便動了一個知己之感。偷閒，總要向郭三相飛兩眼，樂的三相心縫癢癢，只是不好接談。其實蘭芳是個堂子裡的人，喜歡他，不妨去招呼，無奈郭三相沒逛過堂子，再說他雖是世家子弟，卻不是普通紈絝一流，心裡又有幾本書，未免有些酸氣，小班、堂子，一個人不敢進去的，所以與蘭芳總無謀面之緣。除了在戲台上看見，別無機會。但是這望梅止渴的情形，也實在令人難受。他便妙想天開，每日迎著蘭芳上戲館子的時間，先到雲和堂附近等著，見蘭芳出來，坐車到館子去，他也坐上車，隨後追了去。蘭芳散戲回家時，他也隨著出來，把蘭芳送到家，看他進去，自己才回家，如此下心非止一日，彷彿已然成了常課。旁人見他如此，也不知他是作什麼的，梅蘭芳心裡也不知他是什麼意思，只覺這人太可怪了。

時正十一月天氣，十分寒冷，這日郭三相又照常把蘭芳送到家中，自己才坐上車往城裡去，卻是迎頭北風，車軸上的油都要凍成冰，郭三相在車上坐著，心裡只顧研究蘭芳，也不覺冷，到了家中，吃過晚飯，這一天的工課已經完了，他的心神卻不能安靜的，一邊研究明天蘭芳應唱的戲，一邊想蘭芳明天或者與他說句話，彷彿精神病一般。半夜，才慢慢的睡下。次日起來，卻早陰了天，早飯以後，西北上黑雲下垂，緊緊的捲下一天大雪，此時若在旁人，當然在家閒坐，不必出城看戲了，無奈郭三相寧可斷兩天飲食，若說一天不見蘭芳，那可難受。大雪堵門，也擋不住他的高興，看看錶，見天已不早，急忙叫拉車的在門外等著，他卻忙著穿衣裳，愡愡忙忙的坐上車，兩個膠皮輪，碾著亂瓊碎玉出城去了。拉車的已然熟了，便一直到了蘭芳的寓所門前，將車停住，揭開雨布，郭三相由車上下來，站在門前等蘭芳出來。等了半日，不見動作，心說難道他先走了，或是皆因下雪把戲回了？心裡只顧如此想，卻早把下雪忘了，呆呆的立在那裡，只盼蘭芳。雪花飛了一身，他也不管，原來他今日比往天來早一點，待了半天，始見由西口來一輛車，卻是蘭芳坐的，停在門前。他見了，才放心。

少時，果見蘭芳由裡面出來，披著一件大紅斗篷，雪白的銀鼠皮鋒毛，襯著桃花色的嫩臉，顯得紅白可愛。此時蘭芳方欲登車，忽見對面站著一物，猶如半截白塔一般，將蘭芳嚇了一跳。細看時，才辨出是郭三相來，蘭芳見他混身堆滿了雪，不覺好笑，因向三相笑了一笑，說：「這樣大雪你還來了呢！」說著坐上車，那拉車的提起把來飛奔而去，郭三相彷彿聽見蘭芳與他說話，猛可裡不知答什麼，見蘭芳去了，就也坐上車追隨而去，心裡卻十分懊悔，自言道：「怎的他與我說話，我沒聽見呢？這個機會一過去，再沒交談的日子了！」想到這裡，便催拉車的快走。那拉車的果然向前飛跑，已然快與蘭芳的車並行，此時蘭芳也不住回頭看郭三相，見他的車，已然趕到，便笑著向郭三相說：「咱們兩人見面很久了，只是我叫不上來你的姓名？」郭三相聽了，遂把自己的姓名及如何景慕的意思說了一遍。蘭芳聽了，忙說：「原來是郭先生，恕我眼拙。」既又問三相說：「每天除了聽戲，還有什麼消遣呢？」三相說：「除了聽你的戲，我便在家看看閒書，也沒個知己朋友。」蘭芳說：「你何不到我那裡看看，豈不解悶呢？」三相聽了，倒不好意思起來，待了半天，才吞吞吐吐的說：「我不願意到胡同裡去。」蘭芳說：「那有什麼呢？你不願意到堂子裡去，你到我家去，我在長巷頭條住。近來也時常回家的。」三相說：「那倒成。我改日一定奉訪。」說著兩車在雪地裡早已出了石頭胡同南口，順著西珠市口大街，向文明園而來。

少時到了園子門首，蘭芳由後台那個角門進去，因向三相說：「不然你也到後台看看？大概戲館子後台你還沒看見過呢！」三相聽了，說：「那好極了！今天我借你光，也參觀一下子。」說著二人一同進了後台，早有蘭芳的跟包的，把蘭芳的斗篷接了過去，此時蘭芳尚未成名角，在後台沒有多大勢力，只見有好些野蠻一般的人，拉住他與他玩笑。郭三相看著，好生不平。你道這些人何以不避郭三相與蘭芳這樣玩笑，原來他們拿郭三相也當了與蘭芳一樣的小像姑。本來三相長的有些媚氣，衣履又極力的模仿蘭芳，看不出是外行來。他見諸人與蘭芳扯鬧，自己不好便出來，遂把後台的情形，略事參觀，只見那些戲子，有勾臉的，有穿行頭的，有在戲箱上推牌九的，口裡都不乾淨，亂叫胡罵。再往四壁看時，牆上掛著許多破盔頭，塵土都蒙滿了，只有一處牆上，用彩筆劃了許多奇怪形狀，並有彷彿春宮的，實在不雅觀。郭三相見後台沒個下腳處，而且氣味薰人，只得向蘭芳說：「我要到前面看戲去了。」蘭芳說：「那麼恕我不陪了。」當下三相獨自到前台看戲。少時蘭芳把戲扮好，郭三相等著把蘭芳的戲看完，以下的戲不愛看了，遂又到後台去找蘭芳，這回更顯得親熱了。看著蘭芳卸了妝，換上便服，二人一同出了後台，郭三相問蘭芳回那裡去，蘭芳說：「你不願意到我們下處，我同你到我家裡，坐一坐如何？」郭三相聽了，求之不得。蘭芳遂告訴拉車的，回長巷頭條。少時到了蘭芳家中，大瑣已是病了，只有大瑣家的在家張羅，見蘭芳帶來一個少年，只當是與蘭芳同班的孩子，後來知道是捧蘭芳的，才以客禮相待。蘭芳家中也沒什麼可玩的東西，只拿出幾件唱戲的傢俱，與郭三相看。

二人正說話呢，忽見跟蘭芳上館子那人來

了說：「老闆！快回去吧！城裡頭馬六爺來信了，教我找來了。」蘭芳聽了，不敢待慢，遂向郭三相說：「對不起的很，咱們明天見罷。」郭三相說：「你有事只管走，我也得回去了。」說著站起來，蘭芳教他頭前走。大瑣家的將他們送到門外，特意向三相說：「開著只管到家裡來坐著。」三相答應著，已然坐上車，蘭芳也坐上車，於是一個向韓家潭，一個進城去了，不提。

卻說馬幼偉，見下了一天大雪，家裡養著幾十盆梅花，都盛開了。他看這花開著好看，便想起蘭芳來，心說：「約幾個朋友，再把蘭芳叫來，看花煮酒，此樂非小。」當下派人分頭去請客，又打發人飛奔出城，去叫蘭芳。小芬聽見這信，不敢耽延，知道蘭芳回家，趕緊打發跟包的去接。話說梅蘭芳，回到堂子裡，已知道馬六爺叫他進城去，趕緊換身衣裳，進城去了。到了幼偉家，爽召南諸人已經到了，見蘭芳來了，大家都有了精神，幼偉更是歡喜的了不得，命人在一個敞廳裡，放下桌面，幾十盆梅花，圍著桌子擺了幾層。廳事四面，都是玻璃窗戶，往外可以看雪。屋內籠著幾個白爐子，十分溫暖。少時酒菜已齊，幼偉讓大家入座，眾人見這回宴會，比在雲和堂那天強多了，地方既極寬闊，菜品又極講究，最難得是一天大雪，裝成一個銀世界，抑且梅花盛開，又有個姓梅的像姑在座，兩兩照耀，焉能沒趣。可惜幼偉所請的客，不盡文人，赳赳武夫占了大半，雖有良辰美景，好花盛饌，可惜這些人不會領略。在那酒肉喧囂之中，葬送了許多佳興。

少時眾人已經落坐。幼偉說：「今天咱們沒有外人，把一切儀式都可免了，蘭芳也可以坐在客位，不必照往日那樣應酬我們。今天我們賞梅觀雪，是件雅事。若再教你一應酬，怪對不起這幾十盆梅花的。」大家說：「理應如此。畹華與這幾十盆梅花原是同姓的。我們只知賞盆子裡的花，不知賞坐兒上的解語花，豈不是太無分別了！」說著大家都笑了。蘭芳向常沒受過這樣恭維，如今教他與大家同席吃飯，倒覺得有些不安。此時酒過三巡，幾個白爐子，漸漸蒸熱起來，那幾十盆梅花，禁不住熱氣薰蒸，由花蕊裡往外放香味，芳芬馥郁，充滿一堂。大家齊說好香，有那斯文一派的，便想聯句以助雅興。那些武人都不贊成，說：「挺好的酒，不痛快喝，作詩有什麼意思！只顧你們轉文，我們的酒都酸了。」說著那些武人便都豁起拳來，正是，雅興由來名士賞，好花豈為俗人開。要知後事如何，且看下回分解。

16歲的梅蘭芳
（原刊《梅蘭芳珍藏老相冊》，外文出版社2003年版）

第四回　聞奇變魂驚致美樓　結同心情贈珠香帕

卻說這些武人，彼此豁起拳來，把那些斯文派的詩興全行攪亂，這回不作詩了，有起來看梅花的，有走在窗前看雪的，那些武人也不理他們，只顧拚命猜拳飲酒，已竟都醉了，還不肯休。十一月天氣，時候短的很，少時電燈已然明瞭，燈光下，這些人益形高興，本來沒有酒量，只憑勇氣洪飲，早有不能支持的了，哇哇的吐起來，彷彿蛤蟆吵灣一般，吐了一地臭酒。這種氣味，本來難聞，再加上一種梅花的香氣，與這股臭氣混作一團，不知是香是臭，薰的眾人各個欲嘔。馬幼偉見不是事，趕緊說：「別喝了，咱們吃飯吧！」那些人那裡肯應，短著舌頭向幼偉說：「你請我們喝酒，又捨不得酒與我們喝。不行！還得教蘭芳每人敬我們三杯，才算完呢！」幼偉聽了，沒有法子，只得教蘭芳與他們每人斟了一盃，大家都說這盃酒喝的香，說著胡亂用點稀飯，眾人都起了席。這屋子有氣味，不能坐了，都到別的屋子去說話。

蘭芳見天色不早，不敢久坐，只得告辭。

幼偉把他送到門外說：「今天對不起的很。明天城外頭見吧！」蘭芳說：「這有什麼呢！倒很熱鬧的。」說著坐上車去了。幼偉回來，又應酬一回來賓。大家見主人太勞了，不便久坐，也都興辭而去，不在話下。自此以後，馬幼偉與蘭芳的關係愈加親密，不但雲和堂的人，都拿他當蘭芳的老斗，便是幼偉也以老斗自居，拿蘭芳的身子，便如自己買妥了的東西一樣。蘭芳看在金錢分上，也不敢違拗他，但是心裡很怕幼偉，並無絲毫愛情。對於郭三相，倒很敬重，心說別看這人在我身上沒花過錢，用的情太專了。從此蘭芳心裡結了兩種積想，一層是不敢得罪馬幼偉，一層是想念郭三相。這兩種思想，在蘭芳固然很費躊躇，在馬幼偉和郭三相身上，則互有不利，誰勝誰負，正未可知也。

大凡人生一世，無論作什麼事，總不能一帆風順，多少得有點折磨，以蘭芳而論，此時在像姑社會裡，總算是個有希望的人了，將來由馬幼偉替他出了師，獨立經營一個堂子，積祖的事業，不難恢復，無奈萬事不能由人，這時正是宣統三年，前半年大瑣病死了，蘭芳遭了這棚喪事，自然得破費幾個錢，但是自己還未自由，那有許多錢葬他伯父，多虧幼偉幫忙，才把雨田葬了。入秋之後，國家的事，又生了變局，武昌忽然起了革命，那消幾月，把清朝社稷推翻了，袁世凱秉時而起，據了北京，被選為臨時總統。這一時期中，北京人心詾詾，那有看戲的工夫，小班和那像姑堂子，多半門前冷落，歇了營業。那馬幼偉本打算替蘭芳熱熱鬧鬧的出了師，也顯得自家體面，如今遇見這樣一個荒亂年頭，怎好辦這個事呢？但是小芬這時很願意幼偉替蘭芳出了師，免得自己看管，終日提心吊膽。再說時候不好，說不定有誰沒誰，倘或亂子大了，出了毛病，倒落個人財兩空，不如慫恿幼偉，與蘭芳出了師，倒揀個便宜。幼偉本是要大辦的，如今聽小芬願意速辦，不好駁回，樂得利用這個機會，少花幾個錢。當下與小芬說定了，將就從事，與蘭芳出了師。

蘭芳出師之後，也沒事可作。荒亂時候，戲館子是不能開鑼的，若說開堂子，更不是時候了。沒法子，只在家中收拾出兩間房來，預備幼偉諸人來消遣。但是幼偉本是個極活動的人，乘這回革命，還要奔走點闊差使，自然沒有多少工夫到蘭芳家裡來。爽召南本是旗人，看著國家這個樣子，那裡還有心消遣，只在家中悶著，旁的人，見他二人這樣，也不便往蘭芳家裡常跑。這時卻喜壞了郭三相，他見蘭芳已然自由，打聽得馬幼偉也不常去，只蘭芳一人在家，好生無聊，他便逐日趨訪蘭芳，打得火熱，蘭芳正沒個伴兒，見郭三相日日來訪，如何不喜？久而久之，兩情款治，已成忘形之交。本來蘭芳性極溫柔，不喜喧鬧，郭三相卻與他一個脾氣，所以二人談得來。郭三相肚子裡，又有點墨水，閒著時，也教蘭芳寫寫字，看看書，把個蘭芳薰染的漸漸有點書氣。大瑣家的見蘭芳與郭三相日日在一間屋子裡說些古詞野史，卻也喜歡蘭芳有個正經朋友，雖然在錢財上得不著什麼便宜，總不至把蘭芳教壞，所以每逢三相來了，大瑣家的也不加監視，由他二人說話，有時兩人覺得悶了，也可出去走走，無非到金魚池一帶，看看魚，在野茶館裡喝壺茶。從前蘭芳在堂子時，耳濡目染，無非一種繁華境界，如今與郭三相結識以來，倒覺得有些趣味，反以馬幼偉諸人過於豪放，鬧起來無情無理，彷彿馬幼偉從此不登門才稱心。

閒話少說，此時已是壬子正月，算是民國元年，革命的動亂，已經有了頭緒，袁世凱作著臨時總統，趙秉鈞掌著內務，足以鎮壓北京人心。往年俗例，每到正月，民間總要有些熱鬧，此時香厂已然開闢成區，允許商民出攤設肆，茶棚酒館，戲法玩藝等類，都可任意營業，北京人民經了半年多的亂子，沒個消遣處，如今聽說香厂開放了，誰不欲去逛。自正月一日，早是士女如雲，不斷的往香厂裡灌，蘭芳與郭三相，也打算到香厂看看熱鬧，只是大亂之後，總有些害怕，不敢便往熱鬧場裡去，所以兩人誰也不敢發議，過了幾天，見沒有什麼毛病，遛去逛的人說，厂子裡的秩序維持的挺好，到處都有警察游緝隊保護，二人聽了，也有點活心。這日蘭芳向郭三相說：「不然咱們也到香厂玩玩去？你看今天都十一了，再三四天就要完了，想去也晚了。」郭三相說：「要去你須跟你大娘商量，我是不敢作主的。」蘭芳果進去與他伯母商量，大瑣家的聽了說：「要去逛香厂，須早著一點，今天晚了，又很冷的，明天若是好天，你們不妨去一遛，好在郭三爺人還老實，不致惹是非，同你去逛，我是放心的。」蘭芳聽了，出來將這話告訴郭三相，三相自是喜歡。當日無語。次日卻是壬子正月十二，郭三相換了一套新衣服，老早的來找蘭芳，蘭芳見他穿一身簇新衣服，自己也揀一身極合體的衣服穿了，顏色卻與郭三相穿的差不多。本來兩人年歲相仿，貌皆俊美，打扮得又極時髦，彷彿似兩個小像姑，看不出誰是良家子弟。

　卻說蘭芳穿戴好了，向大瑣家的說：「我們要走了。」大瑣家的特意囑咐他們說：「你們早些回來，別太晚了。」兩人答應著，出來，車已在門口等著呢。當下坐上車，兩個長腿車夫，拉兩個漂亮人物，都要逞強飛跑，展眼之際，已到香厂，車不能行了。兩人下來，順著指定線路，往裡慢慢走。只見人山人海，摩肩擦背的，好不熱鬧。婦女叢裡，遊人尤多。厂子裡所賣的，無非是書畫古玩，耍貨風箏等類，寬闊地方，搭了幾座大茶棚，還有幾處極講究的豆汁攤子，夥傢（注：夥計）站在台子上，狼號鬼叫的招攬生意。郭三相和蘭芳，走了一個灣兒，覺得有些乏了，三相遂向蘭芳說，「咱們找個茶棚歇歇吧！」蘭芳此時已覺得有些口渴，聽了十分贊成，於是揀了個清靜地方，進去坐下。夥傢一見，這兩個客人不比尋常，扯開嗓子歡迎起來，趕緊過來問喝什麼茶，用什麼點心？三相說：「先與我們來壺香片。」夥傢聽了，去泡茶，遂即擺上四碟乾果子，三相蘭芳用布撣子把身上飛塵揮去，坐下喝茶，卻喜這個座兒，可以往外眺望，外面遊人也看得見他們，早有那眼睛尖尖的，見識蘭芳在裡面喝茶，也都進這茶棚來 坐下。少時進來的人，越顯得多了，把這茶棚都要撐滿。一個個都往蘭芳這邊看。蘭芳和郭三相，於無意中，與這茶棚招攬許多茶座。茶棚主人，非常興頭，對於蘭芳二人，更加小心伺候。

少時暮色漸起，一輪紅日，已是半銜西山，遊人漸漸散去。郭三相因向蘭芳說：「天是時候了，要不然咱們到致美樓吃飯去？你看今天一點也不冷，回去晚一些也不要緊。」蘭芳許久未到熱鬧場中遊玩，也不願老早家去，聽郭三相說去吃飯，也滿心歡喜。當下給了茶錢，出了廠子，尋著自己的車，向車夫說：「到致美樓去！」兩個車夫聽了，拉起來順西珠市口大街，進了煤市街南口，一氣兒跑到致美樓。郭三相給了車夫每人兩吊錢，教他們把車擱在車廠子裡。兩個車夫去了，郭三相遂同蘭芳進了致美樓，掌櫃的向常認識他的，忙迎了出來，尊聲三爺，又見蘭芳在後面，忙又叫了一聲梅老闆，教夥傢引上樓去。卻好西北犄角上一間屋子，閒著呢，遂把二人讓到裡面。郭三相因同蘭芳吃飯，喜個靜密地方，見這屋子獨佔一隅，早已中意，此時跑堂的已然跑了來，端上瓜子，遂即向二人說：「吃什麼酒？用什麼菜？」三相說：「你別催我們，容我們歇一歇。擺的時候叫你便了。」跑堂聽了，說聲是，撳開電門去了。

此時三相特意與蘭芳斟了碗茶，蘭芳回了他一把瓜子，二人脫了外套，倒在床上說話。蘭芳說：「今天咱們逛的很舒服。」郭三相說：「我也很喜歡。只是方才茶棚裡那群人太討厭。」蘭芳道：「誰說不是呢？想不到咱們倒與茶棚招了許多買賣。」三相說：「活該那茶棚今天多賺幾個錢。」說到這裡，二人暫時無言。蘭芳在一旁嗑瓜子，三相點了一支香煙吸著，移時三相笑著向蘭芳說：「畹華，咱們交了這些日子，我還沒與你說到這裡，現在捧你的人，自然是以馬幼偉為第一，可惜我們二人沒談過，不知他的習性如何？今天沒有外人，你可以告訴我。他對於你究竟怎樣？」蘭芳聽了郭三相這話，半晌無言，一時答不出來。待了會子，才向三相說：「這話教我很難說。若論馬六爺不能說待我壞，在金錢上總沒個吝惜，我一個作藝的，得他這樣幫忙，還能說他壞？只是他的為人，似乎豪橫有餘，情義不足，教人總有些害怕，不照咱們二人這樣隨便，能夠說幾句知心話。我對於他，只是一個怕好，不敢得罪罷了。究竟誰好誰壞，我心裡自有一本賬，外頭說我跟誰好，都是不足憑信的。」郭三相聽了蘭芳這片話，心裡好似一塊石頭落了地，當蘭芳說話時，他著耳聽著，心中轉軲轆一般，好生忐忑。既聽蘭芳說完，知他對於馬六爺尚無十分愛情，才把心放下來。又聽他說對於自己可以說知心話，更是榮幸無比。當下滿面春風的向蘭芳說：「若論馬六爺，不過仗著他是個軍人，又有幾個糟錢。便在北京作福作威的賣弄豪華，其實在十數年前，我們北京沒有這樣兒的暴發財主，胡吃混穿，舉動都欠大雅，如今說不得，只得教這群人興陽。好在你此刻正是用錢的時候，得他這樣一個人幫忙，也算是個幸頭事，從此也不便得罪他，事事心裡留個分寸，不要把自己典賣出去便了。」蘭芳聽了，小臉一紅，說：「我也是這樣想，難道還賣給他不成？」說到這裡，郭三相又向蘭芳說：「你大概也餓了，咱們吃吧。」於是向外叫了一聲夥傢，跑堂的聽了跑來。三相說：「是時候了，給我們擺吧。」跑堂的見說，抹了桌面，擺上杯箸，站在一旁，等著點菜。二人都不甚能喝，只要了一斤紹酒，隨便點了幾樣應時可吃的菜，慢慢飲著，又說些閒話。

正月天氣，晚的快，此時已有九點餘鐘，忽聽東北上鐺鐺放了幾槍，把二人嚇了一跳，說：「這是什麼聲音？好似放槍！」蘭芳已是白了臉，忙向三相說：「咱們別吃了，快走吧！」三相說：「咱們打聽打聽再走，好明白是什麼事。不然走在街上，遇見這亂子倒壞了。」說著趕緊把跑堂的叫來，問外頭什麼事放槍。跑堂的說：「還不知道是什麼事，此刻櫃上用電話問呢！大概是鬧明夥，沒什麼可怕的。再說槍聲是在城裡頭，那能便鬧到這裡。」二人聽了，少覺放心，忽然又聽一陣槍聲，比先時更加利害，闔堂的飯座兒，都叫起跑堂的，問是什麼事。少時只聽街上有些喧亂，又見東北上火光沖天，燒得紅了半邊天。蘭芳和郭三相，又大驚起來說：「這不是明夥！一定有什麼大亂子。咱們快家去吧！」方要穿衣裳，只見方才那個跑堂的慌慌張張跑上來說：「三爺，梅老闆，可了不得了，城裡頭兵變了！聽說是第三鎮的兵，此刻已然把東四牌樓一帶燒得精光，搶了個土平，已然竟往南城這邊來了。」二人聽了，早已魂飛天外，嚇得呆在那裡。少時郭三相說：「這怎麼好？」趕緊向跑堂的說：「你把我們的車由廠子快叫來，我們趕緊走吧！」跑堂的說：「叫車？什麼也叫不來了！此刻外頭巡捕都紮滿了，街上已然斷了交通，那裡叫車去！連我們的門都上了門，誰敢出去？」郭三相說：「這這這怎麼好？倘或變兵殺到這裡，教我們等著死嗎？」跑堂的說：「這又什麼法子呢！飯座兒也不止你們二位，都是走不了的。」說著自去了。蘭芳郭三相面面相覷，想不出個法子，此時槍聲愈緊，火光越大，東南西北，彷彿都有了應援。蘭芳和郭三相，那裡經過這個，旁邊又無個親人，早已顫成一團，二人相依為命的，彼此握著手，聽見一聲槍響，把心往上一提，幾乎要由腦子裡跳出來。

此時飯座兒裡面，有那膽子大的，用梯子爬到房上去看熱鬧。整整半夜，不見消停。蘭芳二人，那裡敢動，哭天抹淚的，互相拉著，生怕火燒到這裡，連個去路也沒有。蘭芳哭著說：「我不該約你出來逛，如今遇見這個禍事，倒把你連累了！」三相說：「毛病在我，我若不拉你到此吃飯，此刻已是在家裡了，偏生遇見不睜眼的兵大爺，偏在今天晚上鬧亂子，我死了值得什麼！倘或你有點好和歹，我怎對你大娘！」說到這裡，大哭起來，蘭芳已是哭得不成聲，兩個人四隻眼睛，不知流出幾千行眼淚。郭三相不知把手巾丟在那裡，沒得擦，只顧用兩個袖頭抹淚。蘭芳見了，想起自己手巾在袖口裡塞著，忙取出來，親自替三相去拭淚，又把自己的眼淚也用這塊帕子擦了一擦，這塊帕子卻是一塊白綾子的，禁不住兩人用，少時把塊帕子斑斑點點的都濕透了。郭三相看了說：「頂好一塊手帕，卻被眼淚污得不成樣子。」蘭芳說：「一塊手巾值什麼！你看外面的亂子還不止，咱們的命不知怎樣呢！」三相聽了，又哭起來，連說：「是我害了你！是我害了你！」蘭芳說：「事到如今，你也別這樣說了，總算咱們倆人時運不濟，應當遭這大劫。卻喜咱們死在一處，也不枉咱們交了這些日子。如果老天爺可憐，脫出這場飛災，咱們可稱得起是同生共死的朋友了。我勸你就別哭了，連我都橫了心，你有什麼撐不住的。」

三相聽了，仍是咽咽嗚嗚的哭，後悔不該到致美樓來吃飯。此時外頭仍然接二連三的放槍，又聽旁的屋子說：「變兵已然搶到珠寶市，把幾家爐房都給搶了。珠寶市離煤市街不過一箭之地，展眼就要到這裡來搶。」三相和蘭芳已顧不得哭，只有害怕，慌作一堆，許久卻不見變兵往這條街來，此時天已漸漸亮了，那些變兵把搶的金銀財寶，都運到前門東西兩站，裝上火車，發聲大喊，強迫車站的人，開了車，分頭逃往天津長辛店去了。變兵走了之後，巡警出來彈壓地面，消防隊出來救火，地痞惡棍，乘這好機會，三五成群的，也搶起來，只是好東西已被變兵飽載而去，不過搶些破衣裳，幸喜街上可以行得人，郭三相和蘭芳，聽說街上能走人了，忙說咱們也走吧，衣裳早都穿好了，只見那塊手帕子仍在桌上放著，三相向蘭芳說：「你把他帶著，回家洗洗吧！」蘭芳說：「我倒忘了。」又一轉念，心說不如把這帕子送給三相，遂向三相說：「這塊帕子，是咱們二人的眼淚都在上邊，我送與你，作個紀念，也可不忘今日之事。」郭三相聽了，求之不得，忙把那塊手帕揣在懷裡，後來他與此塊手帕起了個名字，喚作珠香帕。

當下二人下樓，掌櫃的迎著說：「三爺和梅老闆受驚的很！昨夜忙著收拾東西，也未得上樓去看看，幸喜沒搶到這裡，這都是托二位福庇。」三相說：「既然沒有事，大家都好。我們昨晚吃多少錢，與我記在賬上吧！」掌櫃的說：「那不敢，昨晚那一位都沒吃好，這錢是不敢要的，改日求多照顧吧。」說著教夥計與他二人由街上叫來兩輛車。蘭芳向三相說：「你住城裡，一夜沒回去，家裡不知怎樣著急，你只管進城吧！我家近，一個人回去也成了，咱們改日見吧。」三相說：「昨日我同你一齊出來，我怎好不把你送回去。反正我家裡人已是著了急了。晚回去一點怕什麼。」說著教兩輛車都向長巷頭條去。少時到了蘭芳家裡，急忙跑進去，只聽大瑣家的在屋裡哭呢！蘭芳趕緊跑到屋中，向大瑣家的說：「大娘，我們回來了！」大瑣家的見了蘭芳，一把拉住，乖乖寶寶的叫起來說：「你可把我急死了，外頭馬仰人翻的鬧了一夜，你們上那兒去了！你們此刻再不回來，我就要死了！」蘭芳說：「昨天我們由香厂回來，到致美樓去吃飯。」大瑣家的說：「這就不對，我教你們早些回來，作什麼又在外頭吃飯！」蘭芳接著說：「飯還沒吃完，外面就放起槍來，本打算跑回來，街上又不許走人，沒法子只得在致美樓待了一夜。」大瑣家的聽了說，雖然受些驚，卻沒事回來，還算萬幸。最可恨的是那個拉車的，他為什麼不給我送信來。既又向郭三相說：「郭三爺，你沒嚇著呀？」三相說：「雖然沒嚇著，此驚也非小。總而言之，是我不該請畹華吃飯，才受了這一夜的罪。」大瑣家的說：「你也想不到有這個亂子，但是你們年青的人，往後也得小心，時候不好，別只管貪熱鬧，不顧是非。」蘭芳聽了，倒怪過意不去的，心說：「人家連家都不顧，先把我送回來，不與人家說幾句好話，倒數落人家一頓，太沒面子了。」正要安慰三相，忽見一人慌慌張張跑進來。正是，才從禍變欣脫兔，又見文豪起逐蠅。欲知後事如何，且看下回分解。

第五回

建梅黨梨園開生面　肆筆戲文豪運匠心

話說梅蘭芳見他大娘不知感謝郭三相，反倒說了些不中聽的話，心裡過意不去，方要用言語安慰三相，忽見一人慌慌張張跑進來，卻是他那位拉車的大張。大瑣家的見了，迎面罵道：「你這小子，昨天一夜往那裡去了，大概又是看你野媽去啦！只顧你高興，不管人家死活，你不知我著急嗎？為什麼也不給我送個信來！直到這時候才回來！蘭芳若是有點好共歹，你算計我能饒你嗎？」大張說：「昨天晚上聽見槍聲，不知是什麼事。後來聽說是兵變了，便去到致美樓接老闆，誰知街上已不許走人，要家來給你老送信，更不行了！沒法子只得在車廠子裡蹲了一夜，今早又到致美樓，才知老闆已經家來了。」大瑣家的說：「這都是你們膽子太大，貪著胡跑，才把人給截在外邊。得啦！今天也不與你細說了，你給我滾出去吧！」拉車的聽了，低著頭出去了。此時蘭芳才向郭三相說：「你也該家去看看了。別只在這裡耽擱著，咱們過兩天見吧！」郭三相聽了，只得向大瑣家的興辭，大瑣家的勉強敷

衍幾句，也不往外送，蘭芳把他送在大門，說「我大娘說話不好聽，你不要見怪。」三相說：「他老人家太著急了，說話一定不能照往日那樣和平，我那能怪他呢。」說著到了門外，卻喜自己拉車的在門外等著呢。當下坐上車，與蘭芳作別而去。

到了家裡，他的母親和妻子都在那裡著急呢，見他無事家來，才把心放下來，接著問長問短，郭三相把如何截在外邊的話說了一遍。他母親聽了說：「好險的事！往後且別在外邊吃飯，總是早些家來好。年頭不太平，指不定什麼時候又亂子。」郭三相又問：「家裡沒受什麼驚嗎？」他母親說：「家裡倒沒受什麼驚恐。只是你一夜沒回來，教我好生著急。你如今既遭了這一驚，心裡一定不舒服，這幾天且不要出城，在家好生安靜幾天才是。」三相聽了母親言語，果然三四天沒出門，不必細講。

卻說梅蘭芳在致美樓受驚一事，早為馬幼偉諸人聽說了，都來與他壓驚。馬幼偉問起當日是同誰一起出去的，蘭芳說是同郭三相，馬幼偉便有些不滿意，告訴蘭芳，以後不要與這樣的人同走，沒什麼便宜的。蘭芳只得答應。又過幾日，外面的秩序已然完全恢復，南方的民黨，也不敢再請袁世凱到南京去就任，規定在北京召集國會，選舉正式總統，北京人民聽了這個消息，自是喜歡，從此商店漸有起色，幾處戲館子，開鑼演唱起來，彷彿是個昇平景象。蘭芳這幾日因不見郭三相到他家來，心裡放不下，特意到三相家裡看了一盪，三相也照常到蘭芳家裡來。

這日，蘭芳正在家裡坐著，忽見天樂園的主人田際雲來找他，急忙讓坐，大瑣家的也過來周旋說：「際雲，這幾日不見你，一定是生意太好了！怎的今日得暇，卻到寒舍來？」際雲說：「我這幾天窮忙，組織個班子，名叫翊文社，卻喜素仙、小如、蕙芳諸人，都肯幫忙，生意倒還不錯。我想蘭芳在家閒著，不如搭了我那個班子，我還能苦著他嗎？」大瑣家的聽了，笑道：「難得你記念我們，想著提拔他，我有什麼不願意的！只是振庭那裡還想約他，若是應了你，怕得罪振庭。這怎麼好呢？」際雲說：「不要緊，凡事都在我身上，振庭跟我敢說什麼！你們預備預備，明日便到我那裡唱戲去。」大瑣家的聽了，只得由他。原來際雲是梨園行中一個聖人，不但有些新知識，而且極有手段，他見國會議員漸漸都到京了，免不了出入戲園，只是這些人聽戲是不在行的，看臉子是個通好，臉子好的戲子，此時當然比不過蘭芳，所以即早來約蘭芳。旁人那裡見得到。大瑣家的和蘭芳也以他是梨園前輩，最能扶植後進的，搭了他的班子，一定有出息的。不過不能不拿振庭遮個門面，這也是戲行惡習，際雲也是明白的。當下約妥蘭芳，坐了會子去了。

次日蘭芳老早的便到天樂園去唱戲，馬幼偉、爽召南、謝素生諸人，早已得了消息，又約幾位名士來捧場，一位是羅癭公，原是幼偉的同鄉，極有詩才的，與易實甫、樊樊山彼此唱和，管領金台風月。在這選色徵歌上，也是獨具隻眼，不肯輕易贊許的。自從馬幼偉賞識蘭芳，他也曾同著幼偉到雲和堂幾次，果見蘭芳不同凡卉，又因關乎幼偉面子，便極力贊成，儼然作了幼偉的參謀。在詩文上，也不時替蘭芳出力，蘭芳所以能博上級社會歡迎，此人的力量居多。一位是文伯英，本是位翰林公，在滿洲名士裡，總算不可多得的人物，平時欽慕寶文靖勝祭酒之為人，詩酒陶情，風流自負，在功名一途，失之不憂，得之不喜，與爽召南本是通家，與幼偉癭公也是極相契的，所以也加入他們群裡，提拔蘭芳，不遺餘力。此外便是易實甫，這人卻有些奇癖，最怕人說他老，平日總以小白臉自居，五十歲的人了，絕不肯留鬚，把老面皮剃得精光，還要顧影自憐，極喜歡看女戲。他近日詩文，多半是為這群毛丫頭作的，對於蘭芳雖然賞識，因為已被馬幼偉獨佔了去，不肯在人腳後幫閒，卻獨自一個去恭維蘭芳。幼偉諸人知他習性如此，況於蘭芳也沒什麼不利，也不勉強拉他，只和那班同氣味的人，天天到天樂園去捧蘭芳。

這時北京報帋多了，都開了一門評戲欄，臧否梨園人物，不但看戲的在這上頭注意，便是唱戲的也在這戲評上特別留心，磕頭請安的，求人與他作好文章，漸漸的便生出門戶黨見來了，馬幼偉原是爭強好勝的，絕不許旁人對於蘭芳說個不字，便求這幾位名士，今日一篇文章，明日一篇詩詞，登在報上，把蘭芳誇的天仙化人一般，又結了一個團體，定名梅黨，推梅蘭芳為黨魁，凡在黨的人，對於黨魁須絕對崇拜，不許脫黨偷看他人演戲，但是黨綱雖嚴，幾位名士卻不慣天天作文章，卻好，郭三相少年高興，每日作篇極長的文章，送在報館裡。馬幼偉本是極嫌惡他的，如今見他替蘭芳作文章，便也罷了。郭三相見這些名流，作得如此有趣，他一個少年人，又加對於蘭芳是極端崇拜之人，便顧頭不顧尾的，替蘭芳鼓吹，只顧恭維蘭芳罷了，把別的戲子都給一筆抹煞，漸漸惹起社會上的反感。

這時《黃鐘日報》有位主筆，姓劉別署千歲骷髏，見這些人為了蘭芳，這樣胡鬧，早動了一個不平之念，便經心用意的作了幾篇反對文字，把蘭芳罵的一文不值，並說這些人無非一群逐臭之夫，假裝風雅，破壞社會道德，筆墨之間，隱刺馬幼偉與梅蘭芳的秘密勾當。幼偉見了，早是氣得不能說話，梅蘭芳也是哭天抹淚說：「我自出世以來，沒挨過這樣痛罵，這千歲骷髏真是我的對頭了！」馬幼偉只得與諸人商量，如何對待這家報館。大家說：「他既以文字來，我們亦以文字回他，戰不過時，再講旁的。」於是你一篇，我一篇，與千歲骷髏開起筆戰。七八位大名士，連環馬攻圍骷髏，這骷髏全無懼色，文思益勝，筆墨愈奇，那看報的人，都不禁喝彩說：「今番梅黨完了！」氣得梅黨中人，無可宣洩，暗暗叫苦，生怕戰不過骷髏，不但無以對馬幼偉，尤怕蘭芳小看他們。蘭芳見骷髏的文字，日日不絕，知道這邊文字無功，只得向馬幼偉撒嬌撒癡，非恢復他的名譽不可，並說：「你是軍政兩界極活動的人，連個報館主筆的都制不住，眼睜睜看著我挨罵，也不想個法子，往後我還怎出去唱戲！」說著哭了，幼偉說：「你且不要如此，我必有法子，教你過得去。量他一個報館主筆，有多大勢力！一句話，他就得滾。」次日便打聽《黃鐘日報》是誰開的，才知道是袁世凱的機關報，總理是王印川，現充參議院議員。幼偉自言道：「呆鳥麼！我早知是王印川的，何必又這些風波，足見我在報紙上太不留心了。」於是與王印川寫了一封信，言詞之間，加以威嚇，說這個姓劉的主筆的，你得好生管束，別再胡罵，如若不悛，他的身體未免有些危險。王印川接了這封信，知道幼偉不好惹，並且都是吃政治犯的，誰都用的著誰，得罪不得，寧可教主筆的受點委屈，不可與他傷了和氣。主筆的車載斗量，容易雇。若是得罪他，於前途好生不便。當下遂把幼偉的信，給千歲骷髏看了，並與他說：「往後你罵蘭芳的文字，不必作了。我們彼此沒有仇恨，為什麼得罪朋友呢？」骷髏聽了，好生有氣，無奈報館不是自家開的，沒有言論自由的權力，只索罷了。

偏巧這時有個不知深淺的主筆，作了一篇〈蘭芳外史〉，登在《國華報》上，蘭芳幼偉見了，又是不耐煩，心說這篇東西更是利害，把我們的黑幕給揭開了，若容他登完，好不體面。蘭芳說：「不如給他一個厲害，把報館給搗毀了。看他有什麼法子！」幼偉說：「不必這樣，《國華報》的總理烏澤聲，是我的朋友，我見了他，與他一說便成了。」當晚卻喜吉祥園有夜戲，澤聲幼偉都去看戲，幼偉一見澤聲，便想起報上的文章好不有氣，因向澤聲說：「澤聲，你太不對，你怎教你報館裡人罵我！」澤聲聽了，不明就裡，忙問「什麼事？我的報怎能罵你？」幼偉說：「你別與我裝糊塗！那〈蘭芳外史〉是誰作的？你眼睛須不瞎，你也沒看看寫的是什麼事？」澤聲說：「我那裡知道！我這幾天忙，沒到報館去。我回頭看看，若是有妨礙，便取消了也沒什麼。」幼偉聽了，越怒道：「你這都是推脫話！分明是你使出來的人罵我！」說著把桌子一拍，要與澤聲動武。同坐的還有幾位朋友，忙勸道：「你二位有話好說。何必這樣！」此時氣得澤聲臉都白了，因向幼偉說：「幼偉，無論因為什麼事，你應與我好說，你就這樣對待朋友嗎？不用說了，我們報上登的無論什麼有價值的東西，我為你，明天便取銷了！」說著戲也不看了，氣憤憤的去了。幼偉說：「你敢不取銷！不取銷封你報館！」說著凶神一般坐在那裡，弄得幾個朋友倒好沒意思。自有這兩場風波，報上的譏諷文字漸漸少了，只有梅黨獨霸，蘭芳的勢力，也一天比一天雄厚，參眾兩院的議員，大半都入了梅黨。天樂園看戲的，擁擁擠擠，胸前都懸著議員徽章。正是，伶官真有幸，幾獲元首之尊；□（注：此字未能辨識，暫闕。）士太多情，反遭巨靈之掌。欲知後事如何，且看下回分解。

第六回 挨嘴巴先生欣稱幸 奮老拳奴才很行兇

話說梅蘭芳，因有一班名士為他建立梅黨，又有馬六爺替他征服兩家報館，從此一帆風順，居然作了天樂園的台柱，每日來看他演戲的，車水馬龍，把鮮魚口一條街，都塞滿了。馬幼偉、爽召南、文伯英、羅癭公諸人天天必到不用講了，那參眾兩院的議員，多半也是皈依梅郎的，假使教蘭芳去當內閣總理，管保什麼議案都通得過去。這時正是選舉正式總統的時候，那些議員有故意與袁世凱反對的，當選舉開票的時候，內中竟有蘭芳兩票，足見當時國會，不拿國家當事，恣情搗亂，竟欲推戴像姑出身的優伶充作民國元首。一場兒戲，鬧到如今，真可慨也。

閒言少敘，卻說蘭芳幸運已達極點，自視未免太高，原先生怕沒有人捧，是個人兒，便誠心誠意的歡迎，如今聲價高了，當然須擺些臭架子，沒有金錢勢力，他那裡去睬，無奈自己避之愈力，他人求之愈堅。一班看戲的，因見這些闊人口講手書，都是蘭芳，便以為蘭芳一定是古今少有的角色，沒錢聽戲，只好等散

戲時，圍在天樂園門口，看蘭芳上車，天天如此，總有一百多人。內中有個姓王的，本是極窮無比的醫生，原是江南人，從他先人在京師隨任的，這人少時，極有才情，許多家私，都被他揮霍在像姑堂子裡，梅蘭芳的祖父梅巧玲活著時，他也曾時時到景和堂去，便是二瑣，也多受他照顧，後來家道衰落，只剩他一人，可惜沒有別的能耐，幸喜自幼讀過幾本醫書，便以行醫糊口，無奈時運不佳，請的人少。這王大夫窮的要命，漸漸有些精神病，住在打磨廠一個小店裡，每日有事無事，口裡總是吟詠詩賦。店裡人，不知他唱些什麼，只呼他作王瘋子。後來聽說新出個戲子梅蘭芳，是巧玲的孫子、二瑣之子，王瘋子不勝今昔之感，因作了一百首梅花詩，買了兩張宣紙，裁作八條，自己寫了，與蘭芳送去。蘭芳見他是個窮漢，也不在意，早忘懷了。王大夫見蘭芳近日益發紅的緊，幾乎滿城風雨，無人不知，他的癡想不覺又發生了，心說：「我與蘭芳本是世交，論資格當然誰也比不過我。」於是每日到天樂園裡去看戲，只是囊中無錢，不能時時入座，只好混在門外，站在那群人裡，等著蘭芳，飽個眼福。或到後台去看蘭芳裝扮，蘭芳彷彿有些認識他，只是他穿的衣裳太不整齊，不便理他。這王大夫也自慚形穢，不敢招呼蘭芳，只圍著他左右看個不止，時而點頭，時而讚歎，旁人不知他是作什麼的，見他瘋子一般，便趕狗似往外趕他，趕出去了，少時還回來，日子長了，大家都拿他取笑。

有一天他又站在蘭芳旁邊看梳頭，那看彩匣子的見他在那裡出神，便拿起一管筆，蘸了許多藍白顏色，在王大夫背上畫了個大烏龜，眾人見了，拍手而笑，王大夫也不知大家笑誰，還在那裡呆看蘭芳，後來見蘭芳上場去了，才往前台去，誰見了，沒有不笑的。王大夫始終不明白，散戲回家時，走在街上，也惹得人人注目。有一群小孩子，跟著他亂叫，及至到了店裡，掌櫃的由後面看見了，也不禁好笑，忙說：「王先生你恭喜了，這是誰贈你的頭號嘉禾章？怎麼掛在背後？」王大夫聽了，才脫下衣裳一看，也不禁笑了，喊道：「豈有此理，這一定是後台那群東西與我惡作劇，太可惡了！」從此再不敢到後台去，每日仍在天樂園門外逡巡彷徨，非見蘭芳一面不回店的，只是蘭芳出門，不過曇花一現，坐上車便飛奔而去，不能看個飽。

王大夫忽然妙想天開，心說：「我若賄賂他那個拉車的，教他每日替我多停一會，等我把蘭芳看個飽，再拉車送走，豈不妙哉！」想到這裡，便東拚西湊，弄了兩塊錢，次日便到車廠裡去訪蘭芳的那個拉車的，及至到了車廠子，只見蘭芳那個拉車的，和幾個夥友在那裡耍錢呢。王大夫見了，便向他招手點頭的，拉車的知他是個瘋子，也不理他。王大夫說：「你且停一停，我與你有話說！」車夫說：「你與我有什麼話說，瘋瘋癲癲的，別在這裡攪！」王大夫說：「這話背人，很要緊的，你隨我到避靜地方，我與你說，於你很有便宜。」車夫聽了，好生詫異，只得隨他到牆陰下，問是什麼事。王大夫先恭恭敬敬的與他作了一個揖，說：「車夫哥，我要求你一點事，你每日拉梅老闆回家時，請你把車多停一會，容我把梅老闆多看幾眼你再走，成不成？」車夫聽了，說：「那有這種道理，你這真是瘋話了。」說著要走，王大夫一把拉住說：「你別走，我有點小意思給你，不白教你停車的。」說著取出那兩塊錢來，遞給車夫說：「這是兩塊錢，你拿去喝杯酒吧！」車夫見了錢，心說：「這真是沒有的事，錯非（注：方言，同若非）瘋子，誰也不辦這傻事。卻喜白得他兩塊錢，於我也不傷什麼。」當下接過他那兩塊錢來說：「王先生，你這人真誠實，喜歡我們老闆的，還沒有照你這樣熱心的呢。但是回頭老闆上車時，你不要緊看，露出馬腳來，可壞了！」王大夫說：「你把車略停一停，我於願足矣！」說著高高興興的自去了。

那車夫憑空白得了兩塊錢，又入了賭局，估量已散戲了，便拉車去接蘭芳，把車放在天樂園門口，只見王大夫在人群裡探頭探腦等著呢。少時，蘭芳出來，那車夫故意擠開閒人，只不管王大夫，王大夫乘此機會，走在車旁，把蘭芳好看。還是蘭芳催著，那車夫才拉起車來去了。王大夫見車去遠，笑了一笑說：「有趣！今天看飽了。」搖著身子回店去了。每日如此，那拉車的總要給他一個方便，王大夫有了錢時，也送與拉車的幾個，不但蘭芳不知，便是旁人也想不到這裡。一日散戲之後，蘭芳剛坐上車，那車夫故意停滯不進，為是教王大夫看，誰知王大夫今天瘋病犯了，用手把住車轅，執意不放，上邊便去與蘭芳親嘴，惹得大眾好笑。此時急得蘭芳紅了臉，忙教拉車的快走，因有王大夫把住車轅，哪裡拉的動。蘭芳真急了，掄起右手，向王大夫臉上便是一掌，那打的山響。王大夫挨了這個嘴巴才放了手，那車已是飛跑而去，圍著看的人，莫不鬨然大笑，一擁把王大夫圍在中間，都來取笑他。王大夫說：「你們笑什麼！這個嘴巴是我花錢買出來的。你們想挨一下，還不成呢！」說著分開眾人要走，大家那裡放他，你推我擠，把王大夫一雙破鞋，也踏丟了，好半日才散了，王大夫的鞋也不知去向，只好光著襪底回店去了，不提。

卻說蘭芳回到家中，把拉車的臭罵一頓，進了屋子，卻好郭三相在那裡坐著，因見蘭芳顏色不對，便問怎麼了，蘭芳把方才的事說了一遍，說：「這簡直是個笑話。」三相聽了也不禁好笑。既又向蘭芳說：「那館子門口太亂，總是圍著一群人看，太討厭了，你明天與際雲說，由天樂園的後門出入倒好。」蘭芳說：「對！這前邊的門不能走了！」二人正說著話，忽門上喊了一聲：「六爺來了！」蘭芳忙迎出來，幼偉到了屋中，只見三相在那裡坐著，心中好生不悅，勉強與他說句話，三相問幼偉說：「你今天怎麼沒看戲去？」幼偉說：「今天在城裡忙了半天，此刻才得暇。」既又問蘭芳說：「蘆草園的房子，你們聽見回信了麼？」蘭芳說：「來回信了。」幼偉坐那裡便不言語了。三相見他們要說買房子的事，不便久坐，只得起來說：「明天見！」幼偉略一起屁股，蘭芳把他送出去說：「明天館子裡見！」說著回來周旋幼偉，問：「吃飯了沒有？」幼偉說：「回頭杏花春有一局。」此時大瑣家的聽說幼偉來了，也忙過這邊來，見了幼偉，問長問短。幼偉說：「這姓郭的他天天來嗎？我很不喜歡他！往後他再來時，不必教他進來。」大瑣家的說：「這人我也不大喜歡他，就拿正月十二那天，要不是他，那能受那樣驚恐！只是礙於情面，怎好不教他進來？」幼偉說：「怕什麼！只管拒絕他！有我呢！」他二人說這些話，蘭芳只在旁邊聽著，暗暗為三相叫苦。

少時幼偉又向大瑣家的說：「那房子你們看著怎樣？」大瑣家的說：「房子很好。」幼偉說：「價錢怎樣？」大瑣家的說：「若論價錢，也不算多了。因為他那邊急賣，不然還不能這樣便宜。只是六爺給我們買房子，將來便如六爺的家一樣，六爺若是看著好，就可以買的。不然，往後再找好一點的。」幼偉說：「在北京買房子，我是外行。你們既說好，一定是不錯的，別麻煩了。明天告訴那邊一個話，就辦了吧！過兩天到我家裡去兌銀子。」大瑣家的聽了，笑顏逐開，忙向幼偉說：「六爺，我這裡先謝謝，等搬到新房子再特別與六爺致謝！」幼偉說：「這是小事，謝我作什麼。只要往後你們事事都聽我的，什麼事都辦得到。」大瑣家的說：「六爺是我們的財神爺！我們不聽財神爺的，倒聽別人的話？」說著笑了。幼偉見天不早，忙說：「我得走了。」大瑣家的說：「何必這樣忙！在家裡吃完飯再走不好嗎？」幼偉說：「我在杏花春有飯局。」大瑣家的說：「真有局？那我就不作假了！」於是把幼偉送出去，回來大瑣家的向蘭芳說：「孩子，你怎不聽大娘的話，總愛招惹那個郭三相。他是馬六爺極不喜歡的人，你便親近他，這不是教他多心嗎？」蘭芳說：「郭三爺又沒得罪我，我怎好不理他？難道為了馬六爺，教我一輩子不理別人！」大瑣家的說：「你這還是小孩子的話！你不想咱們是幹什麼的，不論人好壞，但論錢多少。有錢的，無論是誰，叫他祖宗都可以。再說你自父親死後，產業都沒了，好容易盼著你成了人，遇見這樣一個大頭，與你買房子，娶老婆，這不是天緣二德嗎？你在他身上若不耐點性，招他喜歡，還有便宜得麼？」一些話說得蘭芳不言語了。

過了幾日，蘆草園的房子已然收拾停妥。馬幼偉又與他置了許多陳設，點綴得好不華麗。蘭芳一家搬了過去，規模比從前大了，又多添了兩個底下人，另收拾一間靜室，床帳鋪陳，極其幽雅。這日馬幼偉特與蘭芳來溫居，一家人，跑上跑下，留著他吃飯，到了晚上，幼偉與蘭芳在那間靜室對坐談心，一個底下人，在窗外廊下伺候。幼偉問蘭芳說：「上海有人來邀你們怎樣了？」蘭芳說：「我正與鳳卿商量呢！你說可以去不可以去？」幼偉說：「上海是好玩的地方，我也很願意去逛一逛。你如果去時，我同你一齊走，省得我一個人在京裡，怪寂寞的。」蘭芳說：「你的差使那裡擱得下，莫不成你為同我逛一逛，還告一個月的假？」幼偉說：「何必那樣。我謀一邊外差，一舉兩得，碰巧好賺幾個錢呢。」蘭芳說：「能夠這樣還好，我亦願意你同我去。」說到這裡，忽聽幼偉打了個呵欠，蘭芳說：「你酒又喝多了！大概睏了。你何不睡一睡。」忽聽那鋼絲床響了一聲，想是幼偉睡下了。忽又聽蘭芳笑了幾聲，電燈忽然滅了。窗外那個底下人，倒嚇了一跳，見旁的屋子電燈還亮著，只這屋子黑了，知是故意撚滅的。這個底下人屏息不敢出聲。好久，屋裡的電燈又亮了，只聽屋裡蘭芳要水，這個底下人趕緊提一壺熱水送進去，只見幼偉在床上歪躺著呢。底下人趕緊把臉盆手巾預備停妥，又去泡茶。幼偉起來洗洗手，又歇了一會兒，進城去了。

次日蘭芳仍到天樂去唱戲，晚間與王鳳卿商量往上海去的事。鳳卿很願意去，因第一舞台十天八天的起內訌，不如乘這機會到上海去一遛，倒脫了關係。蘭芳見鳳卿願去，又有馬幼偉要同行的話，遂亦決定南下。那上海丹桂第一台派來的人，正等回話，見他二人都應允了，便立了合同，急與上海打了一道電報。蘭芳又將赴滬的事，告訴田際雲，際雲無法挽留，只得商量與他餞行，遂即邀了幾個內行人，在致美樓定了個座兒，使人通知蘭芳，蘭芳雖然忙，因是田際雲請，不好不去，等到蘭芳坐車到致美樓去，主人陪客早來齊了，將蘭芳讓在首席，先啜茗閒談，際雲說：「上海卻是好地方，只是風俗太壞，我們北京唱戲的，到了那裡，少微有點資質的，總免不了出風流案，最初是楊月樓，鬧了很熱鬧一場官司，連汪桂芬那樣瘋瘋癲癲的，還弄出一場笑話來呢！近來這些後進，更不用說了！」同席的人聽了，都笑著向蘭芳說：「這回梅老闆到了上海，佳遇一定不少，只別被那群長三姨太太迷住了，忘了回京才好！」蘭芳聽了，臉上緋紅，也不知說什麼。際雲說：「話雖如此，不可不留神。」因向蘭芳說：「這回誰跟你去？」蘭芳說：「我大娘跟我去。」際雲說：「那還好。」說到這裡，跑堂兒的來問擺不擺，際雲說：「已然都來全了，咱們就吃吧！」於是教跑堂的擺上杯箸，大家從新入席，所要的菜，無非是紅燒甲魚、五香兔肉脯、涼拌烏賊魚等類。

大家一邊說話，一邊喝酒，蘭芳坐在正位，可以往外看，忽見他臉一紅，低下頭去，大家不明就裡，往窗外看時，只見廊子下站著一人，不住的探頭縮腦往屋裡看，大家都不認，見他穿的不甚整齊，以為串飯館要錢的，便往別處揮他，卻也怪，他執意不動，擠鼻弄眼的，只看蘭芳。此時怒惱了蘭芳那個跟包的大周，他正在席前伺候呢，見那人在那裡討厭不動，早怒了，搶出去，向那人便是一掌，罵道：「雜種造的，找到這裡來攪！」那人挨了這掌，負痛而逃，屁滾尿流的，跑下樓去。大周不舍，一直追下樓去。同館吃飯的都出了屋子看這熱鬧，大周將那人追下樓去，跑了一街，那人進了集雲樓，大周才不追他。這裡田際雲問蘭芳說：「這人好似認識你，他是作什麼的？」蘭芳說：「不用提了，這人屢屢在我身上無禮，聽說他姓王，是個大夫。」便把以前那些笑話說了一遍。際雲諸人聽了，莫不好笑，當下席散。正是，黃埔灘頭，憑添許多往趣；金台路上，想壞幾個癡人。欲知後事如何，且看下回分解。

第七回　梅蘭芳初遊滬瀆　郭三相另闢桃源

卻說田際雲，因梅蘭芳受了上海丹桂第一台聘禮，不日南下，遂在致美樓與他餞行，不憶被王大夫偵知，尋到這裡來，打算把蘭芳飽看一回，權當送行。不想被大周那個奴才好打一頓，鬧了一場笑話，抱頭鼠竄而去。蘭芳遇了這個魔障，也是無法。當下席散，蘭芳回家，大瑣家的拿出十幾張請帖給他看，都是請吃飯與他餞行的，內中有馬幼偉、爽召南、文伯英諸人的帖子，這都是不能推託的。晚上郭三相特意來看他，蘭芳將他讓到客廳說：「我這兩天太忙，除了飯局，一點工夫也沒有，所以沒到你那裡辭行去。過兩天消停了，我一定到你那裡去一盪。」三相說：「咱們二人何必在乎這個，我今天是抓工夫來看看你，又知你一定忙，先不請你吃飯，等你應酬完了，我在福興居好好的定幾個菜，只咱們兩個，不邀外人，又得吃，並且還能多說會子話。你看如何？」蘭芳說：「好，那時我有工夫，一定擾你，並且我還打算請你一下子，作個留別。」三相說：「看工夫便了，到不必拘定。」二人說得高興，大瑣家的聽見三相來了，便想起幼偉囑咐的話，心說：「這人又來了。倘或被馬六爺撞見，豈不惹他惱！群子這孩子也太不長進，怎的偏愛招惹他！把他趕走了結咧！還與他一鉤一搭的說話。」自己又不好公然去逐客，沒法子，只得抓底下人的錯兒，大驚小怪的罵人，故意教三相聽著，三相方忘其所以與蘭芳談得有味，忽聽大瑣家的在屋裡罵道：「不長心的東西，你們不見人家要走了，這裡忙呢，還這樣磨人！太沒眼睛了！你們不知道耽延一天是一天，人家那裡要扣錢的！怎的這樣不愛動彈，非說話不幹！太可惡了！」三相聽了，知道是些閒話，那裡還坐得住，蘭芳聽他大娘這樣寡獨，臉上倒怪不好意思，只得向三相說：「我大娘又犯瘋呢。」三相說：「他這兩天忙，心裡一定著急，我走吧，你聽我的招呼便了。」說著與蘭芳作辭而去。

次日蘭芳分赴各處飯局，足忙了兩三天，才應酬完畢，又到幼偉、召南諸人家裡去辭行，各人又送他許多北京土物，教他到南邊轉送別人，及至到幼偉家裡，與幼偉商量能同行不能。幼偉說：「這事此刻先不能定，我很願與你同行，只是現在的報館非常可惡，傳出去，一定與我登報，那時怪不好聽的，我打算教你先走，過兩天我再動身，咱們在上海見。」蘭芳說：「那也好，我便在上海等你。我們到那裡，住在什麼地方，與你來電報便了。」當下坐了一會，便興辭說：「我還要到別處去，晚上你有工夫到我那裡去。」幼偉說：「一定去的。我這裡還有一點東西，要送與你呢！」說著將蘭芳送出去。蘭芳出了門，見天還早，心說：「不如乘這機會，去看看郭三相。若與我大娘說明，一定不教去的。」於是教拉車的向宮門口郭三爺家裡去。三相因蘭芳停了戲，總不出城的，這日正在家裡坐著，忽聽蘭芳來了，喜的往外便跑，忙將蘭芳讓到書房，教底下人快去泡好茶，又向蘭芳說：「你今天怎這樣有工夫？我料著他們大家總要請你幾天。」蘭芳說：「可不是，今天那個請，明天這個請，把我都鬧暈了。不要緊的，我便都謝了，今天我是到各處與他們辭辭行，見天還早，抓個工夫，來看看你。」三相說：「這倒教你費心記掛，明天你有工夫沒有，咱們福興居見如何？」蘭芳說：「工夫那裡有，你既要請我吃飯，明天我必到便了。」三相聽了，樂得抓耳撓腮說：「難得你這樣賞臉。只是你此番到了上海，千萬小心，聽說上海堂子裡姑娘，和那些公館裡小姐姨太太，都是拿戲子當飯吃的，你的聲明近來不必說了，便是這表人物，到了上海便不得了。聽說少微好一點的，還被她們扯到家裡去，何況是你！恐怕一天不知搶你幾次呢！」蘭芳聽了笑道：「聽說風俗不好，還不至硬搶人吧！」三相說：「真的。你不信到上海看便了。」說到這裡，蘭芳見時候不早，生恐幼偉到家裡去，只得與三相作辭而去。

回到家中，與他大娘商量幾時起身，都是誰隨著去。大瑣家的說：「至快還得兩三天才能動身，我本打算教你媳婦跟你去，無奈她身子不方便，上海那個地方，沒個親人跟著，那裡成，只得我跟你去。除了拉胡琴的跟包的，也不必多帶人，咱們這一盪不知怎樣，越簡便越好。」蘭芳一一答應，原來蘭芳已然娶了媳婦，是唱武生的王毓樓的妹妹。王毓樓本是天橋上一個賣藝的，後來入了內行，能耐卻不高，只能敷衍，他這妹妹卻有幾分姿色，大瑣家的看著好，便與蘭芳定下了。誰知蘭芳近來大紅特紅，不是原先那樣子，戲行最重勢力，不但恭維大角，便是大角的親戚，不論能耐如何，總比沒勢力的拿錢多，這王毓樓既是蘭芳的大舅子，誰不捧他！居然也成了角兒了。

閒話少說，當下蘭芳與他大娘計議停妥，

次日便是郭三相請他在福興居吃飯，蘭芳不敢與他大娘說明，只得撒個慌說：「晚上有個闊人請吃飯，不好不去的。」大瑣家的信以為真，到了午後六點餘鐘，蘭芳坐車到福興居去了。卻說郭三相，是日老早便到福興居去，櫃上人接著說：「三爺今天在這裡請客麼？」三相說：「沒別人，只請梅老闆。你們給我找一間小屋子便了。」於是夥計把他引到後院一間屋子，等了半天，不見蘭芳來，又怕他爽約，此時三相好不發愁，便似張生等鶯鶯一般，獨自在那裡搗鬼。好久，忽聽夥計來說：「三爺，梅老闆到。」他才把心放下去，忙迎出來，拉著蘭芳的手進了屋子，坐下，此時三相已然另換一副面孔，不似方才等蘭芳那樣愁眉不展的，只見他笑顏逐開，不知怎樣周旋蘭芳才好。移時，夥計過來向三相道：「三爺，擺不擺呢？」三相道：「你忙什麼！容我們喝兩碗茶，說幾句話再擺。難道還有人等我們這屋子不成！」夥計說：「沒人等著，我是怕你們二位忙，還要到胡同裡溜達溜達。既然如此，等一會再擺吧！」夥計剛要轉身，蘭芳說：「咱們吃著說話也可以，不必喝茶了。」三相見說，於是吩咐夥計擺了杯箸，又向蘭芳說：「我今日沒多定菜，你可找可吃的要，好在沒有外人，咱們倒可以隨便喝幾杯，大概不能照壬子正月十二日那天似的了。」說到這裡，蘭芳也笑了，說：「那有那樣巧的事，遇見一次就夠了。再遇見一回，那可真是活該了。」此時夥計慢慢上菜，二人飲過數巡，三相問蘭芳幾時起身，蘭芳一一告訴他，既而三相又笑著向蘭芳說：「我看昨天的報紙說，他此次護送你到上海去。」說著用手指打著號碼，疊作個六字與蘭芳看，又說道：「報上傳言如此，可不知是真假，我想此事與你有直接關係，是否傳聞之誤，你總該知道，趁著沒有外人，好兄弟，你把此事告訴我，教我也放心。」蘭芳見說，小臉已是紅了，囁嚅半天，纔說道：「可不是，他要跟了我去，我又不好推辭，誰知這事不知怎的，被報館的人聽見了。他見了報，纔變了卦，跟我說明，等我由上海回京時，他到上海去接我。我本不願他這樣膩我，傳了出去，怪不好聽的，不過事到如今，只得諸事依他。有什麼法子呢！」三相聽了，心裡又結個愁疙疸，只是自己又爭不過幼偉，只索罷了。蘭芳又問三相說：「我此次到上海，你要什麼東西不要，我與你帶來。」三相說：「我要什麼！你要有人心，到了上海，給我寫個字來，比給我帶什麼東西都好！」蘭芳說：「就是。將來我到上海第一先與你來信便了。」當下二人把飯吃完，算了賬，一同出了福興居。三相看著蘭芳上了車，才坐上自己的車進城去了，不在話下。

卻說蘭芳，把京中一切應酬忙完，遂與他大娘帶著從人向上海去了。此時鳳卿已先到上海，見蘭芳來了，才商量一同登台。那上海的士女，盼蘭芳來，早已忍得難受，今見蘭芳登了台，早把那戲園充滿，那戲園主人卻會作生意，預先把蘭芳小照印了好幾萬張，分送各座。那些女客，都把他懸在前襟，故樊樊山有句云：「沉醉江南士女心，襟前巧懸梅花譜。」即詠此事也。卻說蘭芳在滬演戲，得意非凡，此時樊樊山正在巾江，知他是巧玲的孫子，也不時到戲園去看他演戲，果見與常伶不同，便與他作了一篇〈梅郎曲〉，專道他色藝之美，有暇時便邀蘭芳和鳳卿在酒樓吃飯，上海那些小名士見樊老都這樣贊成蘭芳，便也成群打夥捧起蘭芳來，儼然成了上海梅黨支部。那時雖有捧小子和的馮黨，和捧賈璧雲的賈黨，對於蘭芳持反對態度，無奈勢力不及，又加滬人喜於得新忘舊，便是馮黨賈黨的人，也是多半脫黨去捧蘭芳，錦上添花，人情大都如此，不足怪也。

　　不言蘭芳在滬演唱，折回來再說北京，自蘭芳去後，京師劇場好不冷落，第一舞台倒閉不用說了，便是天樂園最火熾的館子，自去了蘭芳，不能支持，停止鑼鼓，此外不過一二坤角班子，尚能苟延殘喘，維持生活。至於聽戲的自從蘭芳一出京，已均大失所望，每日不過翻閱報紙，尋看蘭芳的消息，以為望梅止渴之苦，此時各家報館，但能傳佈梅伶消息的，便能多銷許多報。梅黨中人，尤是焦灼，不知蘭芳在滬究竟如何，馬六爺更是度日如年，好在蘭芳的家，便如他家一樣，不時到蘆草園向蘭芳媳婦打聽消息。其中最難受的，還是郭三相，他雖是梅黨中人，卻與大家來不是，人家還可聚在一處談談，他卻沒人理，自己又宣過言，除了梅蘭芳，不看別人的戲。如今蘭芳一去十數日，早把他悶壞了。

　　這日無聊已極，心想到廣和樓聽劉鴻升去，倒可以解悶。蘭芳是旦角，鴻升是老生，我去聽老生，當然不犯黨規。想到這裡，便到廣和樓去，卻巧鴻升正上《金水橋》，配公主的名叫蓮紅霞，三相見了，卻不覺心一動，好似這人在那裡見過似的。散戲之後，便追到後台，誰知那蓮紅霞見了三相，卻與他請了個安。三相細看時，卻是個小時同學的，原來蓮紅霞小時，與郭三相同學讀書，最愛聽戲，回到家來，便學戲子所為，家裡本極寒素，不能供他竟讀，民國以來，日子越發不好過了，卻喜這時梨園生意極其投時，再說自取銷像姑堂子之後，唱旦角的多半有闊人捧場，聲勢極為宣赫。早年視作下賤營生，今日卻是人人羨慕的，所以好人家兒女，有點資質的，紛紛都入了伶籍。這蓮紅霞本來喜唱，又因家寒，還有一個原因，便是要當幾天梅蘭芳，多得幾個闊人來捧，他的臉子倒有幾分姿色，卻是乍上跳板，沒人替他吹噓，幸喜內行中人，如劉鴻升輩，還肯提拔他，所以出台不多日子，便與他同場演戲，不想這日被郭三相看見，及至到後台相見了，卻是老同學，於是三相喲了一聲說：「我當時誰，原來是你！咱們有兩三年沒見了，今日卻是幸遇。」紅霞說：「我短給你請安。聽說你捧小梅很賣力氣，他到上海去了，你才到這裡來看戲，別竟捧成名的，以後把我們也捧一捧！」三相聽了笑著說：「那裡有這些事！怎麼你剛入戲行，便染上這種口聲，真是風俗移人！」既又向紅霞說：「你還有戲沒有了？」紅霞說：「完事了。」三相說：「既然沒事，咱們到外頭吃飯去！這裡亂烘烘的，不好說話。」紅霞見說，也不推辭，穿上衣裳，隨三相去了。

出了廣和樓，三相說：「咱們不必往遠處去，上全聚德吃燒鴨子去，你看如何？」紅霞說：「好！我這幾天怪饞的呢！」說著走不幾步，到了全聚德，夥計接著，讓到樓上，二人先啜茗談心，三相說：「你想起為什麼入了這行？」紅霞歎口氣說：「沒法子，這幾年家裡的日月益發過不得，拿我一個高等小學程度的人，能作什麼。高等大學畢業的，還沒事呢！卻喜有條嗓子，只得入了戲園，別的是假，吃飯當先，只是對不起老同學，莫要怪我！」三相聽了，也歎道：「這真是無可如何，但是一個人，什麼事都可以作，當戲子又怕什麼！你看那些當代人物，哪一個不是戲子。只是最可恨的，如今的戲子也專講勢力，沒人沒勢，休想成名，你此時只好作去，幸喜我認識幾個朋友，將來替你吹噓吹噓，也須有個出頭之日。」紅霞聽了說：「這仗老同學與我維持了。」說著夥計端上酒菜，二人緩緩對飲。正是，小梅歸來，欣添走狗；三相去後，別遇知音。欲知後事如何，且看下回分解。

第八回　表敬意蘭芳大酬勞　討沒趣癡人獨破鈔

話說郭三相，因蘭芳往上海去了，沒得戲聽，積悶無聊，就想到上廣和樓聽劉鴻升去，不想無意中遇見蓮紅霞，一則是舊日同學，二則紅霞品貌還說得去，不由他不動些愛慕念頭，所以當日便邀紅霞去吃飯，少時二人將飯用盡，紅霞因向三相說：「我是新入這行，此刻尚沒人捧，如今遇著三哥，沒什麼說的，你便替我忙一忙，聽說報紙上的戲評，很有勢力，你的文章我是知道的，閒著時，也須與我作幾篇，登在報上才好。」三相說：「這個不難，報館裡我也有朋友，有稿子去，一定會刊出來的。但是我想只憑文字的力量，是不成的，須得有幾個闊綽些的人來捧，以後我求求爽召南、文伯英諸位老先生幫你個忙兒，漸漸的就有起色了。你看，蘭芳所以有今日，都是他們一手造成的。紅霞聽了，好不高興，便似不久即與蘭芳並駕齊驅，把腦子都充滿了，因笑著向三相說：「能得如此，那好極了，聽說捧蘭芳的，還有一位什麼幼偉先生，很不惜錢，蘭芳便是他給出的師，房子也是他給買的，三哥認識此人嗎？」三相聽了，沉吟一會說：「馬幼偉麼，我也認識他，只是此人脾氣不好，他雖然於蘭芳花了不少錢，把蘭芳作踐的也夠受了，直到如今，蘭芳心裡都沒他，只是推不出去，真是啞子吃黃蓮，說不出的苦。這人卻理不得，再說除了蘭芳，他誰也不捧，便是求他，也是白廢話。總而言之，這人是個肉慾主義的人，在精神上，一些觀念也無有，為了蘭芳，我與他已然生了許多意見，所以我勸你不要希望他，除了不要人格了，或者還可以拍他的馬屁。」紅霞聽了，默然無語，既而又說些閒話，算了飯賬，二人下樓，三相要進城，紅霞要找人去說戲，當下二人分手。自此以後，三相不時去看紅霞的戲，紅霞也時時到三相家裡來，走得很是親密，不在話下。

卻說蘭芳，在上海演戲已將近一月，戲園子仗著他，賺了兩三萬錢，不知怎樣待遇蘭芳才好，又以一個月合同將滿，打算還要與他續訂一個月，蘭芳不能作主，只得與他大娘和鳳卿商量，他大娘卻是久經世故的，因向蘭芳說：「咱們這一趟，總算作臉，莫如得好便收，趕快回京要緊。倘若再與他訂立一月合同，唱好了還可以，假如這裡的人有些厭煩，上座不如從前，豈不是個觔斗。再說無論多好，不過給館子賺錢，咱們還是挐有數的錢，所以我不願意續訂合同。」蘭芳只得答應。鳳卿那邊也是要回京，只剩蘭芳如何能成？所以到了期限，便與戲園說知，一定要回北京。那戲園主人如何肯放，左說右說，教蘭芳再給他們幫幾天忙，才許回京。閒言少敘，蘭芳將幫忙戲與他們唱完，不免在外面又有些應酬，諸事完畢，才向他大娘商量回京。這一個多月，平安把戲唱完，總算萬幸，這也是大瑣家的看得緊，不然不知出多少笑話呢！雖然這樣說，還有一家姨太太，用八千圓之代價，買了一個金鋼石戒指，送與蘭芳，幽會了一次。又有那長三小姐，當蘭芳唱戲時，在包廂裡，竟自用珠花金釧等貴重首飾打他，可惜都是婦女，大瑣家的怕把蘭芳的嗓子弄壞，所以監視極嚴。假如上海也有照馬幼偉那樣一個人，大瑣家的也就不管了。話休煩絮，卻說蘭芳和他大娘，指揮從人，將行李收拾停妥，由津浦鐵路回京，在火車上卻多了一個人，與蘭芳並肩坐著，手指腳畫的，談個不了，這人是誰？讀者大概猜得著，不必明說了。

車至天津，小憩一日。次日乘車回京，到了前門車站，早有許多梅黨和內行人在那裡恭迎，忽有兩輛摩托車，分開眾人，來接梅蘭芳，一輛是第一舞台的，那一輛是吉祥園俞振庭現雇的，原來第一舞台和吉祥園，都等著蘭芳回來邀他搭班唱戲，所以特備汽車到站來接。兩輛汽車，蘭芳不知坐那輛好，坐這家的，一定得罪那家，坐那家的，一定得罪這家，好不為難。此時那第一舞台的執事，便請蘭芳上車，那俞振庭本是武生，平日最好動武，並且人極機警，那能教第一舞台把蘭芳裝去，當下發作道：「你們誰敢接梅老闆，與他拚命！」說著上前提起蘭芳，便如抱小孩子一般，放在自己車上，自己遂也跳上車去，教司機的開車。只聽喇叭響了一聲，那車如飛也似，出站而去，這裡第一舞台的執事，沒法子，眼睜睜看著蘭芳被振庭劫了去。只得掃著興坐上空車去了。這時接蘭芳的和大瑣家的，及從人等，也都出了車站雇上洋車，向蘆草園而去。

及至到家，早見蘭芳和振庭在上屋裡坐著呢。大瑣家的見了振庭，便罵道：「你這小子怎這樣野蠻，不容分說裝了人便走！你們是怎回事，弄得這樣亂七八糟！」俞振庭賠著笑臉說：「得啦！老太太你老人家不知道，畹華若教第一舞台接了去，我的買賣就不用作了，所以我沒等你老人家上車，先把畹華送到家裡。

我知道太鹵莽了！改日我請你老人家坐汽車逛八大處去。」大瑣家的說：「誰稀罕坐你的汽車，你的車是由公司裡賃來的！」說著笑了。此時坐了一屋子人，也都笑了。大瑣家的又向眾人說：「我竟顧與振庭說話，也忘了與眾位先生及諸親友道勞，難得都到站上迎我們，總算看得起我們，請坐吧，吃煙！喝茶！」又向底下人說：「你們快張羅茶水，我拿手提包裡有幾包好煙捲，取出來敬客！」大家說：「你老怪乏的，歇歇吧！不要張羅了！」此時眾人見這裡忙得緊，恐怕主人不安，都紛紛去了，只剩振庭，遂與大瑣家的打聽此次到上海怎樣，大瑣家的說：「不怎麼樣，不過沒賠錢便了。」又向振庭說：「北京這程子怎樣？」振庭唉了一聲說：「別提了，自你們出京後，天樂園不久便散了，聽說田際雲要組織女科班兒呢。那第一台老走揹運，你們是知道的，無論多紅的角兒，到了第一台，也得毀。如今他們見畹華回來了，便想揀個便宜，與他們補虧空，安心太不善了！所以我不能容他們接，沒什麼說的，畹華得幫我個忙兒！」大瑣家的聽了說：「人家不善，你也不好惹，既接我們唱戲，得應我一件事！」俞振庭說：「老太太，你老人家只要教畹華幫我的忙，無論要求什麼條件，我都應的。」大瑣家的道：「我也不特別難為你，若教我們在你那裡唱戲，每天須把戲份兒先給送來，然後去給你唱戲。這麼辦時，我就答應你，不然不用說了。」振庭聽了，忙說：「老太太，這個條件太厲害了，並且自有唱戲的以來，也沒有這樣辦的，這個怎能由我開例呢？」大瑣家的說：「雖然沒這規矩，我這也算是革命，你這孩子誰還不知道，不這樣與你說好了，怎能得看你的錢？這樣辦事，咱們倒能長的了！」振庭不住搖頭說：「這事真為難！」既又想道：「北京人想蘭芳想的都要瘋了，這回的生意，一定不錯。

有什麼虧負我的，應了他吧。」於是向大瑣家的說：「我應便是應了，只是也得給我幾齣好戲，若竟唱歇工戲，我這錢可拿不了。」大瑣家的說：「那是自然，現在聽說有個人在教育部通俗教育研究會裡當會員，很有才學的，要替蘭芳編新戲呢。將來都是在你的館子裡演唱，那時不知你要賺多少錢呢！」振庭無話說了，當下坐一會子，又邀王鳳卿去了。

晚上，不免又來幾幫客，特意望看蘭芳。過了兩三天，蘭芳歇過乏來，又到素常捧他的那幾家去謝步，及至到了幼偉家裡，幼偉忙讓他坐下，既又問他說：「振庭邀你怎樣了？」蘭芳說：「都辦好了。」幼偉說：「吉祥園究竟比第一台合式，你幾時登台呢？」蘭芳說：「還得聽振庭的信，大概還有幾天工夫。」幼偉說：「這還好，因我想起一件事來，從前咱們與《黃鐘日報》的千歲骷髏打筆墨官司時，多虧他們幾個念書的幫忙，就是現在，他們也不短與你作文章，就拿你此次到上海說吧，不知他們那裡得來的消息，報紙上每日總有你的事，說得天花亂墜一般，這也忒難為他們了，我想你此次回京，得請請他們，現教他們高高興，日後好替你拚命作文章，這些人禁不住給他們點面子，往後你說一句話，不知他們怎樣替你奔走呢。那時你當狗使喚他們，他們也是由心縫兒裡樂！」蘭芳聽了笑了一笑說：「我雖然不敢存這念頭，對於這些人，我也久有請他們的心，但是怎樣請法？在什麼地方呢？」幼偉說：「這個容易，我早替你想好了，若在館子裡請時，未免有些招搖，只在你的家裡便好，錢不必你拏，我替你出，你只應個名便了。」蘭芳說：「我請客怎好教你出錢呢？」幼偉說：「那值什麼！便是你出錢，他們也疑慮是我出的，莫如還是我拏倒簡決。」蘭芳雖然不滿意，只好應他，因又問幼偉說：「都請誰呢？你心裡有底子沒有呢？」幼偉說：「最近的如羅癭公、易哭厂、爽召南、文伯英、謝素生，這都是早已捧過你的，一定得請他們，便是郭三相，我雖不喜歡他，這次也短不了他，皆因他與你作了不少文章，恠難為這孩子的。若不賞他個面子，未免太寡情了。此外便是自稱梅黨的那些人，揀幾個老實的，也得選在裡面，為的是教他們好替你挨罵，還有一個人，你沒見過，我從前也跟你說過了。」蘭芳說：「莫非是那姓祁的？」幼偉笑道：「對了，這人極有趣兒的，別號齊東野人，又叫什麼東亞戲迷，筆底下很好，專愛編戲文，謅詞曲，現在已被教育部的通俗教育研究會約了去了，皆因部裡沒有懂得戲劇的，拿他當聖人，這人卻由骨髓裡崇拜你。他跟我說，世界可以沒戲子，沒釋迦，沒耶穌，不可沒有畹華。他對我提你，不是畹華，便是梅先生，或是梅君，總不敢提你名字的，意思是怕犯諱。他早以久捧你，只是沒有介紹人，他不敢見你，如今乘這機會把他邀上，不知他怎喜歡呢！往後便使喚他作什麼都可以。」蘭芳聽罷，也笑了說：「這人倒有點意思。」當下二人商量定了，擇定後日在蘭芳家裡請客，帖子由幼偉代辦，席面也用電話定妥，蘭芳又在幼偉家裡坐了一會，家去與他大娘說知。大瑣家的聽了，也以為此舉不可少，當下教底下人收拾屋子，打掃客廳，掛起幾張書畫，擺上幾件古玩，中西合璧的點綴起來，忙了一天。

次日無事。後日所邀的貴賓漸漸來了，底下人在門外迎著，都要了名片，引到客廳，馬幼偉名義上雖也是客，卻是主人，便與蘭芳協同迎客，謙抑盡禮。此時來賓陸續來齊，只有齊東野人還未到。這些貴賓裡，有那到過蘭芳家裡的，固然透著熟意，有那初次到蘭芳家裡來的，便有些拘謹，舉動言談，都有些不自由，彷彿小吏到了堂官宅裡，信徒參詣教主一般，生恐失儀。此時五六個茶役，輪轉在客廳裡伺候煙茶。蘭芳也在當地周旋，以盡東道之禮，諸貴賓好不過意，那個說：「畹華，歇一歇吧！」這個說：「畹華，別周旋了！」二三十個人，畹華長，畹華短，充滿一室。真是口裡說得是畹華，眼裡看得是畹華，耳裡聽得是畹華，心裡想得是畹華。

此時忽見一個聽差的，拿進一張名片，呈與蘭芳看，蘭芳轉給馬幼偉看，幼偉一見，說：「祁先生來了！」蘭芳忙向底下人說「請」，底下人忙將齊東野人請進來，蘭芳和幼偉忙將他迎入客廳，大家舉目看時，只見他年約四十上下，嘴上有幾根黃鬚，穿著藍袍青褂，是民國新定的常禮服。大家有認識他的，便叫一聲：「祁先生，怎才來？」他忙過去與大家周旋一回，忙又跑到幼偉根前說：「我與梅先生是初會，求你先生與我們介紹介紹。」幼偉聽了，即指齊東野人向蘭芳說：「這位便是祁先生。」又指蘭芳向齊東野人說：「這便是畹華。」只見他與蘭芳深深作個揖，蘭芳還禮不迭。齊東野人前天接著尊帖，說：「今天賞飯吃，所以冒昧而來，多恕多恕！」蘭芳說：「不成敬意，先生肯來，賜光不小！」既而齊東野人又向蘭芳說：「伯母大人現在那屋？小子要叩見的。」蘭芳說：「不敢！」他執意要見，蘭芳以目視幼偉，幼偉說：「祁先生既這樣說，想是誠意。」當下教蘭芳頭前引著，幼偉陪在後面，到了大瑣家的屋子，也是由幼偉介紹說：「這位是祁先生，平日很捧蘭芳的，是我的好朋友。」只見他不等幼偉說完，早向大瑣家的打了三躬，慌得大瑣家的忙忙福了兩福，既又讓他坐下，他不敢座，屏氣息聲的退了出來，走在中庭只聽屋裡有婦女的笑聲，他不知笑什麼，低著頭只顧走。蘭芳和幼偉又將他讓到客廳座下吃茶，原來他拜見大瑣家的時，蘭芳媳婦王氏，和一般唱戲的家裡兩個婦人，正陪著大瑣家的說話，聽說有生客來了，都躲到裡屋，隔著窗看，只見他磕頭禮拜的，好生可笑，所以他剛走出去，都笑起來了。

此時賓客業已來齊，幼偉向蘭芳說：「是時候了，讓坐吧！」台面早在旁的屋子擺好，當下蘭芳讓眾客入席，羅癭公、易哭厂、謝素生、爽召南、文伯英、郭三相、齊東野人共七位，坐在一起，蘭芳和幼偉坐在主位陪著，其餘無關緊要的，尚有十餘人。別讓兩席，由蘭芳約出來的幾位內行陪著，少時酒菜齊備，大家舉杯謝了主人，慢慢的吃起來。席間光景，無非是觥籌交錯，笑語宣騰，妍的妍，醜的醜，雅的雅，俗的俗，都不消細說。大家正吃得高興，忽見大瑣家的扶著個婆子過這邊來周旋。大家見了，忙站起來說：「不必多禮了。」大瑣家的說：「今天難得諸位先生賜光，總算看得起我們，只沒什麼好吃的，不過是一杯水酒，諸位先生須依實，不要見外！」說著要與大家添盃，大家推辭不受，這婦人在各席都周旋一回，自去了。這裡大家安心吃酒，不一會，將飯吃完，重到客廳坐著，有事的便先走了，便是常到蘭芳家裡來的，也都怕蘭芳勞乏，紛紛作辭去了，只剩幼偉一人，因這裡是他第二個家庭，不必便走，況且方才他與蘭芳周旋客人時，都沒吃好，幸喜還有一桌，他便帶著蘭芳，大瑣家的，蘭芳媳婦，和那兩個女客一桌吃起來，這回沒有外人，自然吃得妥帖，不在話下。

單說郭三相，自蘭芳家裡回來，心中不知怎的只是煩惱，心說：「今天這一會分明又是馬幼偉作面子，卻教蘭芳囤擔虛名，況且所請的人，有好些不三不四的，我看蘭芳也似不甚滿意，量這幾桌席，我也辦得起，不能教幼偉獨佔了體面！我明天也照樣邀一局，卻在福興居辦，我與蘭芳一同出名，他一定贊成的。」當下果然用電話定了三桌席，自己寫了帖子，下注梅蘭芳郭三相同拜訂，教底下人發了出去，次日便去找蘭芳，與他說知。蘭芳聽了，沉吟一會說：「不是我不贊成，你想昨天我這裡請客，無論誰花的錢，究竟算是我請的，如今你又發出帖子去，說咱們二人公請，顯見我不滿意馬幼偉，豈不教他□（注：此字未能辨識，暫闕。）想。莫如這個局你不用請了，過些日子再說也不晚。」三相聽了說：「這如何使得！我的席都定妥了，怎能又教館子退。再說帖子已經發出去了，萬事追不回來的。倘或明天客到了，咱們不去，豈不栽觔斗。我這事辦得雖然孟浪些兒，你也得捧我一場，萬不能不去的。」蘭芳聽了無法，只得勉強應了他，等三相走後，趕緊與馬幼偉打電話，問接著三相請客的帖子沒有，幼偉那邊道：「我接著這個帖子了，是怎麼回事？我正不明白。」蘭芳說：「你看郭三相這人辦事多可笑，他也沒與我商量，硬把我寫在帖子上，這事怎麼辦呢？」幼偉那邊道：「我料著是三相搗鬼，你明天只管去，我自有辦法。」蘭芳這樣問道：「你去不去呢？」幼偉那邊道：「大概去，咱們再見吧！」說著兩人把耳機子都掛上。蘭芳得了幼偉的底，也覺放心，不在話下。

卻說馬幼偉，對於郭三相最嫌不過的，那能教他作臉，當下分頭給大家打電話說：「明天給郭三相一個乾亮，誰也不許去。」大家得了幼偉電話，又以三相此舉無謂，一個願意去的也沒有。次日三相老早到了福興居，蘭芳隨後也來了，三張圓桌，上面擺著壓桌果子，好不齊整。三相看了，高興非凡，誰知等了半天，不見一個客到。三相有些疑心，遂問蘭芳道：「幼偉來不來？」蘭芳說：「他昨天說來，怎麼這時候不見一個人來呢？」蘭芳也疑惑起來。是日請的是晚居，九月天氣，六七點鐘不見一個客到，事情一定不妙了。館子的夥計左問右問，三相只教等著，仍不見一人來。

他已知被大家賣了，連羞帶氣，臉上已竟不成面色，真是啞巴哭媽，叫不出來的苦！少時福興居的掌櫃的過來問道：「三爺，今天是怎回事，大概帖子上的日子寫錯了吧？」三相說：「大概也須（注：也應當，也應該）我寫錯了。你教夥計拿幾個菜來，我與梅老闆先吃吧！」掌櫃聽了自去吩咐。正是，重色輕友，世道墕傷；罵弟嗔兄，家庭可怪。要知後事如何，且看下回分解。

第九回 罵蘭芳壎摧篪碎　收玉芙珠聯璧合

卻說郭三相，不自量力，打算借重蘭芳，也在諸人跟前作個臉面，不顧前後，在福興居請了一局，誰知被幼偉所賣，號召徒黨，約會一齊不去，給三相一個乾亮台，把三相氣個死。沒法子，只得與蘭芳胡亂吃了一點，三桌席不能滿退回去，飯莊子勉強收回一桌，餘兩桌，教館子給蘭芳家送一桌去，自己留了一桌送人。算算賬，不下三四拾元。三相忍肚子疼，如數付了，因向蘭芳說：「花錢事小，我這觔斗栽的太厲害了！他們那有這樣賣人的！」蘭芳說：「真是太不講面子了，沒有這樣玩笑的，他們又沒跟我明說，連幼偉還說來呢！這樣看起來，連我也被他們賣了。得虧是你還知道我，若是別人，一定疑我與他們定的活局子，成心要笑你似的。」三相說：「我那能疑惑你。你今天來了，我這錢便沒白花，那群陰毒損壞的，來不來值什麼！」說著笑了，雖然是笑，眼眶裡卻含著無限酸淚，肚皮裡卻包著無限委屈。蘭芳見了，好生不忍，卻想起壬子正月十二日，在致美樓遇變那夜的

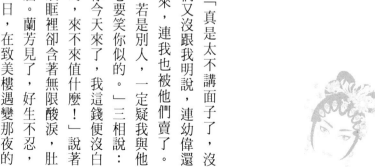

光景來，心說：「郭三相在我身上，總算是個多情不過的人。如今被這群闊老擠對的理我不好，不理我不好，便是我也是這種情形，失了自由，不能隨便與人結交。這樣看起來，人生在世，勢力金錢，固然是不可少，這自由二字，更是缺不得的，就拿我說總算不憂饑寒，在唱戲的裡面，究竟是頭等腳兒了，只是身不自由，已落在人家勢力圈裡，人家不喜歡的東西，我不敢愛；人家不滿意的人士，我不敢交。如意承旨，小心伺候，還恐人家不樂。究竟我算幹什麼的。這梅蘭芳三字雖然是我的姓名，究竟不是我的梅蘭芳，連我帶梅蘭芳三字，都屬了人家了。我雖然居華屋，服美服，啖美食，乘肥駕輕（注：疑原文有誤，或為乘肥衣輕。），我究竟有何樂趣，有何得意，身子名字都是人家的了，樂什麼，得意什麼。羅癭公的詩有云：『梅魂久屬馮家有。』如此看來，我真是人家的了。旁人也信我是人家的了。唉，自由自由，我與你何無緣耶！」蘭芳想到這裡，眼圈兒也不覺紅了，郭三相見了，知他心中也不自在了，忙安慰他道：「你何必如此呢，他們與我這樣惡作劇，也沒什麼特別意思，不過是不許我親近你。從今以後，我也不給你添麻煩，咱們遠著一點，彼此倒都安心，他們也不能這樣耍笑我了。」蘭芳說：「想不到一個人，竟落得這樣一個局勢，多一步也走不了。」三相說：「勢之所迫，有什麼法子呢。往後自要你心裡有我，就是一輩子不見面，又有什麼！天不早了，你也該家去了，只顧楚囚對泣，沒什麼意思。」說著二人都穿上外套，出了福興居，車在門外等著呢。二人坐上車，各自回家，不提。

卻說俞振庭，在吉祥園已然把班子起好，擇吉邀蘭芳和鳳卿登台，這回蘭芳又較在天樂園時紅的多了。第一是才從上海回來，看戲的正盼得眼穿；第二他的藝業也比從前高了，又加馬幼偉替他邀出齊東野人，編排新戲，說些新詞，聽戲的無不歡迎。不但蘭芳感激這齊東野人，便是幼偉也非常喜歡他，皆因齊東野人捧蘭芳，全是揣摩幼偉的心理，他知幼偉在軍政兩界是個活動起來的人，打算求他照應，將來在政界裡，也站個地步。若是直接苟他，未免迂遠，也不能成，不如碰他心眼去捧蘭芳，捧蘭芳便是捧幼偉。久而久之，他不拿我當外人，什麼話都好說了，便求蘭芳替我說句話，比什麼都有力量。他心裡既然存了這個主義，所以把一片天真，早化成假意，連骨髓都假了。只揀幼偉、蘭芳愛聽的說，愛看的行，曲意逢迎，不知怎樣恭順才對。見了幼偉和蘭芳，他的五官都能挪位，腿是軟的，不用說了，便是腰也能折，屁股也能搖，這種醜態，不但在幼偉家裡、蘭芳家裡能見，便是在吉祥園戲館子裡，也是運轉自如。旁人見了，好不肉麻，他自己卻得意非凡，以為能與幼偉坐在一起，能與蘭芳說幾句話，真是欺祖的榮耀，普通人不易得的。大凡人類的短處，最喜歡有人在他跟前作出這種醜態來，何況幼偉與蘭芳，知道什麼道理，那消幾個月，兩個人誰也離不開齊東野人了。

一日蘭芳想著到齊東野人家裡看看，一則周旋周旋他，教他心裡喜歡，二則齊東野人說給他新編了一本戲，是《紅樓夢》〈黛玉葬花〉的故事，蘭芳打算去看看這腳本，於是先給齊東野人打了個電話，問他：「有工夫沒有？我要到你家裡看看。」齊東野人接了這個電話，巴不得他來，當下答應說：「你來吧，我在家裡等。」這裡蘭芳換了一身衣服，坐車拜齊東野人去了。少時到了，齊東野人把他接進去，讓到上房坐下。蘭芳說：「久要到先生這裡請請安，只是總不得閒，休要怪我！」齊東野人說：「你那裡有工夫，好在咱們換下心來了，也不在乎這個，今日尊駕惠然肯來，蓬華增光不小。」梅蘭芳說：「聽說先生編的〈黛玉葬花〉，已經脫稿了，不知都用什麼角色？」齊東野人說：「主角自然是黛玉，還得有個好寶玉和紫鵑兩個配角才成呢！寶玉將來讓妙香去，紫鵑誰去好呢？」蘭芳說：「我新收個徒弟姚玉芙，還說得去，將來求先生替他說說，便可以成的。」齊東野人說：「那好極了！」說到這裡，他見底下人還沒泡茶來，在屋裡不住喊。原來齊東野人弟兄三個，他是行二，老大是個起家的人，沒什麼外務，作著個買賣。老三每日上學，是個少年直性人。惟有齊東野人心地虛假，行徑奸猾，底下人都不喜歡他，如今見來了個像姑，底下人都不願意伺候，所以沒給泡茶。齊東野人喊了半天，一個底下人才給端上一壺茶去，放下去了，齊東野人問蘭芳說：「我家的底下人都沒規矩，這都是我們老大把他們慣壞了。」說著與蘭芳斟了一碗茶。蘭芳說：「底下人都是這樣，我與先生說話，他們不在這裡伺候倒好。」

二人正自說話，忽聽門上說：「三爺下學了。」齊東野人聽了，便有些不自在，因向蘭芳說：「我這兄弟脾氣太壞，討人嫌極啦！我但願他別到這屋裡來。」卻說老三進了大門，要往上屋去，底下人攔住：「三爺別到上屋去，那裡有客。」老三說：「有客怎的，難道不許我見！」底下人說：「是二爺的客，叫什麼梅蘭芳。」祁老三一聽惱了，說：「梅蘭芳是個兔子，怎的跑到我家裡來！」說著三步兩步，跑進上屋，指著蘭芳罵道：「什麼兔子小子，跑到我家裡來，快給我滾！」一邊罵著，一邊便要闖進屋去，驅逐蘭芳。此時把齊東野人已是氣得不成樣子，忙跑出來，向祁老三便是一掌，說：「你反不反，憑白無事罵人作什麼！你天天到學堂就學這野蠻嗎？你趕快離開這裡，不然時，我便行使我當哥哥的權力，責罰於你！」祁老三說：「你為什麼往家引兔子，咱們不是這樣人家，你快把他趕出去沒事！你喜歡這樣兔子小子，我不喜歡！」齊東野人聽了，越怒道：「這兔子二字，你是聽什麼人說的！我不許你罵這句，你罵我都使得，我不許你罵伺梅老闆！」二人正鬧得不可開交，幸得兩個家人把祁老三勸到旁的屋子去了，齊東野人進到上屋，見蘭芳已是泥塑的一般，呆在那裡。齊東野人忙上前去，不住作揖請安說：「舍弟無知，得罪老闆，千萬要恕他。回頭我一定責罰他，教老闆過得去！」蘭芳聽了，歎口氣說：「我不怪他，既是三爺不喜歡我，我走吧。」說著站起來，齊東野人還是連連賠罪說：「晚上我到尊府特意去謝罪。」說著將蘭芳送出去，還聽祁老三在那屋裡兔子長兔子短罵呢。蘭芳裝作聽不見，急忙上車去了。

這裡齊東野人，氣仍不消，心說：「罵蘭芳事小，倘或他恨在心裡，在馬幼偉根前有枝添葉奏我一本，於我的前途大有妨礙，老三這一罵不異取消了我二十年紅運，這事如何放得過！」又恨又氣，當下叫了聲「老三，你出來，我教訓教訓你！」祁老三聽了，忙跑出來說：「你教訓教訓我什麼？我沒教訓你，便給你作哥哥的留面子，你還教訓我哪！」齊東野人聽了，那裡忍得，忙上前一把抓住祁老三說：「你今天壞了我的事，你知道不知道！我與你拚了結咧！」說著便要打祁老三，老三那裡教他打，在學堂裡練過武的人，手腳究竟不凡，上頭一推，底下掃了一腿，齊東野人早已跌倒地上，腰臀疼痛，爬不起來，裂著（注：裂著：疑原文排印有誤，或為咧著。）乖乖大哭起來說：「真好！世間有兄弟打哥哥的，我不活了！」祁老三見了，一溜煙跑了出去，旁邊站著的底下人見了，都相視而笑。半天，才將他攙到屋中去。底下人把齊東野人攙到屋中，摁在床上，哼哼不止，並教底下人千萬別教老三跑了，等大爺回來，與他算賬。

正說著呢，祁老大回來了，一進門，便聽祁二在屋裡喊叫呢，不知何事，吃了一驚，忙跑到上房，問是什麼事，祁二見大爺家來了，紮撐著爬起來，拉住祁老大說：「哥哥，你回來了！」說著不住咬牙裂嘴的，彷彿那裡疼的要命。祁老大見了，不明就裡，忙問「你是怎麼了？難道病了不成？」祁老二說：「哥哥，我教老三打了，這不是逆倫的事？兄弟敢打哥哥，你回來了，這事怎辦呢，我這口氣是不能出的。」祁老大聽了說：「老三雖然脾氣不好，萬不會打哥哥的，你二人究竟為什麼鬧起來，與我說明了，我自有辦法。」祁老二說：「你聽著！」祁老大當下坐在一張椅子上，聽他說話，兩個底下人在旁邊伺候著，祁老二又皺皺眉，咬咬牙說：「今天梅畹華先生特意來拜會我。」祁老大聽了，便問：「梅畹華先生是那一位？」祁老二說：「梅畹華先生，你都不曉得？便是第一名腳梅蘭芳。」祁老大聽了，搖搖頭，心裡便有些不然。祁老二接著說道：「人家來拜會我，這面子給的不小，我們應當如何恭維他才對！不想咱們老三家來，不問青紅，把人家給臭罵了一頓，我一說他，他不但不聽，反與動武，把我的腰都要跌斷了。你看，他這樣無法無天，不知你作長兄的應當怎樣處治他？」祁老大聽了，沉吟一會，因向祁老二說：「老二，我不是偏袒咱們老三，你近來親近梅蘭芳也特厲害了，親戚朋友提起你來，無不齒冷，你不作點正經事，竟往優伶家裡跑作什麼？若說著看戲，評優伶，也是現在流行的習尚，原不算什麼，若說把一個唱戲的當作天神一般，仰他鼻息，那就不成說話了。咱們老三他平日最不喜這樣人，你偏把蘭芳引到家裡來，惹他發作作什麼？即或罵幾句，也應當恕他，萬不可因一個蘭芳，傷了手足情常。誰知你竟與他鬧得這樣馬仰人翻，傳了出去，好聽麼？你也不用生氣，明兒我必然說他，往後你也別教蘭芳往家裡來。」祁老二聽了，早已不耐煩，腰也不痛了，跳起來，向祁老大說：「我原是教你管教老三一頓，怎麼？你倒派我一身不是，同老三一樣，也看不起蘭芳。這種思想，在如今的時代那裡要得，你不知道我最不願意人菲薄蘭芳，有菲薄的，便如我的仇人一般。」祁老大沒等他說完，早已氣白了臉，忙說：「你拿我和老三也一定當仇人了，你這不是喪心病狂一樣！好好！你既拿我當仇人，我可不能不拏你當兄弟！如今沒有多餘話跟你說，你不是喜歡蘭芳麼？你去喜歡你的，咱們從此各行其志，省得說多了話，傷和氣。」說著氣憤憤的往別屋去了。兩個底下人見大爺去了，也都溜出去，只剩齊東野人一個，猶自叨勞不已，說：「漫講是弟兄，便是我父親不贊成蘭芳，也要與他反對！」獨自說了半天，也沒人理他，看著時候，估量蘭芳要散戲了，忙著換套衣服，又到蘭芳家裡去了。從此祁家兄弟，分了兩黨，不在話下。

單說蘭芳，憑白挨了祁老三一頓罵，心中好不委屈，只是不好對人說，只得忍在肚裡，照常到吉祥園去唱戲。晚上回來，卻見齊東野人在家裡坐著，想起方才的事來，不覺臉一紅，齊東野人見了，忙陪笑說：「才回來？沒氣著呀？我特來與你賠罪。無論受多大委屈，都看我面！」說著連連與蘭芳作揖。蘭芳說：「這也沒什麼，算是我一點飛災便了。」齊東野人道：「雖然這樣說，究竟太對不住了。你走後，我已經把我們老三打了一頓，他好不後悔呢！我大哥家來，也說太對不起梅老闆，改日他還要帶著我們老三給你來謝罪。當著你痛痛的責罰他一頓，與你出氣！」蘭芳聽了，忙說：「這可不敢，三爺歲數小，出言不遜，誰都能恕他，太逼緊了，為我倒傷了你們弟兄和氣。一天雲霧散，這事不用再提了！」齊東野人說：「那裡都照老闆這樣寬宏，然而我必教老闆過得去。」說著又低聲向蘭芳說：「這事千萬別教幼偉知道。」蘭芳聽了笑道：「我告訴他作什麼！先生倒多慮了。」齊東野人見說，好生放心，獨自裡也覺餓了，見蘭芳不留他吃飯，只得興辭，治餓去了。

過了幾日，齊東野人已將《黛玉葬花》的腳本謄寫清楚，交給蘭芳。蘭芳又求人給抄了單頭，分與姜妙香一份，教他念寶玉的詞，自己卻求齊東野人教他念黛玉的詞。還有三個單頭，一個是書童茗煙的，應是丑角的活，便交給李瑣兒去念，一個是丫鬟紫鵑的詞，沒有多少句，便教蘭芳新收的徒弟姚玉芙念，還有一個是丫鬟襲人的詞，便教唱小旦的諸茹香念，分配已定，各角分頭去念詞，姜妙香頗通文理，而且又熟讀過紅樓，念寶玉的詞，自然事半功倍。蘭芳不通文義，而且識字不多，全憑生記，自然有些費事，多虧齊東野人不辭勞苦，與他逐字講解，說明戲裡的意思，這蘭芳天資是有的，早把戲情體貼出來了。茹香李瑣兒，都是有經驗的，不消說了，只是這姚玉芙，蘭芳對他非常注意，生怕他念錯字，不時教齊東野人指點他，這玉芙從前也是堂子裡的小像姑，小名阿順，生得極其俊美，歲數與蘭芳卻髣髴的，後來被趙秉鈞弄了出去，養在家裡。民國以後，趙秉鈞無端死了，阿順得了自由，一般新闊老，有知他出身的，便想抬舉他，經馬幼偉許可，使他拜在蘭芳名下，習學花旦青衣，這孩子藝不勝色，扮相卻看得，其實京中老伶多的很，為什麼要拜蘭芳呢？一是大家圖好看，二則蘭芳的戲最流行，彷彿除了蘭芳，再沒名角了，便是阿順對於蘭芳也是心悅誠服的，卻得他提拔，能博幾個闊人憐愛，這也算是玉芙的萬幸了。

閒言少敘，卻說蘭芳諸人，已然把戲詞念熟，應當略事排演，都不消細說，所應研究的，便是戲中人的衣裳髮飾，若仍照舊規矩裝扮，恐怕不好看。馬幼偉便與齊東野人商量，應當怎樣裝扮？齊東野人說：「論規矩自然是得穿戲衣，但是我這齣戲是為捧蘭芳編的，非另出新裁不可。我見古裝美人的畫像，衣裳極雅，只得照那樣子作一套，髮飾也得另梳，一出台，準得有人歡迎。幼偉聽了，連說有理，當下叫行頭鋪趕快去作衣裳，一面教吉祥園貼出報單，擇吉準演《黛玉葬花》。過了幾天，行頭作成了，《黛玉葬花》的腳本，已經排演純熟，擇定日子，在吉祥園演唱，外間早已知道蘭芳要演《葬花》了，誰不欲看看。到了期日，吉祥園的坐位，早都賣滿了，頭幾齣戲，沒人愛看，專候《葬花》上場。此時馬幼偉齊東野人羅癭公和爽召南一班名士闊老，在台前頭占了兩三張桌子，大家在那裡品評蘭芳這齣戲，他們裡頭沒有真正通行的，只在好看上注意。齊東野人雖然通一點，卻是勢利薰心，只圖幼偉諸人愛看，能把普通看戲的瞞住，便是他編戲的宗旨了，什麼叫文藝？什麼叫教育？什麼叫戲情？他卻不能一一顧到的。這些人正議論著，只見郭三相來了，大家見了，便招呼他說：「你有座兒了嗎？」三相說：「我那邊有座兒了。」說著往那邊去了。少時又見眾院議員烏澤生，同著紅豆館主幾個也來看戲，定的桌子，卻與幼偉諸人的座位緊挨著。幼偉見了紅豆館主，便說：「通家來了，好極啦！我們製這齣戲，煞費苦心，回頭勞駕給指正指正！」紅豆館主聽了，笑道：「一定好的。戲看誰唱，既是蘭芳唱，還有不好的嗎？」說著大家都落了座，人都擠滿了，也不能彼此周旋，相識的，惟有隔著桌子點頭示意。

這時場上的戲已完了，下頭便是《葬花》，此時萬頭攢動，都盼著蘭芳上場，忽見簾子起處，閤座的人以為是蘭芳上場了，一齊喝了個彩。看時，卻是李瑣兒扮著茗煙上來了，惹得大眾好笑，這李瑣兒，扯開夜貓子似嗓子，念了一套白，下去了，以下便是蘭芳的黛玉、妙香的寶玉、茹香的襲人、玉芙的紫鵑，按場而上。統觀全戲，演的卻是紅樓第十四回〈西廂記諧詞通戲謔　梨香院妙曲警芳心〉一段故事，並不是埋香塚黛玉泣殘紅的正文。若論這齣戲，在那通行的，或者能在蘭芳的唱工身段上注意，至於普通看戲的，和堂客群裡只愛看黛玉和寶玉拿《西廂記》的原文玩笑一段。學生和姑娘看看，實在沒什麼宜處。所以這齣戲，並沒什麼教訓，不過把寶玉和黛玉玩笑的情形，作實了羅列。這時早把馬幼偉喜壞了，忙向紅豆館主說：「怎麼樣？將軍！你看好不好？」紅豆館主聽了，沉吟一會，連說好好好。正是，少女感於邪聲，捨身許嫁；老妓迷於美色，染指嘗臠。欲知後事如何，且看下回分解。

梅蘭芳《黛玉葬花》
（原刊《梅蘭芳》專集，約1926年印製）

第十回　醜業婦誤逢姚阿順　癡姑娘思嫁梅畹華

卻說前回書表的是梅蘭芳，因初次演唱《黛玉葬花》，馬幼偉諸人，都去捧場，演到中間，幼偉高興非凡，因向隔席坐的紅豆館主說：「蘭芳這齣戲怎樣？求你品評品評，以增聲價。」紅豆館主聽了笑道：「若論這齣戲，也看得了，只是與我從前看的《黛玉葬花》大是不同，只就行頭而論，你們怎專捧蘭芳，不顧別人呢？你看黛玉的行頭，倒像古裝，怎麼寶玉襲人紫鵑還是穿普通戲衣呢？難道同是一個時代的人，會有兩樣服制麼？你們只知打扮蘭芳一個，不管配角。一個戲台上，跑出兩樣服制兩樣髮飾的人來，我就不懂是怎個用意了。若是別人，還有可原，你們這齣戲，是通家編的，所以我才這樣說，莫怪莫怪！」幼偉聽了，好生不悅，但是不能辯駁他，只得說：「我們衣裳沒作全，下次再演一定好了。」當下大家歇了品評，仍然看戲，少時戲散了，各自歸家。馬幼偉把蘭芳的新扮裝，已然印在腦子裡，彷彿蘭芳真變了黛玉，於是自己便以寶玉自居，把蘆草園也當作瀟湘館。是晚，幼偉一逕到蘭芳家裡，替黛玉寶玉實行補恨，不在話下。

且說是日看蘭芳演《葬花》的，在男客裡面，中魔的固然不少，便是婦女座裡，被蘭芳的魔力籠罩住的，也是不免，其中有的是大家閨秀，心裡有意，口內不能說，在深閨獨處時，對於蘭芳自然有些抽象的研究，不消說了，就中有個作醜業的婦人，是日也到吉祥園去看戲，他對於蘭芳垂涎已久，只是不得真個消魂，每日去看蘭芳演戲，聊作望梅止渴之計。這天看了蘭芳，不知怎的，愈形禁受不得，心縫兒生了蟲子一般，癢癢的要不得，勉強把戲看完，回到家中，便有些精神恍忽起來，一個作醜業的婦人，什麼人不認識，內中有個姓皮的，人都管他叫皮條匠，專在外面背人拉捧，這婦人便與他說明心事，皮條匠說：「你若肯花錢，什麼事辦不了！」婦人說：「我是不惜錢的，自要與他會一會，便是出幾百塊也不算什麼。」皮條匠聽了說：「你既肯出錢，還愁不成好事，但是我不能直接與他說去，還得轉求別人，指不定要麻煩幾天呢。」婦人說：「你千萬要快些辦才好，故意遲延著，不把人葬送了！」皮條匠說：「無論怎忙，也得容忍說話，凡經一層手，誰不欲吃香東西，不過他們要吃的是錢，你要吃的……」說到這裡，婦人便打了他一下說：「人家求你辦事，你還有心玩笑呢！」皮條匠聽了，笑著去了。過了幾天，皮條匠又到婦人家裡來，婦人接著忙問道：「怎樣了？」皮條匠說：「這也是你的造化，事情成了。」婦人聽了，早已笑顏逐開，忙教他坐下，問是怎樣辦的，在那裡會。皮條匠說：「為你樂一會兒，我的事費大了，經了好幾道手，才說進去，總共花了六百四十五元三毛二，總算替你省了。若是別人，非壹千元辦不到！」婦人說：「實在不多，但是他說在那裡見呢？」皮條匠說：「人家說了，不便到你家裡來，教你隨便報個姓名，暫住一夜大旅館，他作去拜會你，便成功了。」婦人說：「這是我幹慣了的，倒不外行，只是此次當了主人，也是想不到的事，你去回覆他，教他明天散戲以後，到大旅館打聽馮太太便了。」皮條客說：「我自去告訴他，錢呢？」婦人說：「先要錢麼？」皮條匠說：「咱們內行人，別說外行話，這事還有不先要錢的？」婦人聽了，只得開箱子拿錢，交與皮條匠，皮條匠點了一點，說：「這淨是人家的，沒我的？」婦人說「連你的都在裡面，你不要格外勒索，打量我不曉得麼？」皮條匠說：「我真沒使著錢。」婦人說：「不管你使錢不使錢，我這是倒貼的買賣，若是你給拉的闊客，我一定多償你的。」皮條匠不好再爭，只得去回覆那邊。

這裡婦人取出應穿衣服，又到潤身女浴所洗個澡，次日吃過晚飯，便到大旅館去。旅館的夥計，原是認識他的，知他今日必與什麼人有約會兒，便讓到一間頭等客室。婦人向夥計說：「回頭有人打聽馮太太，你便把他引到我屋裡來。」夥計答應著去了。少時，果見一人進來打聽馮太太住在那屋，夥計見這人年少俊美，像個戲子，知是定客到了，便往馮太太屋裡讓，馮太太以為是蘭芳來了，方自欣幸，及至見了，卻是姚玉芙。當著夥計不好問，那夥計亦識趣，早把門關上去了。這裡馮太太忙問玉芙說：「你怎來了？我約的是梅蘭芳。」玉芙說：「你問我師父麼？他不得閒，特意教我來代庖的。你若不願時，我自去了。恐怕你一輩子也會不著我師父的。」馮太太聽了，知是被騙，心中雖然好惱，卻也無可如何。細看玉芙時，卻也生得俊美，比蘭芳還覺強些兒呢。不過蘭芳聲名大了，人都稀罕他，其實玉芙作蘭芳的代庖，很是有餘。此時馮太太已不似從前繃著臉，早已堆下笑來，忙教玉芙坐下。玉芙看那婦人時，雖是半老徐娘，卻有十分姿色，細估量時，若在此過一夜，多半是藥餵老虎，如何得了，只得撒個謊說：「不能久留，周旋一會，便得回去。」婦人十分不悅，又不好強制執行，只得寬了限期，由他自便。十點鐘時，玉芙脫身去了，婦人悵惘良久，不免有些後悔，心說：「人都是愚的，其實姘個戲子，有什麼好處？倒惹得遍身不快，我這是為什麼？眼見六百塊錢白濺了水漂。」越想越悔，看看時候，天還早，只得賞旅館幾塊錢，整整衣服，理理鬢髮，掃著興回家睡覺去了。

次日皮條匠來討消息，婦人見了。罵道：「這都是你幹的好事！我被人騙了，你知道不知道！」皮條匠聽了，不明就裡，忙問什麼事。婦人說：「我要的是蘭芳，你們怎教姚玉芙去了，教人怪不痛快的。論理我要退錢的！」皮條匠聽了心說這笑話兒不小，不覺樂著說「蘭芳沒去麼？」婦人說：「那裡去了！連他一根毛也沒見，你們這事是怎辦的！」皮條匠說：「你也別生氣了，據我看，你還是萬幸呢！若真是蘭芳去了，那時更不痛快呢，不如忍了罷。」婦人說：「這都是你們誠心騙我，如今我只認晦氣便了。」皮條匠說：「這都是你癡心妄想，放著生意不做，想戲子作什麼？不怨自己，倒怨人家。正經我昨天給你應一號買賣，你作不作呢？」婦人說：「那又把財神往外推的，還是作這個吧。」不言婦人這邊，卻說玉芙跑回家去，見了蘭芳，如此這般說了一遍，二人好笑一場，卻喜沒人知道，次日仍然去唱戲，不在話下。

卻說前門外長巷頭條胡同，住著一家姓史的，主人當勝朝時，在部裡有點差使，積蓄了幾個錢，民國以來，兩口兒帶著一個女兒過太平日子，但是家教上不甚講究，把個女兒不知要怎樣疼，十七八了，不教他在家勤習女紅，謹守閨範，總是聽戲逛廟，有樂便尋，時不常的還到街坊家去打麻將。沒事時，便在門口一站，看那來往的行人。前門外的社會，是壞到極點的。一個女孩兒家，這樣放縱他，漫說沒有毛病，便是在女德上，已然不完全了。假如遇見奸人引誘，還指望他投梭峻拒麼？皆因他平日耳裡聽的，眼裡見的，心裡想的，口裡說的，早把女孩兒應守的訓誡忘了，他平日見了人家有規矩的姑娘，講德行的婦女，不是說人家呆板，便是說人家頑固，非同他說生旦淨末丑、東西南北中，才能引為同志呢！他平日的光陰，白天是在戲館子包廂裡消磨，晚上是在打牌桌上運用，又因離天樂園住的近，便每日去到天樂園看梅蘭芳的戲。這時蘭芳尚未十分紅，每日上下戲館子，只坐一輛洋車，由史家門前經過，這位小姐在門洞裡，時常偷看蘭芳，見他過去，才到館子去看戲。日子長了，彼此都有了心，一個便由車上扔給東西，一個便由門裡私贈表記，所幸者，尚不至有桑間濮上之行，但是四隻眼睛，一日之間，不知要目成幾次，老兩口只顧教女兒高興，那裡曉得他有這等事。

後來蘭芳被上海邀了去，把這姑娘想得好苦，蘭芳去了四十天，這姑娘便以為去了四十年一樣。其實蘭芳早把他忘了，當初贈表記，彼此目成，不過是下等少年的常行、淫賤戲子的慣計，事過境遷，連個影子都記不住的，所以這個姑娘在深閨暗淚時，正是蘭芳在上海高樂呢！後來蘭芳由上海回來，改搭吉祥園，演唱新編的幾齣好戲，聲價比從前高多了，這姑娘愈加慶幸，每日卻又把全身的精神，移到吉祥園，回到家來，無論見著什麼人，嘴裡總離不了蘭芳的。他的父母見了，以為一個姑娘人家，嘴裡頭總是蘭芳長蘭芳短的，被旁人聽見，要笑話的，想著規戒規戒他，戲也不教他看了，那知姑娘已經入了魔，父母的言語也無效了，老夫妻雖有些著急，也禁止不了他不說蘭芳，最善的法子莫如給他快找婆婆家，才能免了重擔，姑娘聽了這個消息哭喊起來，也不知羞臊了，向他父母說：「爹媽要把我許人，非蘭芳別人不行的，皆因我們二人已經有了約了。」他父母聽了，氣個半死，說：「咱們是什麼樣人家，能把你給戲子嗎？太不要臉了！」向姑娘唾了幾口，老夫妻都到旁的屋子生氣去了。這位小姐的神經，早已不是平常樣子，心說：「父母如此頑固，不如自由結婚為是。」乘著父母不在這裡，躡足跑了出去，雇了輛車，一逕跑到吉祥園，不入前台，一直往後台去了，看門的不教他進去，說：「我們這裡是男班，不教堂客進去的。」姑娘說：「我找人！」看門的說：「你找那位？我進去與你回。」姑娘說：「我找梅蘭芳。」看門的聽了，有些詫異，只得到裡面見了蘭芳：「梅老闆，外面有位像女學生似的找你。」蘭芳聽了，也覺詫異。旁邊的人說：「這是好事，你還不出去看看！」蘭芳懷著鬼胎走出來，不敢十分露面，偷看時卻認識是長巷頭條的那個姑娘，心知不妙，趕快退回來，點首叫看門的過來說：「你說我不在這裡，打發他走了吧！」看門的聽了，出來向姑娘說：「梅老闆沒在這裡，你去吧！這裡不許婦女來的。」姑娘聽了大怒說：「我已經看見他，你為什麼說沒在這裡，他是我未婚的丈夫，我來找他有什麼不是！」說著向看門的打了一掌，奪門而入，跑到院中，叫喊蘭芳不已，嚇得蘭芳已藏躲起來，不敢見面。此時後台管事的，以及好些唱戲的，有抹著臉的，有穿著行頭的，都出來看，都說這女子大概有些瘋病，不然不能滿街找男人，管事的勸了半天，他執意不聽，非見蘭芳不可，管事的恐怕人聚多了不好看，只得派個夥計去請警察，少時把警察請到，此時圍著看的人更多了。

警察見是個女子哭喊著要見梅蘭芳，大庭

廣眾之中，不便問話，只得把這位小姐帶到派出所，由一位巡長問道：「你是一個閨女，為什麼跑到戲館子後台去找戲子？這事於風紀很有妨礙的，難道其中有什麼情節麼？看你這樣，不像下流婦女，你姓什麼？在那裡住？不妨說明白了，我們能辦的，一定與你辦，不用你親身找他，自有法庭替你辦理。」姑娘聽了，哭著說道：「蘭芳與我本有婚約的，並且彼此還贈過東西，不想他由上海回來，把此事忘了，如今我的父母要把我許人，我既然與他有約，當然不能再嫁別人的，出於無奈，所以親自來找他，不想他負心，竟不見我。」說著又哭起來了。警官聽了，事關婚姻問題，非同小可，只是不能竟聽女子一面之言，須把蘭芳傳來質對一下，於是派人去傳蘭芳，少時傳到，這姑娘見了蘭芳，又羞又喜，兩隻眼睛，露出無限希望哀懇的意思來。不知蘭芳早已橫了心，站在那裡，等警官問話，巡長問蘭芳說：「這女子說你與他有婚約，此話當真麼？」蘭芳說：「並無其事。」巡長說：「然而你認識她麼？」蘭芳說：「他在長巷頭條住，大概姓史，當初我在天樂園唱戲時，每日由他門前過，所以認識他。至於旁的情形，一概沒有，想是這女子有些瘋病，所以說出這無根之談。」巡長說：「他說你二人彼此贈過東西，這事真假？」蘭芳聽了，臉上有些不安，仍是咬牙不肯承認，這小姐方要與他辯論，巡長攔住不讓說，因又向蘭芳道：「這事無論有無，其中不能無因，他怎不找別人呢？總是你行止上也不大小心。但是一個女子，跑出來，作這些事，也不好看，我們把他送回去，問問他父母，如果內中有別的情形，那是任憑你們打官司。你先回去便了。」蘭芳見說，自回吉祥園。這裡警官又向這位小姐說：「姑娘，你大概是看西洋小說看邪心了，這自由結婚，在中國辦不到的。我們把你送回去，還是與你父母商量去吧。」當下派人把姑娘送回。正是，一片癡心，終成畫餅；兩齣新戲，又賺好錢。要知後事如何，且看下回分解。

梅蘭芳《天女散花》
（原刊《梅蘭芳》專集，約1926年印製）

14歲的梅蘭芳（右）與姚玉芙。
（原刊《梅蘭芳珍藏老相冊》，外文出版社2003年版）

第十一回

姚玉芙運動梳頭費　劉大人欲嘗梅舌羹

卻說史家老夫婦，因姑娘沒出息，想著要嫁梅蘭芳，與他吵鬧幾句，老兩口兒自到旁的屋子裡去生氣，本打算女兒知些羞恥，回轉過來，然後再慢慢與他找婆婆家，不想待了半天，姑娘那屋連些聲響也無有，老兩口兒有些不放心，過去看時，女兒不知那裡去了，忙到接坊（注：疑原文排印有誤，或為街坊。）家去問，都說沒來。老兩口兒慌了手腳，急求人四下尋找，鬧了半天，正沒頭緒呢，忽聽有人叫門，出去看時，卻見一個警察把女兒送回來。老兩口兒又驚又喜，忙讓警察坐下，打聽備細，警察把上項之事說了一遍，老兩口兒聽了，好不生氣，當著警察不便發作。這警察把話說完，又傳著長官的話說：「往後這位姑娘你們得好生管教，別教他一人出來，這事於風俗上很有關係。若再這樣時，警察便要干涉了。蘭芳那邊已經有人去傳諭他，究竟你們作家長的得小心些，免得生事。」說罷去了。這老兩口兒，連羞帶氣，半日說不出話。少時，老頭子拍著腿說：「罷了罷了。」又指著老婆兒說：「這都是你養的好女孩兒，你就教他死！」老婆兒說：「事到如今，誰也別怨誰，這都是你我把他溺疼壞了。若吵嚷出去，倒不好聽，莫如冷淡些日子再說吧！」老頭子雖是十分有氣，只這一個女兒，也不能定行處治，聽說後來草草的嫁於遠方，老兩口兒下半世好不悲楚，這都是社會不良、家庭失教的結果，不消說了。

卻說蘭芳，自遭這事，覺得有些對不住這姑娘，心裡未免有些不安，後來見報紙上沒人攻擊，這事算暗消了。每日仍然到館子唱戲，皆因聲名越發大了，自得拿出名角身分，出入都有人保護，自然免卻許多笑話，不在話下。單說齊東野人，因與蘭芳編了一齣《黛玉葬花》，很能叫座，戲館子也借光多賺幾個錢，不但蘭芳很倚重他，便是馬幼偉也愈加親近他，齊東野人見紅樓的戲有人歡迎，便又與他編了一齣《晴雯撕扇》，在蘭芳也借著這幾齣戲，要脅戲館，不輕易唱。大凡戲園的主人，最怕名角不唱好戲，假如唱兩天稀鬆的歇工戲，立刻就不上座，戲館子的營業未免大受影響。但是唱角兒的，若是每天唱拿手好戲，一則累不了，二則無論什麼好戲，天天唱被人看厭了，也就不能十分歡迎。名角為維持他的體面，必得擇幾齣人愛看的戲，故意拿搪不唱，非園主磕頭請安央求，才肯唱呢！蘭芳既然成了名角，在這好戲上當然要吝唱的，若論他的戲，在舊戲裡面，可聽可看的甚多，如同《祭江》、《祭塔》、《宇宙鋒》、《虹霓關》、《汾河灣》、《武家坡》以及《坐宮盜令》等戲，都是極好的，可惜這些戲，人都不愛聽，專愛看他的《黛玉葬花》、《晴雯撕扇》以及什麼《少女斬蛇》、《一縷麻》等類。社會上既然愛看他這些新戲，蘭芳也只得拏這些作門面，反把真正好戲，置諸高閣，假如今日再教他唱一齣《祭江》，恐怕給一萬塊錢也不敢應了。俗語說的好，一天能賣十擔假，百口難賣一擔真，不但江湖上賣假藥等類的如此，便是戲子也賣起假的來了，可勝歎哉！

閒言少敘，卻說蘭芳媳婦王氏，本是個極機靈的人，他見外頭很歡迎《黛玉葬花》等戲，便異想天開，打算效法叫天那位姨太太的故事，由戲館子裡特別收幾塊錢花。當初叫天吃大煙，年紀又老，不能早起，其實無論怎晚，名角唱戲總是末齣，當然不會誤時候的，但是這位姨太太總得要叫早錢，不先拿錢來，一定誤時候的。如今蘭芳正在青年，又不吃煙，當然不能要叫早錢，這個婦人卻想到蘭芳的頭面上去，原來《黛玉葬花》這齣戲，衣裳髮飾都是特別的，頭上髮髻，是用假髮預先梳成的，到戲館子臨時裝載便成了，論理是梳頭匠的活，蘭芳媳婦不肯讓這權利，卻歸他盤這髻兒，但是不能白梳，遇著唱這齣戲時，要求戲館子先拿十塊錢梳頭費來，這齣戲才能唱，不然時，他不給梳這髻兒，就得改戲，班子裡無法，只得由他要求，每逢唱這齣時，打發人先給蘭芳媳婦送十塊錢去，如此非止一次，他坐在家裡每次白得番佛十尊，假如蘭芳竟唱這類戲，十年之後，這婦人也算是個小財主了。

卻說蘭芳媳婦，借著《黛玉葬花》這齣戲，不時巧取使費，已經吃出甜頭來了，便慫恿蘭芳，時常的演這齣戲，有時齊東野人到蘭芳家裡來，蘭芳媳婦也不時求他再編兩齣梳古式盤髻的戲。這齊東野人在蘭芳身上，已然是鞠躬盡瘁，死而後已了，今見內老闆又如此吩咐，更加一層蓋，又知這婦人的意思，不過為多找幾塊活錢，為什麼不買他個喜歡？所以才編出這本《千金一笑》來，裡頭的配角，自然也離不開姚玉芙，既然是兩個丫頭的事，當然也得給姚玉芙作一身古裝，梳一頭古髻，玉芙得了這消息好不高興，抓個空，跑到蘭芳媳婦屋裡，與王氏說道：「師娘，現在《千金一笑》的本子，已經編成了，聽說我與我師父一樣打扮，將來我的假頭，也請你老人家梳，與他們再多要一份梳頭費成不成？我這幾天，手頭怪素的，能夠多得館子幾個錢，豈不好？你老人家若給我辦成了，我必有人心。」蘭芳媳婦聽了笑道：「你倒想的不錯！這一個頭錢，他們還懶得給呢，若再加上你一個，便是二十元錢了，恐怕他們不肯出。」玉芙說：「雖然這樣說，這齣戲一定會叫座兒的，他們多賺錢，梳頭費事不能不給的！」蘭芳媳婦說：「既然如此，我給你辦著瞧。可有一樣，如果成了，這錢不能都給你，得分給我一半。」玉芙心知不分錢，一定不行，遂答應了。

過了幾日，《千金一笑》已經排熟了，定日子演唱。蘭芳媳婦打發人先教戲館子給拿二十元梳頭費來，後台老闆俞振庭聽了說：「怎麼這回要二十元？」來人說：「裡頭有姚老闆一個頭的費用。」振庭聽了忙說：「這錢怎能開付，假如十幾個人的戲，都要梳這個頭，我的班子連梳頭費都花不起了！這事我得找他親自交涉去！」說著與來人同到蘭芳家裡，見著王氏說：「大奶奶，你這麼辦我受不了哇！那十塊錢不過是我一點特別敬意，如今你又添上十塊，往後若有七八個角兒，都用這樣的頭，你都攏過來，我不得賠死麼？這十塊錢，我是不能給的！」王氏說：「你不給就不必唱這齣戲！」振庭見說，好生不悅，說：「大奶奶，你這話不是這樣說法，向常戲班裡也沒這規矩，我這是背著大家，特別在你身上盡這點人心，為是求你教老闆給我們唱幾齣好戲，如今竟拿這個要脅我們，憑空有添上十塊錢，我實沒法辦，你想我們怎開賬呀！」王氏說：「你們這幾個月已經賺飽了，多出十塊，又怕什麼！再說不過是玉芙他們爺兒兩個的頭我要錢，別人的我能都要嗎？你是不能駁回的。反正這齣戲唱不唱只聽我一句話，你要不願唱時，這齣戲就往後挨一挨。」振庭說：「戲報子都貼出去了，如何不唱！」王氏說：「既然如此，你把錢送來完了。再說你每一個座兒多加一毛錢，便夠打發好幾個月的梳頭費，有什麼可為難的？」振庭說：「市面這樣緊，誰肯花好多錢聽戲，不加錢還不行呢，若再加錢，不把座兒都加跑了！」王氏說：「就讓不加錢，你也拿得出來。假如我們老闆此時，要求長戲份，你怎樣？大概也得老實給長錢。如今我要求你十塊錢，便費這些話，明兒我便跟管事的說，教你們給長戲份，不然我們就搭別的班子，看你怎樣？」振庭聽了，心說：「這堂客好生厲害，打量這十塊錢不能不給他。」遂向王氏說：「這十塊錢我們勉強拿出來，以後可不許再要求別的了。對於我們館子裡的事，也要求你維持。」王氏說：「那是自然。你應了這事，我能教你有虧吃嗎！」振庭見說，只得告辭而去，說：「回頭打發人把錢給送來。」

晚上玉芙散戲回家，到王氏屋裡打聽梳頭費辦成了沒有，王氏說：「那又不成的道理，可是我的話也太費多了。我這都是為你，不然我費這心作什麼。」玉芙聽了，自是歡喜。蘭芳雖然以為此事不對，但是管不了妻子的事。大瑣家的，見他能想錢，是個不吃虧的，也自不管了。晚飯吃過，蘭芳與玉芙又說說《千金一笑》的場子，忽見底下人拿進一張帖子，交與蘭芳，蘭芳看時，上面寫道：明日午後六鐘假座明湖春，恭候台光，劉繼逋拜訂。蘭芳看罷請帖，交與那底下人說：「我知道了。」原來這位劉繼逋先生，也是馬幼偉一般的朋友，得幼偉介紹，也曾與蘭芳會過幾次，只是他差使忙，總未多與蘭芳親近。但是他心裡頭，無一日不把蘭芳念幾次，與幼偉見著時，便打聽蘭芳究竟怎樣好法，幼偉真話當假話說，無意中，有時把他和蘭芳的關係流露出來，這種談話，雖然出自無心，究竟不免有意，皆因人類的本性，每每有一種自誇的習性，越是人不能的，他辦到了，在人前越是誇張的厲害，至於這事於道德上有無妨礙，他便不管了。他不過為逞快一時，為人所不能為，只這人不能為的，便是他極高興的，譬如與雛妓開苞，與小像姑脫靴子，在天理上，君子所不為的，這種行為，與獅子噬羊、野蠻人吃人肉一樣，不惜犧牲他人，只圖瞬間快樂，當其血膏唇吻，昂首四望，獅子之威固豪極矣，而不知裂腹分肢，死於其腳下之羔羊之可哀，人類之無情肉慾，亦何異此！然而偏以此為得意，偏以此為自豪，此潭瀏陽之仁學，所以謂人之愛情，每寓以殺機，不至對手之血流聲嘶不能稱快。噫！是豈仁人之用心哉，故吾謂今之所謂豪放，而誇其多情者，皆不外此。況不知情為何物，而惟肉慾是恣者，其非獅子即野蠻人歟？

閒話少說，卻說馬幼偉，一日乘醉與劉繼逋說：「繼逋，你每每與我打聽蘭芳的妙處，究竟也沒什麼可出奇的。」繼逋說：「不出奇，你為什麼要死在他身上呢？」幼偉說：「這都是外人造的謊言，不能信的。只有一處，蘭芳與別人大不相同，除非我知道，大概沒第二人知道了。」繼逋忙問道：「他那一點與別人不一樣呢？我倒要聽聽。」幼偉說：「不能白告訴你，你明天得請客，我想吃明湖春了，你請我吃一頓明湖春，我便告訴你。」繼逋說：「我一定請，你說吧！」幼偉說：「我跟你說了，你可不許跟旁人說，你猜蘭芳的舌頭有什麼不同的地方？」繼逋說：「我又沒跟他接過吻，我那裡知道！」幼偉說：「他舌頭上有刺！」繼逋聽了大笑道：「這不是笑話麼？人舌頭有刺，那不成了貓舌頭了嗎？我不信。」幼偉說：「你不信，我也不說了。」站起來要走。正是，梅舌雖有刺，未知誰嘗？珠帕已消香，徒悲往事。欲知後話如何，且看下回分解。

第十二回　苟蘭芳難兄難弟　覩珠帕載泣載悲

卻說馬幼偉向繼逋說：「蘭芳的異秉，便是他舌頭上有刺。」一句話沒說完，劉繼逋已然大笑起來，說：「你這真成了醉話了！人的舌頭怎會有刺，那不成了貓舌頭了嗎？」幼偉說：「你不信，自當我沒說，咱們明天見吧！」說著要走，繼逋一把拉住說：「我信我信，你別走！你到底說明了他那舌頭是怎個樣子。據我看，這真是一件怪事，實在沒聽見說過。」幼偉坐下說：「不但你以為奇怪，便是我乍一發見時，心裡也怪疑惑的，想著他的前身，必定是個貓。後來我便跟羅癭公打聽，他是念書的，一定知道的多。他聽了我的話，便連說妙妙。」繼逋說：「人都以為怪，他怎說妙呢？」幼偉說：「他不但說妙，並且還樂的了不得，他因跟我說一個故典，我把人名也忘了，如今簡快跟你說，這蘭芳一定是梅花託生的。」繼逋說：「怎見得呢？」幼偉說：「原來梅花當中那個花蕊，古人管他叫梅舌，這梅舌上綠茸茸的遍體嫩刺，古人把他取出來，烹作羹湯吃，喚作梅舌羹，極其清香無比的。如

今梅蘭芳的舌頭，卻有刺，眼見是梅舌了，你說他不是梅花託生的，是什麼託生的？」繼逋聽了，忙道：「果然是妙！」既而又笑著向幼偉說：「他舌頭上的刺，是硬是軟的呢，你總該知道，倘成鋼針一般，那可不妙了！」幼偉說：「是軟是硬，反正我知道，這不能告訴你了，但是我已經把話說明瞭，你明天請客不請客呢？」繼逋說：「那能不請，我還要嘗嘗梅舌羹呢！」幼偉說：「此時梅花未開，那裡有梅舌？便是有，也沒人會作了。」繼逋說：「誰嘗這個，我要嘗的是人身上的梅舌羹。」幼偉說：「你別妄想了，你嘗的著嗎？」繼逋說：「只要你不吃醋，我便嘗的著！」幼偉說：「我不吃醋，我看看你的能耐如何！如能嘗著，我必還你一席。」繼逋說：「往後看，鐵打房樑磨繡針，功夫到了自然會達目的。今天我還得求你同意，明天請客，得教蘭芳去，不然，我這錢不花！」幼偉說：「邀他便了，何必要跟我說。」繼逋說：「不然，不跟你說明了，一個電話就壞事了。」說著忙寫了幾張帖子，教底下人給蘭芳送一張去，並邀幾個朋友作陪。

　　次日蘭芳散戲，順便即到明湖春，打聽劉大人請客在那間屋子，夥計趕緊把蘭芳引到後院，揭開簾子，喊聲：「劉大人，來客！」劉繼逋忙迎出來，見是蘭芳，便拉著他的手，讓到屋內，隨即問道：「幼偉怎不同你一齊來？」蘭芳說：「他有一點別的事，隨後便來的。」說著脫了馬褂，坐下與繼逋說話。少時幼偉和一幫捧蘭芳的中堅人物，陸續都來了，屋子裡的沉寂，已被人聲衝破，喧騰起來，所談的，無非政界的時聞，梨園的景況。劉繼逋見大家在那裡談話，因拉著蘭芳的手，說：「我與你有句話說，你跟我到那邊。」說著把蘭芳拉到一張床上，卻向幼偉那邊微嗽了一聲，幼偉知他要看蘭芳的舌頭，便與繼逋說：

「你有話不當著大眾說，跑到一邊作什麼？不定懷著什麼鬼胎呢！你說話只管說話，只不許無禮，若無禮時，這桌席可吃不成了。」繼逋說：「我們說我們的話，干你甚事！你不用管！」大家見他二人如此，一定內中有段笑話，也不好問。只見繼逋拉著蘭芳，倒在那張床上，把嘴就近蘭芳耳朵，不知說些什麼，忽見蘭芳紅著臉爬起來，跑到這邊來說：「哪有那事！」大家見了，不明就裡，不過由蘭芳臉上看出繼逋問的話，必不正經。幼偉惡狠狠的看了繼逋一眼，說：「你這是圖什麼！」繼逋只顧笑，大家怕蘭芳掛不住，忙說：「客來齊了，咱們吃罷！」說著喊聲：「夥計擺呀！」夥計應聲而入，問大家喝什麼酒，一陣忙亂，把這事鏟過去。少時擺上席面，大家入座，蘭芳懷著方才劉繼逋問他的話，好不羞慚，席間並不見一點笑容。幼偉見蘭芳不樂，好把繼逋埋怨一頓，移時席散，各自還家，不在話下。

卻說郭三相，自幼偉與他為難，總不敢再到蘭芳家裡，一則大瑣家的見了他，便不假以好面目，遇著幼偉在那裡，更是得不到好臉，只得與蘭芳遠著些。好在蘭芳還拿他當最初捧場的功臣，不敢錯待他，後來聲名漸大，尋到門上的，都是軍政兩界要人，境遇移人，也就不拿郭三相當事了，郭三相心裡雖然不滿意蘭芳又不好反對，沒法子只想著把蓮紅霞捧起來，也可以聊解煩悶，無奈這紅霞不走時運，三相沒捧他時，還能敷衍，自從三相出來與他為力，反倒一日不如一日了，加以紅霞的年齡，正在倉門上，嗓音是保不住的。果然沒有多少日子，把嗓子倒了，一個唱青衣的，全憑嗓子吃飯，若是倒了倉，便同廢物一樣。三相見紅霞不大紅，本就懊喪的了不得，如今見他又倒了倉，更是無法可治。紅霞見了他，只是哭天抹淚的，竟為嗓子著急，三相只得安慰他說：「你別著急，這倒倉是唱戲的必經的關口，等你嗓音復元，一定要大紅的。」雖然這樣說，心裡終是沒什麼指望，戲也不願意聽了，只在家看書破悶。誰知福無雙至，禍不單行，三相一個周半的孩子，名叫阿鶴的，因出痘疹，醫治無效，死了。他這兒子，本是暗射著蘭芳那個梅字起的名字，所以叫阿鶴。如今這孩子一死，不覺的又想起蘭芳來，鶴子雖死，梅妻尚存，論理還不至於十分悲泣，無奈蘭芳近日也不理他了，思前想後，好不傷心，卻想起當年蘭芳贈與他的那塊手帕來，心說：「不如取出這塊手帕，展完一回，便如與他會面。」想到這裡，便由一個錦匣裡取出那塊帕子來，卻用棉紙包了幾重，打開看時，淚痕宛然，只是有些微濕了。三相看了，驀然想起當日致美樓相依相偎的景況來，不想今日竟成了路人，越想越悲，不覺落下淚來，暗泣一會，自知無益，隨手把今天的報紙取來解悶，流覽幾條，也沒什麼可開心的，忽見戲界消息欄有一條載云：今早九時，梅蘭芳與馬幼偉同乘汽車，出平則門往京西戒台寺隨喜，香火因緣，二人幸福真不淺哉！云云。

三相看了，又氣又恨，想起當年與蘭芳共遊香厂，那時他還暗恨幼偉，不願與他見面，全身的愛情，都交與我，如今曾幾何時，卻把我忘了。如此看來，他還是愛錢，總免不了像姑的根子。一邊惱著，一邊伏在那張報紙上，精神已有些昏亂，只想蘭芳和幼偉此次到了戒台寺，攜手遊山，其樂非小，我不如趕到那裡，把蘭芳劫回來，皆因他是我的人，我不能白聽幼偉拐了去，想到這裡，精神奮發，不覺出了門，走了幾步已是平則門大街，一直出了城，向西山飛奔而去。三相也沒上過戒台寺，不知走那條路，只知寺在西山，便一直向西行去。西郊景色，清爽宜人，三相心念蘭芳，也無心觀看，兩隻眼睛，直睜睜的，走了半日，已達山麓，見茂林深處，隱隱有一古廟。三相心說：「一定是這裡了。」走進廟門，見院裡聽著一輛汽車，三相見了，不由火起，彷彿瘋人一般，喊道：「我的妻子在那裡？」正喊著呢，見一個老和尚出來問道：「什麼人在此叫喊！我這裡是清淨禪林，那裡有什麼妻子。」三相也沒聽見他說什麼，一把拉住老和尚，問他要妻子，老和尚歎道：「善哉善哉！你要你妻子麼？」遂用手一指說：「你進那個角門去看，那裡有你妻子。」三相聽了，撒開老和尚，跑進角門一看，卻是個花園，只見太湖石旁，有一株多年老梅，枝幹生得玲瓏可愛，有一對白兔，正在樹底下交尾呢，見了三相，一齊驚跑了。三相正錯愕間，忽見蘭芳山後轉來，三相見了，上前拉住說：「畹華，你拋得我好苦，方才我看報，見你同那人來遊山，所以我一逕追了來，他不是好人！你隨他走什麼，快跟我回去吧！」蘭芳說：「你是什麼人？我那裡認識你，我跟你上那裡去！你快放手，不然時，我把馬大人叫來，那時定要你命。」二人正自不可開交，忽見一個穿紅女子仗劍而至，三相看時，卻是蓮紅霞。紅霞走進前來，不由分說，向蘭芳頂門便是一劍，電光一閃，蘭芳撲地而滅，把三相早嚇呆了。紅霞一把抓住三相問道：「你這人怎這樣無恥！你不說捧我，怎麼心裡還惦記他，我的名譽便被你壞了。要你何用！」說著，揚手一劍，早落在三相頭上，其痛無比，不覺大叫一聲，驚醒了，卻仍在自家書房裡。那張報紙，還在肘下壓著，細思方才所見，莫名所以，或者情急腦昏，發現這一場幻覺也是有的。雖然這樣說，那蘭芳的冷淡，紅霞的勝怒，究竟是我咎由自取，細想起來，捧角全在金錢勢力，自家沒有這種力量，偏要作這樣事，不自招災，也惹人笑。看起來，色相原是空的，為什麼拏這空空色相，害了自己真實道德，不如免了這邪心，作點正經事業吧。自此三相把蘭芳紅霞都丟在腦後，不在話下。

卻說蘭芳同幼偉自戒台寺回來，先到蘆草園歇了一歇，幼偉自回家去，蘭芳因問底下人說：「今天有人來沒有？」底下人說：「午前祁二爺同著兩位姓章的來拜，見老闆沒在家，坐了一會兒便走了。」說著把兩張名片呈與蘭芳看，蘭芳接過看時，一張上寫著章小谷，一張上寫著章小小谷的潭名片旁邊月寫一行小字云：今日恭謁，緣淺未值，明日敬謹趨謁。蘭芳見了，因向底下人說：「你給祁二爺打個電話，就提我與他說話。」底下人答應一聲，去叫電話，少時向蘭芳說來了，蘭芳接過耳機，向那邊說：「你是二爺麼？今天失迎的很，你明天同那二位章先生來，我很願意見見他們。人家很替我出力，不想頭一盪到我這裡來，便沒遇著，怪對不起的。你明天先同他們到吉祥園看戲去，散了戲，便到我這裡吃飯，千萬千萬……你說戒台寺麼？景致很好，過幾天咱們一同去一盪，今天走的忙，所以我沒知會你，咱們明天見吧！」說著掛上耳機，家人已把晚飯預備停妥，蘭芳自去吃飯，不提。

卻說齊東野人，得了蘭芳電話，榮幸非凡，便將蘭芳的話，急忙通知章氏兄弟。這兄弟兩個聽了，彷彿親領綸音法旨，功名富貴便在眼前一般，不知怎樣樂才好。原來這兄弟兩個，不知是那裡人，民國以後，才到北京的，沒什麼正當職業，每日出入梨園，混在一群不三不四的人裡，也看不出他們是學生？是公子？是官僚？是紳商？看他們每日在梨園飄流著，不過是好一點的無業遊民，社會上的真正廢物便了。後來報紙上漸漸添上評戲文字，粗通文墨的，大都拿這類文字作一種消遣，誰知遊戲勾當，若作長了，裡面也能生出作用來，便有那些無恥的東西，用這評戲文字，作他進身之階，尤其下等的，便拿這戲評，在伶人跟前獻殷勤，或是使幾個黑錢。他兄弟兩個，也是機伶手兒，資稟上雖不能由大處落墨，弄這點小智，頗不落人後的，便也隨便作幾篇文章，送在報館裡，與人家比賽，這時《亞細亞日報》的主筆劉少少，原是名士，很捧朱幼芬的，對於幼芬自稱起居注，恭維的已到極點了。這章氏兄弟，起初也沒聽過多少戲，伶人也知道的不多，所作的戲評，也沒有定見，後來他們見劉少少很捧朱幼芬，心目中雖然判斷不出朱幼芬的色藝，究竟如何，但是頗知劉少少是新聞界第一流記者，他既然這樣捧幼芬，這幼芬當然是不錯了，於是他兄弟兩個，也便把幼芬當作戲評材料，連篇累牘的，作起文章來，每日給《亞細亞報》投了去，《亞細亞報》的編輯，都是政客一流，沒有文學興味，劉少少雖然喜作戲評，卻不能常作，但是為發達報紙，這項應時文字又不可缺，如今見章氏兄弟每日投稿，甚為歡迎，便酌出幾塊錢的報酬，聘為常用投稿員。章氏兄弟自是歡喜，從此便以戲評為榮。既然成了職業，當然得作出通行的樣子來，關於梨園掌故、伶人佳話，也不時打聽些個，寫在記事簿上，預備作戲評時引用，好教人說他們知道的多，有志竟成，不上兩三年，兄弟兩個都成了大評劇家了。誰知帝制失敗後，《亞細亞報》經理薛大可，以帝制餘孽，暗自潛逃了，報館也只好關門，他兄弟兩個把機關報失了，未免少受損失，所幸的是，評戲的名譽已經出去了，又被別家報館聘了去。此時劉少少已經沒事作，還是捧朱幼芬，可惜幼芬不走時運，中途把嗓子壞了，最紅的戲子，就屬蘭芳一人了。章氏兄弟，因彼此商議道：「以後的戲評，咱們得改變宗旨了。你看幼芬已然不成了，劉少少又是個落拓名士，便教捧一百年，也無濟於事了，咱們從此不如捧梅蘭芳。你看，捧梅蘭芳的，都是政界上一班闊人，不用說別人，只這馬幼偉，便了不得，將來他有國務員的希望，又是粵系人，眼見就要得中國銀行總裁，日後不知闊到什麼地步上。這人闊了，蘭芳還窮得了！我們作戲評，不揀闊的捧，捧窮的作什麼！」

兄弟兩個商議定了，從此變了宗旨，專門捧起蘭芳來，有人說蘭芳一句壞話，比傷了他們墳地還要動心，嘔盡心血的，替蘭芳辯護，希冀著與蘭芳會上一面，得幼偉諸人略加青盼，也不罔為人一世。但是蘭芳的門戶，不似民國以前，任意開放的，如今是閉關主義，保護通商，沒人介紹，萬進不去的。若說仗著幾篇戲評，便邀蘭芳的知遇，不但旁人不信，即他兄弟兩個也知辦不到的。既然不能蒙蘭芳的知遇，每日嘔心泣血，替他作文章，時不常的，還為他得罪人，這不成了無意識的舉動了麼？天下的事，固然也有出於無意識的，若說不惜得罪旁人，專門捧一個唱戲的，這一定不能算是無意識，何況他兄弟兩個，都是海式的小滑頭，萬作不出無意識的舉動來。既然是有意識，當然有一個目的在前頭，不達這個目的，萬不會休的。但是如何達這目的，非有人介紹不可了，若說求高一點的介紹，是攀不上，只得找與自家品格、性質、分量相同的，或者能辦得到，此時沒第二個人，只得求齊東野人介紹了。這齊東野人，平日在報紙上，見捧蘭芳最力的，宗旨最堅的，臉皮最厚的，再沒有比他兄弟兩個強的了，如果引到蘭芳家裡去，當然不會越禮，決不能出毛病，皆因他們宗旨純正，必然有好結果出來。當初郭三相也是捧蘭芳最力的，如今怎會失敗了呢？便是他宗旨不純正，心裡只知有蘭芳，不知有馬六爺，所以壞了。他兩個萬不至這樣不識時務，所以還可引為同志。俗語說的好：同類相求。章氏兄弟既有求於齊東野人，齊東野人也以他兩個為可靠，便彼此接近起來，只是還不提到蘭芳家裡去的話，有時提起蘭芳來，齊東野人便向他兄弟兩個說：「蘭芳真是戲界裡面的聖賢，待人和藹，不用說了，便是用功學戲，不辭辛苦，也是普通伶人辦不到的。這樣人如何不紅！等過幾時，我同你們二位到他家裡看一看，便曉得他為人如何了。」章氏兄弟聽了，齊說改日一定求老先生攜帶攜帶的。

過了幾日，章氏兄弟忍不住了，因去拜齊東野人，並向他說：「幾時有功夫，可以帶我二人到畹華家裡看看，皆因我兩個，由心裡頭願意拜會梅老闆，於戲學上，請教請教，也可得點進益。不知你老先生肯賜攜帶不肯？」齊東野人聽了說：「有何不可！只是畹華家裡，今非昔比，並且幼偉先生，時常在他那裡，每去生人，他都很注意的，咱們彼此都知道了，原沒什麼，並且你們二位的熱心，我也時常在梅老闆跟前說過。他也是很願意與你們二位親近的，惟有一節，這幼偉先生脾氣最是不好，不把他恭維舒服了，萬別想進蘭芳的門。你們看，那郭三相便是個榜樣，其實他與蘭芳是患難之交，在文字上，也真替他為過力，可稱得起最初捧蘭芳的健將，他與蘭芳的關係，算是極親密了，然而如今怎樣了呢？不但蘭芳家裡他進不去，還惹得好些體面點的人說他許多壞話。這個原因在那裡呢？難道他對於蘭芳使心費力，還有不到的地方麼？非也。這都是他專捧蘭芳不捧馬幼偉的毛病。見了幼偉，還要趾高氣揚，與他論平等，所以把事壞了。你們二位是慧心人，聽兩位的言語，當然瞭解的。你們想，現在的蘭芳，雖然在社會上作藝，卻不是社會上的公物了。早已專有所屬，我們表面上，雖是拏他當社會上一個普通自由藝員，骨子裡，須要認識他身後的人物，那時才能自由到他家裡去。若說我行我法，不管別人，萬沒好結果的，除非金錢勢力，高過他幾倍，另行把蘭芳買收了，或者能隨心所欲。無奈我們沒錢，便讓有錢，也不便作這糊塗事，不如在他身上加點小心，碰巧他一時高興，還須提拔一下子，從此騰達起來，也未可知，所以兄弟捧蘭芳，是以幼偉為經，以蘭芳為緯，凡事要幼偉喜歡，不能不說我好，才有這個好結果，便是獨自到蘭芳家裡去，他也不疑心了。你們二位必欲見蘭芳，非獻明白我的話，心裡十分覺悟了，才可以呢！」章氏兄弟聽了這番話，真是聞所未聞，佩服的了不得，因向齊東野人說：「聞君一席話，勝讀十年書。啟發茅塞，獲益匪淺，我兄弟兩個，心裡雖也有這層意思，只是沒有先生說得這樣透澈，今天算是求教的很，我們絕不能蹈郭三相的覆轍，教你先生為難。」齊東野人說：「能夠這樣，才洞明人情世故，看今天晴爽的很，不如我們就到畹華家裡走走。」章氏兄弟說：「先生有事麼？」齊東野人說：「我每日除了看畹華的戲，便到他家裡說戲詞，這便是我的事了。若是到旁邊去，我真不能說有工夫。若說到畹華家裡去，無所謂有工夫沒工夫了，再說咱們方才所談的，卻喜志趣相同，我很喜歡，不如乘著這樣好天氣，到畹華家裡坐一坐。他那裡別有天地非人間，吃他兩碗好茶，沁沁心脾，大是爽快。趕巧還須擾他一頓晚飯。」章氏兄弟聽了，羨慕不置說：「不想我兩個沾先生餘輝，幸福不小。」說著齊東野人換上一套出門衣服，引著章氏兄弟出了門，雇了三輛車，向蘆草園去了。

及至到蘭芳的宅前，下了車，齊東野人頭前走，忽見門上的人迎出來說：「二爺來了！今天老闆把戲回了，同著六爺逛戒台寺去了。」齊東野人見說，忙道：「往戒台寺去了麼？我們來的不湊巧了。」因向章氏兄弟說：「畹華遊西山去了，是我一時疏忽，沒預先與他打個電話，實在對不住你們二位。」章氏兄弟說：「這是我們緣淺，老闆既然沒在府，我們改日再來吧！」那個底下人便說：「到裡面坐一坐，也不要緊，既是同祁二爺來的，想不是外人。」齊東野人為顯顯他的面子，遂向章氏兄弟說：「不如咱們便進去坐一會兒。」說著一同進去，有底下人引著，送到客廳，章氏兄弟見了屋內的陳設字畫等類，喝一回彩，早有底下人斟上茶來，每人喝了兩碗茶。章氏兄弟取出自己名片，寫了幾句拜訪不值的話，交與底下人說：「回頭老闆家來，請你呈與他看。」當下又坐了一會，遂與齊東野人一同去了。正是，水月鏡花，難成佳偶；真錢假票，買得大王。欲知後事如何，且看下回分解。

馮幼偉（左）、梅蘭芳（中）、齊如山（右）在北京馮家花園
（原刊《梅蘭芳珍藏老相冊》，外文出版社2003年版）

第十三回
締絲蘿好事成虛願　開菊榜大王冠頭銜

卻說齊東野人，同著章氏兄弟去拜蘭芳，不想沒有遇著，只得掃興回來。晚間齊東野人得著蘭芳的電話，約他明天同著二位章先生到吉祥園去看戲，晚上就到舍下來吃飯。齊東野人接了這個電話，甚喜，便忙著知會了章氏兄弟，次日約齊了，同道吉祥園去看戲，蘭芳已然囑咐前台賣座兒的與他們留一張桌子，及至齊東野人同著章氏兄弟來了，看座兒的是認識祁二的，忙說：「二爺，梅老闆這裡給定了桌子。」說著把三人讓到那張桌子。三人坐下，忽又見一個賣菓子的，給端來四碟菓子，放在桌上說：「這是梅老闆敬的。」言罷去了。齊東野人見蘭芳替他們買了座兒，又給送菓子來，樂的兩隻眼睛，成了一道縫，因低聲向章氏兄弟說：「今天畹華給咱們的面子太大了！他一定喜歡你們到極點了，不然那能白天請聽戲，晚上還請吃飯，沒見他待旁人這樣過。可也好，我介紹的人，他這樣恭維，於我的面上，很有光彩。他若有一點冷淡，那就很沒意思了。」章氏兄弟說：「我兩個實在沾你老先

生的光，不然那裡得的著老闆這樣青盼。」齊東野人說：「這總算是畹華為人的好處，體諒人情的地方。」此時戲台上已唱過中軸，漸入佳境了，末後蘭芳唱了一齣《花園贈金》，大軸子還有俞振庭的《金錢豹》。三人惦記到蘭芳家裡去，不等戲散，走出吉祥園，又在市場裡胡亂繞了一個彎兒，估量著蘭芳已到家中，才出了東安市場，雇上車，向蘭芳家裡去。

蘭芳正在家裡等著他三個呢，聽說來了，便迎了出去，見了章氏兄弟極道昨天失迎。章氏兄弟亦盛謝今日厚意，說著進了客廳，彼此坐下。齊東野人便向蘭芳極力誇獎章氏兄弟道：「他兄弟兩位，在北京評戲界，是很著名的，稱得起是大評戲家了。平日對於老闆的戲，更是佩服，在報紙上不知替老闆作了多少好文章了。」蘭芳說：「我的能耐還差，全仗諸位捧場抬愛，便是章先生二位為我分神，我也知道，幸喜今日遇著了，往後還得求多幫忙。」章氏兄弟謙遜一回，既又盛讚蘭芳技藝，可稱當世第一人，今日幸會，真乃快慰無極。此時底下人已然斟上茶來，蘭芳見時候不早，吩咐底下人說：「先教他們開飯吧！我們吃完飯再說話。」底下人見說，忙去吩咐開飯，少時將酒菜擺齊，雖是家常便飯，卻極精美，蘭芳便把章氏兄弟讓到客位，章氏兄弟說：「初次造訪，便這樣叨擾，實在不當的緊！」蘭芳說：「不過是家常便飯，二位休要見外。」說著把齊東野人讓在上手，自己在下手相陪。

四人慢慢吃著，忽見一個底下人向蘭芳說：「老闆，六爺來了！」蘭芳說：「也請到這邊來吧，反正不是外人。」那底下人見說去了。齊東野人和章氏兄弟知道是幼偉來了，早就站起來預備接見，忽見簾子起處，幼偉進來了，見他們正在用飯，忙說：「只管坐著吃，越隨便越好！」齊東野人笑嘻嘻的，指著章氏兄弟向幼偉說：「幼偉先生，這二位你大概還沒見過吧，這就是我常與你提的章氏兄弟。」幼偉聽了，忙向章氏兄弟拱手道：「久仰久仰！你們作的戲評，我是天天看的，不但說的對，而且宗旨還純正，比那弄筆好罵人的大是不同。」章氏兄弟說：「先生過獎。」此時蘭芳向幼偉說：「大概也沒吃飯呢？坐下一同吃不好麼？」幼偉說：「好好！」忙教底下人搬過一把椅子來，又添上一副杯箸，章氏兄弟一定讓幼偉首座，幼偉說：「不必謙讓，都坐原位。」說著自己挨著蘭芳坐下，舉起杯來，讓了一巡，既又向蘭芳說：「都預備什麼菜了？」蘭芳說：「隨便教廚子作了幾個菜。」幼偉說：「未免有些簡慢，改日我另邀一局。」章氏兄弟說：「這菜已經十分好了。」當下一邊說話，一邊吃，章氏兄弟一日之間，既得與蘭芳會見，又蒙幼偉如此垂青，好不高興。少時酒飯俱足，大家起席，底下人伺候漱水手巾，將殘席撤去，另泡好茶，散坐談話。章氏兄弟因初次來，不便久坐，謝了蘭芳又謝幼偉，告辭去了。齊東野人因與蘭芳有應說得戲，不能陪他兩個回去，只得說：「你們二位先走，我這裡還有一點事。」於是一同把他兩個送出去，回來陪著幼偉和蘭芳說些閒話，不消細述。

卻說章氏兄弟，由蘭芳家裡回來，喜歡的了不得，大章便與小章說：「你看見麼，蘭芳今日待你我太好了，最難得的是馬幼偉也這樣和氣，看他臉上是很喜歡的樣子，將來不知有什麼好處到你我身上呢！往後作戲評，更得加點小心，寧可教外人看著說是過火，不可不得他們喜歡，這是要緊的關頭，你我須在意的。」從此兩個雙管齊下，把幼偉和蘭芳足勁恭維，不在話下。

卻說此時與蘭芳並駕齊驅的，在男角裡面，卻沒人了。坤角裡面，倒有一個人，便是大名鼎鼎的劉喜奎，若論他的身世，原是南皮縣世家大族，他的祖父，還與合肥李文忠公式鄉榜同年，後來皆因家道中落，同族的人，都不能相顧，喜奎只隨著一個寡婦母親過苦日子，南皮縣離天津近，貧困的女子，多半到天津學唱戲，真有賺好錢的。喜奎的母親見日月一天難似一天，便帶著女兒也到天津去住，投了個師，教女兒學起戲來。喜奎既有天賦姿容，又加聰明絕世，那消幾月，把戲學成了，便在天津演唱，出台就紅。民國二年上，移到北京去唱，政界裡的人物，多半把精神用在他身上，勢力比蘭芳還大的多。最可奇的，他的門禁極嚴，總不見旁人出入，所以在京數年，一絲笑話也沒有，他的宗旨已抱定了只許心兒空想一句話，聽說他的心目中只有一個人，是某部次長，但是這人家有正室，喜奎又不願與人作妾，所以總沒成事實，後來蘭芳一天比一天紅了，二人年貌職業，又極相當，所以有人主張梅劉結婚，是天下第一美事，所以當時某名士有句云：第一人間歡喜事，劉娘應得嫁梅郎。可見當時社會上的人，都是願意喜奎嫁蘭芳的，在蘭芳那邊，如馬幼偉諸人，也是極端贊成的，便是蘭芳自己，也巴不得娶了喜奎，結這段美滿姻緣，料想與喜奎一說，必當慨允，不至費話的，便是世上人，也都以為喜奎意思必在蘭芳身上，皆因前此北京軍政兩界要人，歡迎陸干卿時節，喜奎演了一齣《貴妃醉酒》，卻教蘭芳給配裴力士，可見他也是歡迎蘭芳的，不然萬不肯合演的。世人雖是如此想，究不知喜奎心裡是怎個主張，非求人去提親不可了。在蘭芳那邊，也曾求人提過，被喜奎的母親謝絕了。至於這謝絕的理由，也不明白是老太太不願意？是喜奎不願意？既是人家不給，也只好作罷論。但是世人希望梅劉結婚的熱心，仍是不歇的。

可巧此時喜奎的母親得了一宗不治之疾，

未及一月死了，喜奎一個弱女子，向來是與母親相依為命的，如今見母親沒了，哭得不成樣子，含著一把酸淚，把母親葬了，從此還是登台唱戲，只是門禁益發嚴了，便是與他管事的，也見不著他一面，全憑婆子丫鬟往裡傳稟，有要緊的事，除了三慶園後台管事李子哲能進去，別人萬不行的。這李子哲看他的名字，卻極雅的，其實是個極醜不過的人，小時出天花，把鼻子塌陷了，旁人與他起了外號叫塌鼻子，滿臉麻痕有銅錢大，醜的總算有程度了，這喜奎卻極喜歡他，應面商的事，必把他叫來。這李子哲也不時到喜奎家去，問問有事沒有，至於這喜奎如何必教這個醜男進門，這便是他一點聰明，恐怕人說閒話，如今找個姥姥不疼、舅舅不愛的人，幫助辦理內外的事，為是教人不疑惑他。這李子哲卻也好，見喜奎這樣榮寵他，心裡一絲邪念也不敢萌，對於喜奎盡心竭力，殷勤服事，便如一個忠僕一般，與喜奎無利的，他絕不辦。外人知他與喜奎這樣親密，便有求他說事的，蘭芳那邊見他能與喜奎說話，便求出人來，託他在喜奎跟前給提親，又怕他不肯，便與他說：「這事與你們姑娘很有利的，你想他一個女子，又把母親沒了，孤身一人，飄流著唱戲，也不成事體，非與他說個人家，萬不是了手。若說外行人，窮一點的不敢娶他，他也不肯嫁；若說闊人，誰都有三妻四妾，他更不肯了！莫若與蘭芳成了美事，倒是天配良緣。他兩個，一個第一男角，一個是頭等坤角，年貌又極相當，再合適沒有了。況且喜奎心裡也有這意思，只是他一個姑娘人家，怎好自己開口，你往他一說，他一定答應的，這是一件德行事，你不作誰作？」李子哲聽了這套話，雖是以為有理，卻恐喜奎難說話，因向那人道：「你這片好意，我很贊成，但是不知喜奎的意思如何？他是很難說話的，與他說了，也未必成，我看他的意思，將來一定要當姑子的。」那人說：「你先別這樣說呀，他本有嫁蘭芳的意思，只是不好出口，竟盼著有人與他提這門親事，咱們既然明白他這心事，若是不給他成全了，將來他年紀愈大，豈不是逼著他當姑子嗎？你與他說去，管保成的，皆因他最信用你，若是求別人去說，他倒疑心以為是有什麼意思了，所以這事非你辦不可。」子哲本是個誠實人，聽了這話，再無可說，因向那人道：「成不成，我與你們撞一下子去，反正我自問無愧了。」當下與那人別了。

　次日子哲照例到喜奎家裡去，喜奎方吃完早飯，帶著兩個小女孩子，在院中澆花呢，見子哲來了，便同他到屋裡，問今日園子有什麼事沒有，子哲說：「沒什麼事。」說著讓他坐下，遞與他一支菸捲教他吃，子哲一邊點那支菸捲，一邊預備他心裡要說的話，只是想不出恰好的話頭來，他的尊範本來醜極了，心裡一想事，臉上不覺現出為難樣子，醜的益發難看了。喜奎看了，不禁好笑，因問他說：「子哲你今天怎不喜歡，心裡好像有事，你只管對我說，我知道館子的人，常欺負你，你與他們辯不過，只生悶氣，自管跟我說了，我能替你拿罰他們的。」子哲聽了歎道：「大姑，我天生的這副不得人心的摸樣，本來是受人欺負的，好在我是男子，便受些欺負怕什麼，就拿大姑你說，也不小了，此時是頭等坤角，又住在北京地方，便是孤身一人，也沒人欺負，但是後來準保沒人欺負，這就說不定了。所以我為大姑想，總是打個正經主意好，人生一世還是以婚嫁為大，為什麼定要作矯情的事呢？真要把架子端老了，將來也是後悔。」喜奎聽了他這話，抓不住頭腦，但知必是有意而發，因向他說：「子哲，你今天是怎麼啦？沒這樣過，說這些瘋話作什麼！我不愛聽。」子哲說：「大姑你雖然不愛聽，我這話是不能不說的，你想，你是女子人家，從前有老太太在世，諸事都可以推到老太太身上，如今老太太沒了，便是你一個人作主，這支撐門戶成家立業，斷不是一個女子能作的，你不早打主意，難道唱一輩子戲就算完了麼？」喜奎聽到這裡，身上彷彿背了一塊冰，不禁的顫起來，撐著勁向子哲說：「不想你這樣一個人，能說這樣話，這必不是你的本意，一定誰教你來說的，你與我說明了，誰教你來說的。」子哲道：「這話我心裡早已就有，只是不敢說，昨天蘭芳那邊一個人說，才曉得大姑你的心事，作官的那些闊人，你都不願意，這蘭芳卻是極相當的，大姑既然有心，何不決斷辦了，還有什麼不可說的。再要揀，可沒有這樣相當的了。」

喜奎聽到此間，已不似從前那樣動心，倒不覺冷笑起來：「我打量是什麼高人教了你的話，教你來破說我，原來是蘭芳那邊的人教你來的，你是傻心眼的人，為我的前途有靠，紅著心來與我說，原是一片好意，但是我心裡的意思，不但外人不知，便是你常到我這裡來，也未必知道。」子哲說：「我知道，大姑是極高尚的。」喜奎說：「我雖不敢說高尚，也不是尋常一樣的女伶，心裡頭多少有點道理。若論蘭芳，世上愛他的人固然多了，可惜我劉喜奎不愛他，外間不過因我與他在那家花園合演了一齣《醉酒》，便以為我心裡有他，殊不知那天堂會，在座的都是一班督軍政客，太歲一般的人，勒令我與他合演，我能不依嗎？這種罪惡是在大人先生，原不在我，世人不察，便以為我喜歡他，這不是大錯麼？再說蘭芳已然娶妻生子了，我嫁他作什麼！若說作妾，天下的人可與作妾的太多了，那裡便與蘭芳去作妾，這不是太小量人了！再說我雖然是唱了戲，若論家世，蘭芳焉能比我，這都是那群捧蘭芳的不開眼的東西們，以己度人，也以為我是愛蘭芳的，我倒不有氣，只可笑他們眼界太小了。」子哲聽了喜奎這片話，知道不妙了，自己好生後悔，不該聽了那人言語，硬來與喜奎說。「我這不是反美不美麼！」越想越著急，一張大麻臉，被汗都浸透了，不住用手巾擦，且向喜奎說：「大姑說的話，我明白了，是我一時糊塗，誤聽人言，冒猛著來與大姑說這個，好在大姑知道我，還不疑我有別的意思。」喜奎說：「我那能疑惑你，你是一片好心，所以聽了人家的話，以為有理，便來與我說，但是他們說的話，未必是由心裡頭說出來的，他們嘴裡說話，心裡卻另有打算，總而言之，世上的人，打算娶我的，不外兩種思想，第一種是喜歡我的面色，娶了我去，也不過當作一種玩弄品，以遂他的肉慾。第二種人，便是希圖我的財產，我手內雖然不能說富，總算起來，也有十餘萬元，這錢到了浪子手裡，足夠揮霍的了，喜歡我顏色的，不過出於一時的私欲，那裡有什麼愛情，到了我年長色衰時，他一定不愛我了。至於希圖我的財產的，其心更不可問了，我手內老有錢，他還能小心恭維我，及至把我錢花完，也就拿我不當事了。現在喜歡我的，不過如此，那裡是個有情的，我嫁他們作什麼！」子哲說：「大姑慮的是。不但大姑不喜他們，便是我也不待見這樣的人，可有一節，這多情的人，未必沒有，可惜一時不知道。」喜奎說：「時時出入梨園，必無佳士。即或少知情字的意思，也是虛浮靠不住的。」子哲說：「據大姑這樣想，世上的人都是靠不住的了。」喜奎說：「有靠的住的，但是無緣與我接洽，我也無法試驗，所以我的終身是很難辦的，我亦早不作此想。我的心裡便如槁木死灰，將來一塊薄團，那古佛青燈，便是我的終身良伴了。」說到這裡，不覺眼圈兒紅了。子哲見了，也傷起心來，不住的流淚，哭著向喜奎說：「我今天太該死了！惹得大姑這樣傷心，可恨我這天不疼地步愛的臉子，還不快死了作什麼！」說著大哭起來。

喜奎見了，早已窺知他的心事，但是無可如何，因向他說：「子哲，你哭什麼，快去與我回覆他們去，就說我不願意便了。」子哲聽了，看看喜奎，揉著眼睛去了。子哲由喜奎家裡出來，心裡兀自傷感，自念喜奎確是個好女子，雖然淪落歌台，卻不為聲色貨利所移，心裡仍是抱得定，守得堅，那些政界闊人，他既不看在眼裡，蘭芳當然也算是腳下泥了。如此看來，他心裡所企望的，並不在富商大賈、公子王孫，但得一有情人，相與偕老，便是他的自願了。可惜這有情的，一時物色不著，我自問是個有情的，便是喜奎也未嘗不知我是有情的，無奈老天爺雖然給我一副好心腸，卻用一張極討厭的皮肉包著，不但人見了掩口竊笑，便是我自己也甚埋怨造化小兒，把我的面孔雕琢的過於玲瓏了，除了米元章見了，或者拿我當一塊奇石，大加賞鑑，若說得女子的歡心，不曉得還得轉幾個輪迴，天既給我這副人心，為什麼又給蒙上一張鬼臉？這不是惡作劇麼？我天天見喜奎，喜奎也非我不與旁人說話，這一點，或者是沾了我這不討痛的臉子的光了，別人花錢買不著的，而我日日得之，在常人雖然是不喜歡我這尊範，今日卻仗他作了接近喜奎的媒介，這時不能說他無功於我。是極討疼的了，但是既仗他接近喜奎，這接近之中，仍有一層障礙，彷彿是萬重關山，橫在目前，這時又不能不歸咎於我這不討疼的臉子了。雖然這樣說，沒有我這副玲瓏面孔，未必能接近喜奎，早已被他一例兒唾棄了，惟既已近接，我心終有戚戚然，是這臉子成全了我，也是他害了我，我何不幸之甚耶？喜奎說：「古佛青燈，便是他的良伴，我從此也須整辦芒鞋破缽，了此餘生了。」子哲一邊感想著，一邊走，腳步也不知怎樣運行的。少時到了自己寓所，推門進去。卻巧蘭芳打發那人來討回話，正在這裡等著呢，見了子哲，忙說「紅娘回來了！怎樣？」子哲也沒聽見，呆呆的坐在一把椅上，一語不發，那人見他不喜歡，知道事體不妙，細往他臉上看時，彷彿一個痲子坑兒內，都藏著一窩愁，益發醜的難堪了。那人說：「子哲，你為何作出這樣嘴臉，那邊有回話沒有？」子哲說：「有什麼回話！你們把人看錯了，簡快跟你們說，人家不願意，以後你們免開尊口。」那人聽了，摸不著頭腦，待要問他喜奎因為什麼不願意，子哲已是不言語了，那人無法，只得回去把話告訴蘭芳那邊，只索便了，不在話下。

光陰荏苒，轉瞬之間，民國的日月已過了五六年了，這五六年內，國家多事，人民流離，一些正經事也沒辦，可是捧蘭芳的這群闊老，沒有一天不樂，沒有一天不為蘭芳盡心籌劃，假如為政諸公，照愛蘭芳一般去愛國家，這幾年的民國，早已富強起來。可惜大好的山河，竟不如一個唱戲的有價值，弄到這樣，是誰之咎？福王少小風流慣，不愛江山愛美人。我想如今的政客，大都是福王一流，只要眼前有承歡的，便是作了外國奴隸，也甘心的。閒話休說，卻說張勳復辟失敗之後，黎黃陂雖然復了位，事無大小，皆由段總理主持，因為對德宣戰一事，段氏與國會起了衝突，弄出許多公民團，把國會圍了，直弄得南北不合，鬧到如今，不見結果，但是這國家大事，非我作書的所應說，我倒記得公民團圍攻國會那天，正是六年五月十日，在這日內，北京死了一個全國景仰的人，你道是誰？便是名伶譚鑫培。這人在世時，最南北馳名的一個文武老生，皆因年紀老了，後起的又趕不上他，好事的皆因歎梨園無人，又以政界裡沒有共仰的人物，便給譚伶上了一個徽號，推為「伶界大王」。這個徽號一出去，真乃應天順人，沒有一人不心悅誠服的，無奈大王年紀老了，便得了這美名，也享不了多少年的榮華富貴。一轉瞬，這大王的徽號，與譚伶的枯骨，一併葬於西山之麓了。

這時又出了一群好事的，便商議這王位承繼問題，有說宜推楊小樓的，有說宜推余叔岩的，有說宜推票友紅豆館主的，有說劉鴻升、王鳳卿、時慧寶諸人，都有承繼資格的，有說以德以齒以藝而論，孫菊仙為最有資格的，議論紛紛，終沒有大王出來。此時《順天時報》以為有機可乘，不如利用這機會，大開菊榜，或者能賺幾個錢。當下由編輯部會同營業部，預定菊選章程，第一項選舉伶界大王一名，第二項選舉坤伶第一一名，第三項選舉童伶第一一名，被選在前三名的，由報館贈以證書獎品。原來菊選花選，在北京的報紙是常開辦的，真能賺大錢的，並沒有幾家，再說這選舉名優名妓，並不在本人色藝如何，全在揣摩捧娼優的心理，准能知道那個伶人有多少闊人捧。發表章程後，可以得他多少票，然後估量票數，可以不賠錢，才能辦呢。還有一節，未開菊選以先，得知道捧角的裡面有競爭力沒有，假如一個伶人有幾個闊人捧，固然能使他投票，但是別的伶人沒有人捧，或者有幾個捧場的，都是窮措大，一定是沒有競爭力的，這菊選便開不成了，菊選的作用，固然在敲一個有錢的竹槓，但是若沒人與他競爭，這竹槓也敲不上，所以欲開菊選先得知道伶界的趨勢，準知道有相當的競爭力了，然後由報館裡再加點戲法，不怕那冤大頭不拚命買票。不過這種競爭機會，是很難得的，偏巧此時叫天死了，遺下伶界大王一缺，《順天時報》捷足先登，把這機會占去了。這伶界大王四個字，不過是口頭上的尊貴，可是北京有點頭臉的伶人，誰不欲得這點虛榮，既是有點頭臉的伶人，身背後都是有人捧的，這裡頭自然有競爭力了，但是若只選一個大王，未免範圍過窄，所以又添上坤伶第一、童伶第一兩項。這坤伶和童伶，在北京社會上，最有人捧的，勢力極大，加上這兩項，不但能使菊選火熾熱鬧，而且能激起投票的競爭力，所以《順天時報》此次的菊選，其用心之周密，可謂無微不至了。但是用心雖如此周密，骨子中當選的人物，不過兩人，那大王早擬定了梅蘭芳，坤伶第一，擬的是劉喜奎。為什麼先認定他兩個呢？第一是蘭芳那邊有馬幼偉那樣一個闊老作主，喜奎這邊有某部一個次長捧場，都是很好花錢的，所以這次菊選，內定的財神除了這兩人，更找不出第二個大頭來了，雖然這樣說，他兩個準花錢不準，此時辦菊選的也拿不定，只得用旁敲側擊的法子，激起他們的競爭心便了。姑且不言。

卻說《順天時報》已將菊選簡章擬定，便即發表出去，看報的見了，都說有趣兒，個人就其所贊成的伶人，把票紙剪下來，寫個名字，投往報館去。這類投票的，倒是真正看報的人。對於伶人也沒成見，不過喜歡聽誰的戲，便給誰投票，無奈報紙上每日只附票紙一張，便是投一個月，每人不過投三十張票，雖然出自真正民意，卻是無濟於事。若每日只是看報的投票，這菊選不用說，一定失敗了，所以必有黨派的投票，才能鼓得起興致來，但是有黨的人投票，又是另一種投法了，第一先得聯合本黨的人，商量大家出多少錢，買多少票，還得知道旁人所捧的角兒，有多少人給他買票，財力有多少，好預備與他競爭，諸事商議停妥，才能投票。投票時，也沒有工夫由報紙往下剪，不過派個人拿著錢，到報館裡定購若干票，便算投票了。次日發表時，如果票數不敵人家的，再買多少與他競爭，所以必須這樣，才有趣兒呢！

閒話少說，自《順天時報》開始菊選後，投票的一天多似一天，一般捧角家及那些唱戲的，都注了意，蘭芳在報紙上關於伶界的事情，是很留心的。他見《順天時報》要選伶界大王，早已動了心，又知章氏兄弟替他作文章說他應承繼大王，今見報紙上果然要選大王了，他不知怎樣辦，非把軍師齊東野人請來商量不可，當下便與齊東野人打了個電話，問他說：「《順天時報》選大王，是怎回事？你知道不知道？」那邊齊東野人說：「這事我還沒看清楚，大概是一件有趣的事，咱們也可以辦辦的，但是非與幼偉商量不可。」蘭芳說：「既是這樣，你晚上到我這裡，咱們大家商量商量不好嗎？」齊東野人說：「咱們晚上見吧。」說著兩邊把耳機子都掛上了。晚上，齊東野人吃過飯，逕到蘭芳家裡，蘭芳接著與他打聽選大王的事，齊東野人說：「內容如何，我此刻尚不知道，大概是由閱報的人投票，選舉一個最有名聲的，承繼老譚這個王位，是一件極關乎名譽的事。假如你要當選了，全國的戲界，便屬你為尊了。」蘭芳聽了，這虛榮心早已遏止不住，便與齊東野人說：「怎樣能當選呢？準知道外頭都給我投票嗎？」齊東野人說：「若竟仗聽戲的人給投票，那就靠不住了，皆因我們願意當選大王，別人也是願意當選，就拿今天的票數說，眼見楊小樓的票比你多，我們若不想個法子，竟憑外人投票，將來這大王一定是楊小樓的了。」蘭芳說：「這怎好呢？假如被小樓奪了去，這面子不傷了麼。本來我的敵人就是小樓一個，這次再被他得了大王，外頭更說我沒他勢力大了。」齊東野人說：「我也是替你這樣想，所以我說得想個法子，便是為抵制楊小樓。」蘭芳說：「有什麼法子呢？」齊東野人說：「有什麼法子，只得把幼偉請來，與他說明，拏錢與他競爭便了。」蘭芳說：「也只好如此，我這就與他打電話，把他捉來就好辦了。」說著與幼偉打了個電話，卻巧幼偉在家呢，應著就來。這裡蘭芳又問齊東野人說：「若用錢買票，得多少錢呢？」齊東野人說：「這就說不定了，旁人若是花的多，我們就得多花一點，反正幼偉是個好勝的，他既願意你得這個大王，便花幾萬也不值什麼。」

二人正說著呢，只聽外面汽車喇叭響，少時幼偉來了，一進門，見齊東野人這裡坐著呢，便問：「你什麼時候來的？」齊東野人說：「我也是才到不一會兒，我們在這裡等你說話呢。」幼偉說：「有什麼事麼？」齊東野人說：「雖不是什麼大事，但是非與你商量不可。」幼偉說：「既是如此，咱們坐下說。」當下三人圍著一張桌子坐了，幼偉因問齊東野人說：「你們要與我商量什麼事？」齊東野人說：「我正與畹華商量商量呢，便是《順天時報》選舉伶界大王那件事。」幼偉說：「不錯，我也看見報了。只是沒留心看，這報紙上花選菊選，是常有的事。無非那些窮念書的，無事生非，混想發財便了。」齊東野人說：「話雖如此，但這回可不能比前幾回，這回菊選，是《順天時報》辦的，有外國人主持，一定要認真的，決不能以冤人幾個錢為目的。再說他這份報，外國人都看，若是我們被選大王，這消息立刻就能傳到外國，世界的人，沒有不知道有蘭芳的了，所以這回菊選，我們是得競爭一下子的。若是中國人辦，也就不必過問了，這《順天時報》是不能辦錯的，所以連小樓那樣不好競爭的人，都使出人來與他投票，現在他的票數，已比我們多一千多張，我們若不過問，眼見這大王一席，便是小樓的了。」蘭芳也發言道：「可不是！我就怕小樓得了大王，皆因他近來很有與我競爭的心，所以借這回菊選，要把我打下去。其實大王得不得算什麼！我只愁小樓得意。」齊東野人又接著說：「小樓雖然這樣熱心，據我看，他也不能成功，皆因他沒有後援。若論普通投票，他當然比我們多。若是我們與他一競爭，他便得失敗，所以小樓倒不是咱們的大敵。最可怕的是劉喜奎和鮮靈芝兩個坤角，他們所選的，雖然是另一科，然而與我們的名譽很有關係，假如他們一個坤角，若得好幾萬票，便是由好幾萬人贊成他們，我們若只有幾千票，便是當選大王，也不過有幾千人贊成，面子上未免不好看，所以這回的菊選，全在票數上競爭，不但不能教小樓踞了榜首，而且還不能教劉喜奎和鮮靈芝超過我們的票數，然後才能顯出北京的人望是全在畹華身上的，於前途很有關係呢！所以這事你不能不辦的。」

幼偉將話聽完，因向齊東野人說：「這回的菊選鬧到這樣熱鬧麼？我竟不自知，咱們絕不能落人後的，量小樓能有幾個錢？敢與我競爭。倒是捧喜奎的這個小鹿兒，倚著他是次長，又是天津富豪，一定要為喜奎多花幾個錢，他有錢，我沒錢麼？揭曉之後，非咱們的票數占第一不能休的。我先預備出一萬塊錢，與他們玩一玩，明天你便到報館與他們接洽去，教他們先給咱們把票印出來，非小鹿不投票了，才算完呢！」齊東野人和蘭芳見幼偉如此慷慨，聲言先預備一萬塊錢作為買票費用，心裡十分喜歡，諒這大王一席，定可安然享受了。齊東野人因又向幼偉說：「我們若這樣預備，當然不至於失敗的了，小樓沒有後援，自己萬不敢拿一萬圓與我們爭這大王，喜奎那邊雖然錢多，他選得是坤伶第一，也不能與我們十分競爭，將來的票數，我料著還是咱們占大多數，事不宜遲，我回頭便到《順天時報》去，他那裡十點鐘才完事呢！」幼偉說：「很好！你回頭就先辛苦一盪，與他們說，諸事都在我身上，菊選揭曉後算賬，他們若不憑信時，我先把銀行支票給寫出來。」齊東野人說：「他們那能不信。再說他們那裡，我也有認識的人，決不至有差池的。」幼偉說：「那好極啦！我回頭還有事，得先走一步。這事我便交與你辦，花多少，你倒不必拘泥，第一咱們的面子要緊，花錢算什麼！」說著先自去了。

這裡蘭芳和齊東野人把他送出去，回來臉上都很得意，至於他兩個如何這樣得意，便是一個得了名，一個得了利，所冤的不過是幼偉一個。此時蘭芳因笑著向齊東野人說：「二爺，你真會說話，竟把他的高興給鼓動起來了。」齊東野人說：「不拿旁人激他，他不肯花錢。你看，他起初是很冷淡的，聽我一說，便知道不辦不好看，所以對於他，諸事都得這樣，若是不言語，他挺忙的人，便許忘了。」蘭芳說：「我是不敢十分要求他的，虧你這樣說，不求他辦倒辦了。但是選這麼一個伶界大王能用的了一萬元嗎？」齊東野人說：「一萬元，不定夠不夠呢！若是真競爭起來，兩萬也得花！好在幼偉不在乎這個，便是花兩萬，也傷不著他什麼。」蘭芳說：「可也是，聽說他正運動中國銀行總裁呢。將來得了這個缺，多少錢賺不了！可見他們作大官的，雖然花的多，賺的也實在不少，我看他這樣花錢，有時眼暈的慌，細想起來，卻與旁人花銅子一樣，我倒少見了。」齊東野人說：「這正是你的好處，但是他有的是錢，也不便為他心疼的。」說著看看錶，見時候不早，忙站起來說：「我乘此時，要到《順天時報》去了。」正是，役鬼通神，孔方兄抑何可愛；怨天恨地，丁靈芝大是該殺。欲知後事如何，且看下回分解。

第十四回　梅蘭芳榮膺大王銜　鮮靈芝怒發獅子吼

話說齊東野人，見時候不早，送別了蘭芳，逕到《順天時報》，與他運動菊選的事，報館的人知他是蘭芳的謀士、幼偉的腹心，如今到報館裡來，一定有意思了，遂推出一位與他熟識的，在應接室裡與他談話，齊東野人把來意說了一遍，並求報館多多關照，予個投票的方便才好。報館裡人說：「論理是應由報紙上把票紙剪下來，投在本館方合規矩，但是目下投票的過於踴躍，本館已然另印出一種票紙，定價照報紙一樣，銅圓三枚一張，閣下若要投票方便，不如買這個，一句話便成的。」齊東野人說：「既有這種方便，妙極了！但是一張票按一張報紙算，未免貴些，能少算一點不能呢？」報館裡人說：「這是營業部的許可權，我們不能作主，但是買得多時，也須有點通融。」齊東野人說：「准買多少此刻說不定，但是我們必以蘭芳當選為目的，如果我們競爭的力量大，那是我們也必以全力與他抗爭，所以將來保不住要花多少錢，這一點要求你先生與營業部說知，我們日後買票，就好

辦了。」報館裡人說：「這事我一定與營業部說，多少要看點情面，再說我們也是素捧梅蘭芳的，這次菊選，當然要替他幫忙的。」齊東野人說：「諸位先生若肯幫忙，蘭芳一定當選無疑了。我今天是帶著幼偉先生的使命來的，明天的報，便請給蘭芳多進一位票數，以後我們就用電話辦事便了。當選之後，我們花多少錢，立刻便付過來的。」報館裡人說：「先生的話，我必與我們主任商量。大概沒什麼難辦的，不過這票價總以先付過來為是，我們好預備票。」齊東野人說：「也好。明天我便先拿一半的錢來，在貴館存著，往後再算。」說著道聲打擾，作辭而去。回到家中，盤算這事，若每張票裡我抽一枚銅圓的餘潤，幾十萬票，便有幾百塊錢的利益，想不到這次菊選，倒給我作了飯，但是若不是我，鼓吹幼偉激他花錢，《順天時報》也不會發給這筆意外之財的。他們若是感激我，當然給我點利益的。想到這裡，高興非常，一夜也不曾安穩睡覺。

次日齊東野人將與報館交涉情形，告訴幼偉與蘭芳一遍，在票價上未免多報壹成花賬。幼偉見報館，已然允許幫忙，早放下心來，至於花錢多少，倒不注意的。當下寫了一張中法實業銀行五百圓的支票，交與齊東野人說：「你把此數先給報館送去，用完了時，再與他們另開。」說著把今天的報取來看時，果見蘭芳的票數比前天增進一位，但是與小樓和喜奎的票數比較時，仍差一千餘票。幼偉見了說：「咱們的票怎還不及他們，你回頭再到報館去與他們說，明天非把咱們移到第一名來不可，便是五百元一日的票價也成。」齊東野人說：「明天當然得多加的，皆因頭兩天咱們沒投票，竟是人家投了，現在咱們既與他們競爭起來，萬不至於落後的了。」不言蘭芳家裡三人預備進行，再表報館那邊，既將幼偉引入彀中，至於小樓投票不投票，已然無足輕重，卻也好，小樓的票，每日總與蘭芳的差不多，也不知這些票，是誰給投的，蘭芳那邊假如少事鬆懈，這大王一席，仍不外是小樓的了，所以幼偉不敢托大，每日必買幾千張票。女伶那邊，自然是以喜奎為主，卻也有一個與他對敵的，就是鮮靈芝，為喜奎投票的這個小鹿兒，既不肯教鮮靈芝得了第一名，又不願蘭芳票數獨先，所以每日也拚命花錢，把這菊選鼓動的熱鬧非常。讀報的人，每日不看新聞，先得看這幾個伶人所得的票數。

如此已非一日，自開選到如今，已將近一月，揭曉的日子只剩兩三天了，最後勝敗，就在這兩天。幼偉和小鹿兒，誰也不肯甘心，又著實的競爭一次，報館此時已將投票數截止的佈告登出來，外間專俟揭曉，屆期，《順天時報》用初號大字，把當選的伶人發表出來，但見伶界大王，第一名梅蘭芳，第二名楊小樓；童伶第一，第一名劉喜奎，第二名鮮靈芝；童伶第一，第一名尚小雲，第二名吳鐵菴。外間見了這個揭曉，反對梅蘭芳的，都說不公平，按角色、年齡、藝業、聲價而論，當然小樓當選大王，如今卻教唱小旦的得了大王，不是笑話麼！世人雖是這樣論，究竟大王是被蘭芳得了去，雖是一個無權無勢虛渺無憑的王位，但是在梨園裡也頗足以自豪了。不但蘭芳喜歡，便是捧蘭芳那群人，皆以本黨戰勝，誰不高興！便商量著與蘭芳賀喜，早由馬幼偉發起，約會爽召南、文伯英、羅癭公、易實甫、齊東野人、郭三相、章氏兄弟等，共二十餘人，在蘭芳家裡設席，與他慶賀當選大王。

屆期，梅黨功臣，陸續都到蘭芳家裡去，惟有郭三相因許久與蘭芳斷絕關係，尤不喜幼偉專權，所以雖然接著公賀的帖子，也是懶得去的。易實甫事前本事專為鮮靈芝投票的，無奈財力敵不過小鹿兒，卻被喜奎得了第一，如今見幼偉邀他與蘭芳作賀，怕被鮮靈芝知道了，一定要見怪，所以也沒到場。然而蘭芳家裡也不缺他兩個，所到人盡夠熱鬧的了。少時酒宴齊備，分作兩桌，大眾把新大王讓在首席，蘭芳說聲不恭了，儼然大受朝賀頒賜群臣宴一般，好不熱鬧，此時蘭芳的得意，眾人的高興，已然無可言表了。

在這時，卻又與此情景相反的一件事，便是鮮靈芝因沒選得坤伶第一，大發牢騷，竟與他丈夫丁靈芝爭吵起來，這鮮靈芝本是丁靈芝的小姨子，當初丁靈芝是個唱梆子小旦的，與崔靈芝齊名，所謂四靈芝之一，也是極著名的角色，後來把妻室喪了，便將鮮靈芝續過來，過門之後倒也很和睦的，他所會的戲，多半是他丈夫親傳，夫妻兩個，輾轉外埠，作那行腳蕩業，鼎革之後，都中漸興女戲，他夫妻兩個便到北京，與幾個同志合股起了個坤班，起名志德社。起初不過為敷衍衣飯，不想開鑼之後，一天盛似一天，鮮靈芝的名望，竟與劉喜奎並駕齊驅，後來又得楊韻譜加入，專門排演改良新戲，便以鮮靈芝作了台柱子，一般時髦的人物，沒有不歡迎的，更加鮮靈芝兩隻眼睛，便如兩架發電機，能夠引得座客天天來聽戲，久而久之，台下的人對於他注意的固然多了，便是他對於台下的人，也未免有一二留心的，大凡女伶演戲，甚欲得台下觀眾之歡迎，實較男伶為特甚，假如有人天天捧場，為之呼好喝彩，當女伶的那能不感激於心，投桃報李，當然是不能免的，所以於演劇時，每每不顧戲情，時常以秋波盼視台下，以酬勞其喝彩者之厚意，何況鮮靈芝，是個久經世故的女子，在外埠演唱時，台下觀眾，固然少所當意。如今既至京師，成了名角，見台下捧場的，不是翩翩少年，便是堂堂闊老，這時正用的著目光，勾引這些人的魂魄，所以一到台上，他的秋波作用，非常靈藝，惹得一班少年，顛狂一般，拚命為他喝彩，鮮靈芝只顧牢寵這些人，未免對於他的男人便有些對不住了，丁靈芝見他如此，也未免有些醋意，歸到家中，夫妻兩個為這事，不知起了幾次衝突，感情漸漸惡了，每逢鮮靈芝演戲，丁靈芝便站在上場門，以作監視，起初這些捧靈芝的，還以為他是個處子，後來知道丁靈芝便是他的男人，也有灰心不幹的，也有對於丁靈芝生惡感的，形勢大不如前了。大凡捧女伶的，都有一種妄想，總打算這個女伶，將來歸他。若是聽說是有男人的，便不十分去捧，其實便讓是黃花女兒，聽戲的也未必得著便宜，這不是瞎愚，那裡知鮮靈芝所受的影響，便是這有夫之婦四個字害了他，所以捧他的人，總沒有捧劉喜奎的多，惟有一個易哭厂，老而多情，宗旨終是不變的，只是對於鮮靈芝越愛，對於丁靈芝越嫌，所以他的詩有句云：我來喝彩無別法，但道丁靈芝可殺。這兩句雖是吐出自己的怨氣，為鮮靈芝抱許多不平，社會上捧女伶的心理，亦可概見了。就如此次菊選，鮮靈芝沒爭過喜奎，在一般人判斷，無不以為鮮靈芝是有夫之婦，投票的人，不甚踴躍，所以失敗了。在鮮靈芝也未始不作此想，所以對於他的男人，益發不滿意，竟打算尋隙與他鬧一場，只想不出打架的法子，只得推病不到館子去。

一個台柱子不出台，館子一定要受影響的，報紙上也就胡亂揣度起來，丁靈芝好生著急，鮮靈芝見了，知道他必要發話，借著他發話時，便與他大鬧一場，主意定了，只在床上躺著裝病。丁靈芝見了，心說：「那裡是有病，分明不知因為什麼又不自在了，成心不到館子去，若是時常這樣，買賣還怎樣作！」想到這裡，納著氣，走近床前，問他說：「你又怎麼啦？好好的又不唱了，惹得報上胡說起來，你若是這樣，班子不得散了麼？指著別人如何挑得起來。你有什麼話，只管說，明天還是到館子唱戲去是正經。」鮮靈芝聽了，由床上爬起來，向男子說：「你教我唱戲，我還有什麼臉唱戲！空有個紅角名兒，到了真的上，還是不如人！你看劉喜奎近來本不甚紅，這回菊選他得了第一，便是張小仙的票數，也差不多比我多了。我雖是紅角，倒落在人後，這個毛病究竟在誰身上，你說教我唱戲，如今我眼見不如人了，我還有什麼臉去唱大軸子，人家也得看得起我，所以不如歇幾天倒好。」丁靈芝聽了，原來他是為這個，遂笑著向他說：「我打量是為什麼，原來是為這點小事，這算什麼！無論大王咧，第一第二咧，不都是假的嗎？真正如何，還得論戲台上的能耐，你把這個放在心裡作什麼！不太愚了嗎！」鮮靈芝聽了，早已怒上眉梢，忙說：「你以為是假的，我卻在這上頭注意，我們一個婦人家，既然登台唱戲，便為的是這個虛名，不圖這個圖什麼！偏巧是我晦氣，老早的有了男人，卻弄得事事落人後，連個菊選都爭不過人家，往後還有什麼希望！」丁靈芝見說，暗道：「為這事他怎扯到男子身上去？難道是我礙了他的道？」因說：「你這話未免太遠了，你菊選沒得第一，並不是我給你使得壞，怎麼說你嫁了男人倒晦氣了呢！」鮮靈芝說：「簡直就因為你，所以我不能得第一，你看劉喜奎張小仙，都是沒男人的，所以都能那樣紅。惟有我，弄了這個漢子，左看右管七八個不放心，彷彿一疏神，便給你戴綠帽子，究竟我那些兒對不起你，你也是握著卵子過河，瞎小心，憑白的把我拘束的不如人，你心裡又怎痛快，就拏印鑄局易老頭兒說，人家很捧我的，時不常的給我作詩，每天總要到場，人家可算熱心了，其實人家不過是愛看我的戲，並沒什麼邪心，誰知你賊心爛腸子，在人家身上，不但不知感激，反把人家得罪了。人家請我吃飯，你不許去！人家請我逛公園，你也不答應！在戲台底下，人家若是多看我兩眼，你便惡狠狠的瞪人家，恐怕人家把我拐跑了，你抱了空窩。你想，你媳婦不是唱戲的嗎？怕人看，何必出來作藝呢！再說如今的紅角兒，誰身後頭沒有幾個闊人，偏是你的老婆這樣尊貴！你看這次菊選，蘭芳得大王，不是馬幼偉的錢？喜奎得第一，不是小鹿兒的錢？人家易老頭兒本打算給我買個第一，即或他一個人辦不到，再得幾個人幫忙，也夠競爭的了，偏是你怕我得了第一，感激他們，把你忘了，所以安心與我破壞，把人家都給得罪了，所以人家都灰了心，不替我買票，不是壞在你身上，壞在誰身上？」

丁靈芝聽了他這些話，未免有氣道：「你說的這都是什麼話！這次菊選你沒得第一，也是壞在我身上了麼？那也是我的毛病，這也是我的毛病，可惜又去不掉我，這有什麼法子呢？從前我也沒見你這樣過，怎的如今剛有幾個人捧，便以為這個男人不隨心了，早幹什麼來著！如今不願意，卻不晚了麼？」鮮靈芝聽了這話怒道：「我簡直不喜歡你這忘八小子，你能把我怎樣！」說著連哭帶喊，吵鬧起來，丁靈芝終是老實人，此時又正是指著老婆吃飯的時代，見他哭鬧起來，自己先已迷了頭，不知怎處，幸喜同院住的人過來把鮮靈芝勸住，把丁靈芝拉到旁屋。

晚上廣得樓前後台老闆，知道他夫妻吵嘴，來了五六個人作調停人，內中有個最能說的李二老闆，身侏儒而頭上，人皆以李大頭呼之，後台那些坤角，都喜歡他說話，有打架的事，他一出來就完，所以今天到鮮靈芝家裡勸架，少不了他，眾人見了丁靈芝夫婦，都問好好的為什麼鬧起來，李大頭說：「那還用問，一定是丁劍雲又犯小脾氣來著，把二嫂子給得罪了！」丁靈芝說：「他這幾天竟尋我的差兒，沒病裝病，成心拿糖，怎倒說我犯脾氣呢？」李大頭說：「我們二嫂子是明白人，那能成心磨難你。」鮮靈芝聽了，心裡的氣已然下去一點，忙說：「你聽聽，這裡有端平正的了。」丁靈芝說：「就讓是我的不是，你方才怎說不喜歡我，管我叫忘八，這我受的了嗎？」李大頭說：「二嫂子不能說這話，大概是你聽錯了，他若真這樣說，連我們當朋友的都不能贊成他，可是人在有氣的時候，什麼都須說，這是無心，不能怪的，好在你們公母倆平日最和美的，誰說誰一句也不要緊的。」說著因向丁靈芝說：「回頭館子還等你算帳，你同我們到館子去一盪。」既而又向鮮靈芝說：「二嫂子，你不許再生氣了！回頭我必然教劍雲給你賠不是，教你心裡過得去便完了。」說著大家把丁靈芝讓到館子裡去。正是，波翻醋海，娘子收得勝之軍；芳滿蓬瀛，梅郎馳環球之譽。欲知後事如何，且看下回分解。

第十五回

美優伶賣藝遊瀛島　同心友評菊話蓬窗

話說李大頭諸人，把丁劍雲勸到廣德樓帳房，眾人又問他說：「到底因為什麼，你二人鬧起來了？」丁靈芝說：「不用提了，雖是我們家那口子性情不好，也是被這群捧角的先生們給壞的事，所以如今無論什麼事，一有不如人的，便是我礙了他的道。這回菊選他沒有得第一，固然有些不樂意，萬不能把罪過加上我身上，難道我不願意他得第一嗎？他不這樣想，反說皆因有我這個男人，所以別人都不給他投票，你們聽聽，這像話嗎！往後不知要出什麼新鮮事呢。我是糊塗人，你們給我想想，以後我應當怎麼辦？」李大頭說：「這事萬不是辯幾句嘴，打一場架能了的。俗話說，養活娘姑便如養活老虎一般，若照我看，家裡若是有個坤角兒，便如養活獅子一樣，比老虎更厲害了。沒法子，只得多賠點小心，教他心裡喜歡便了。若是時常辯嘴，倒許出事，你看，杜雲紅不是有男人的，怎會也跟人跑了呢？如今社會上的人心壞了，何況登台唱戲，什麼學不會！此時你若與他講夫權，豈不是逼他學杜雲紅嗎？莫若另換個手段，把他哄喜歡了，教他趕快唱戲要緊，若再不唱，不但你受不了，連我們也要倒楣了。」丁靈芝說：「怎樣哄他呢？」李大頭說：「你這人真是糊塗蟲，難得你還是他男人呢！怎想他愛你。我問你，劉喜奎坐的是什麼車？」丁靈芝說：「馬車呀。」李大頭說：「張小仙呢？」丁靈芝說：「也是馬車。」李大頭說：「這不結咧！你不會給你家裡也打一輛馬車嗎？」丁靈芝說：「他們的馬車，是人送的，所以坐著容易，我們要坐馬車，非自己買不可。」李大頭說：「那是一定，皆因有你，所以人家不送與他馬車，他心裡頭，已是老大不願意了。你如今還不趕快給他置馬車，還等什麼！非等與你宣告離婚才算完麼？你別在夢裡，趕快破幾個錢吧！你若與他置一輛車，再買兩套新衣裳，再打一副金鐲子，管保他會樂的，那時還怕什麼！」一席話說得丁靈芝恍然大悟，說：「你替我想的倒很有理，只是這樣一辦，我又得花一千多塊錢。」李大頭說：「那有什麼法子，你便是淘虧空去，也得辦的。」當下丁靈芝聽了李大頭的話，次日便求人購買馬車，又做了兩套新衣服，買了兩件時樣首飾，足勁在鮮靈芝根前一獻殷勤，鮮靈芝見出門有了馬車，心愛的首飾也買來了，心裡頭便喜歡了，精精神神的，照舊去唱戲，不在話下。

卻說梅蘭芳，自選中伶界大王之後，聲價一天大似一天，不但一般看戲的拿他當天神一樣看待，便是政界裡的大老，學界裡的宿儒，也都拿他當個人瑞，目作國家的光榮。起初蘭芳出去應堂會，非得馬幼偉的同意不能去的，如今比幼偉高的人，都喜歡他了，這幼偉也無法獨佔，只得看著諸大老今日叫明日招，上至總統，下逮各部總長諸色要人，每有宴會，若無蘭芳，舉座都為之不歡，最是蘭芳夢想不到的，便是這群駐京的外交團，因在宴會席上看過蘭芳的一齣《天女散花》，戲單上抄了一段英文的《維摩經》，各國公使見他能演這樣深文奧義的戲劇，便都不拿他當普通伶人看待，尊他是中國第一名優，內中如法國公使、美國公使，按他本國習慣，都是很尊敬名優的，自然與蘭芳也是分庭抗禮、握手鞠躬，這些大老見外交團這樣敬愛蘭芳，所以每請外賓宴會時，必邀蘭芳，以作誇耀，實則中國對於外人，也沒什麼可誇示的，如今拿蘭芳作為國際間一個結歡品，總算為中國增光不小，假如借著蘭芳的魔力，辦一件痛快的交涉，這蘭芳也可算是歷史上不朽的人物，狀元夫人賽金花不能專美於前了，惟不知蘭芳外交手段如何？想與諸大老耳濡目染，當必有心得也。

閒話少說，蘭芳既被外交團如此賞識，他的聲名早被新聞記者傳到國外去了。可巧歐洲停戰後，外國人士在華提倡歐洲救濟會，請他在東長安街平安影戲園，演了一齣《天女散花》義務戲，於是旅京的外人，沒有不知蘭芳是個名優的了，梅蘭芳的名兒，既為旅京外人所傳揚，於是便有那好事的，鼓吹蘭芳到外國遊歷去，可巧這時有位日本文學士龍居枯山氏，在天津的《新聞報》上，作了一篇懷想梅蘭芳的文字，把蘭芳恭維的已到十二分，並敦勸蘭芳，遇了機會，可以到東京一獻雅奏，江戶士女，若見了蘭芳這樣色藝，不知怎樣喜歡呢！這篇文字一出來，不想東京人士，以及旅京日人，全都注了意，由這篇言論，便慢慢的趨向事實，在這時候，卻喜出了一個極好的幫手，便是葉玉虎，他因赴歐調查戰後情況，道經日本，東京那些要人，知他是梁士詒的替身，交通系的健將，那有不歡迎的，早定了日子，請他宴會，在座的如澀澤大倉兩男爵，都是政治經濟界裡一班元老，席面之闊綽，自不待言了，但是無論多高尚的人，一到酒肉場中，所談的話，必漸漸與酒肉相近，財色兩字，是離不開的，便是教坊歌肆，百戲娛樂的事，也是津津而談，互為娛悅。那大倉澀澤諸人，因想龍居學士盛讚蘭芳一事，一定是不錯的，便以此為話頭，問葉玉虎說：「貴國的名優梅蘭芳，近日的聲名特大了，不但貴國新聞紙上日日有他的記事，便是敝國的新聞，也不時傳播他的消息，幾於婦孺皆知了。閣下新由北京來，關於梅伶的事，必然較我們耳食者流，說得詳細，見得真確，這人色藝，究竟如何，能見教一二否？」葉玉虎聽他們問到蘭芳身上，早已樂得眉飛色舞，忙滿飲一大杯，向澀澤諸人說：「諸公要聞蘭芳的事麼？提起這人，真是我們中國最近一件可誇耀的事，若論我們中國，歷史上的人物，如聖賢，如英雄，如美人，如學者，如文士，代不乏人，真有出色人物。不知怎的，最近這幾十年，不但沒個英雄，連個美人也產不出，少微有點知識的，大都抱才難之歎，誰知四百餘州禹域江山秀麗，不鍾於聖賢，不鍾於學者文人，而獨鍾於一個唱戲的梅蘭芳，豈不是一件奇事麼？這人在我們中國，總算是一個代表的人物，全社會上的人，不論貧富貴賤、老少男女，把精神都交與他的。英儒馬可來評論沙克斯比爾（注：現譯莎士比亞）有云：『英倫三島可以亡，沙克斯比爾不可無。』如今我也要拿這話，評論我們梅蘭芳的，中國二十三省可以不顧，梅蘭芳是一時少不得的，皆因蘭芳一身，是我們中國四萬萬精神之所寄，若是把蘭芳沒了，我們的社會便如墜入沉淵，毫無生氣。」

大倉澀澤諸人聽了葉玉虎這段議論，無不稱奇說：「不想禹域靈秀之氣，卻鍾在這人身上，令我們羨慕不置，但是貴國有這樣出色人物，怎的教我們也看看，一飽眼福，不知閣下能介紹他到我們東洋來一遭不能？」葉玉虎說：「這事不敢定，皆因這人是我們中國的寶貝，若說教他乘風破浪，冒著險往外國去，必有多數人不贊成，但是為增長國家光榮起見，這事也可以辦的。可惜鄙人不能在貴國久留，只得與北京知友去信，慫恿他東渡，一面由諸公負責，邀他前來，我們中國人見有諸公在裡面主持，當然放心，不至於作梗了。」大倉男爵說：「這事都在老朽身上，自要梅郎肯來，絕不能教他吃虧，再說小婿現在北京勾當，我便寫信與他，教他擔任聘請，東京這座帝國劇場，又有老朽的股子，梅郎來後，便在該劇場演奏，諸事都是好辦的，往來路費，也在老朽身上，我們急於要見梅郎，並不是為圖耳目之快，第一，他是貴國絕無僅有的名優，我們鄰邦人，應當瞻仰的。第二，為中日兩國親善計，這事亦不可緩，將來兩國交涉，借重梅郎的地方正多，更是一舉兩得的事。」葉玉虎聽了，不僅拍手道：「老勳爵由此著想，鄙人贊成之至，不但梅郎之幸，亦我中日兩國之幸也。可惜鄙人不日赴歐，如此盛舉，不能躬逢，殊為歉歉。」大倉男爵說：「梅郎尚未東來，閣下先已西渡，未免令人悵悵，但是閣下最是愛蘭芳的，雖云公務纏身，也應玉成此事，萬不可因在東京會不著梅郎，便不替我們幫忙了。」葉玉虎說：「不能不能，一定要幫忙的，皆因梅郎東遊，是我極贊成的，再說這事於我們中國的體面很有關係，我那能不管，回頭我便與北京寫信，老勳爵也要確實往北京打個電報才好。」大倉男爵答應了，當下賓主之間，又談些閒話，盡歡而散。

葉玉虎回到寓所，細想方才所說的事，暗道：「不想一場閒談，竟把梅郎給成全了。他到東洋一盪也好，省得被馬幼偉把持著，什麼都不知道，到東洋開開知識，倒是一件好事。」當下便與北京幾個與蘭芳有關係的友人寫信說：「昨與大倉諸人晤談，彼等盛稱梅郎色藝，希望他到東一遊，此乃千載一時之機會，愛梅諸君，當有同情。細想我華人，上至總統，下迨百僚，那個是受外人歡迎的，不被唾棄，便是萬幸。如今外人異口同音，交贊梅郎，不惜重資，禮聘東渡，不第於國有光，亦聊可為吾輩一吐氣也。且以梅郎之聰明，置身東京交際場裡，其柔情嬌媚，當使大和民族為之魂銷，有裨國際，實較無能不才，醜而且老之外交家，高出萬萬也。諸君為梅郎計，為國家計，務當玉成此舉，使江戶士女知我中華尚有此人，庶可戢其輕視華人之心也。所惜者，弟不能在東京久遲，想梅郎到東後，弟已為大西洋舟中人矣。惟諸君實圖利之。」玉虎將信寫完，加上封，教從人發了出去，又在東京住了幾日，便由橫濱搭輪，往歐洲去了。

此時北京幼偉諸人，已然接了葉玉虎的信，大倉男爵的女婿，已得著東京電報，雙方便商議邀蘭芳東渡的事。在蘭芳是個沒主意的，可去不可去，他並不知，專憑身旁的人議論，於是分了贊成反對兩派，贊成派的意思，以為是既成名優，當然以世界為舞台，實實在在作成世界的人物，若局局於北京，不過終是北京的名優，不是我們愛梅的本意了，所以應當利用這個機會，到東洋去一遢的，既能到東洋，將來便能到西洋去，指頭之間，居然成了世界著名的藝員，於梅郎本身不用提了，便是我們捧他一場，也不白費苦心，所以東遊一事，我們應當贊成的。至於反對派的意思，以為梅郎不過中國一個舊戲藝員，並不是天勝娘一類專在東西各國賣演大魔術的，所以出洋不足為榮，在家不足為辱，西洋的名優多極了，便不到外國去，也自成為世界的人物。若說到一遢外國，便成了世界的人物，恐怕那些玩馬戲的演戲法兒的，都成了世界的人物了。再說梅郎的戲，我們雖然愛聽愛看，到了東洋未必準博歡迎，別看旅京外人都中了梅郎魔力，皆因他們已是與中國習慣同化了，所以能解其中秘珠，若教東京一般人去看，恐怕鑼鼓一響，群以為□（注：此字未能辨識，暫闕。）呢！所以那專在外洋賣藝的，總沒見有演唱正戲的，不是魔術，便是滑稽，非此不能得歡迎。梅郎一個青衣，有什麼魔術有什麼滑稽？所以非失敗不可，不甘心失敗，必得利用物理學，添上許多色彩，以冀博人歡迎，頂好的一個唱青衣的，必驅他成了天勝娘而後已。請看由上海來的唱戲的，我們尚罵他是外江派，將來梅郎回來，難免不染外洋惡習，豈不被人罵外洋派麼？一個頂好的角色，使他成了外江派的領袖，外洋派的嚆矢，愛之乎？害之乎？所以東遊一事，以罷論為宜。贊成反對兩派，議論半天，反對派的理由雖然充足，沒有贊成派勢力大，再說報紙上已然把此事宣佈出去，大都表示贊成的，惟有《小京報》有一篇反對的文字，也打不破梅黨的熱心。蘭芳東渡的事，算決定了，贊成派雖然得了勝利，但是蘭芳的家庭裡面，為這件事，未免又生出一點小波瀾來。

原來蘭芳的祖母，便是當年梅慧仙的內人，今年已八十歲了，大瑣二瑣都死了，跟前只這一個孫子，焉能不疼，原先蘭芳往上海杭州各處演戲，都有他伯母大瑣家的跟著，又是本國地方，所以這老媽媽很放心，也不過問的。如今聽說蘭芳要到外洋去，早已驚了，忙教人把大瑣兒家的叫過來，問他說：「怎麼？我聽說群子要到外國去，這是誰給出的主意？你們背著我，竟教群子往外跑，山南海北走膩了，如今更新鮮了，卻要把他送到外洋去，這外洋如何是去得的！路上危險不用說了，便是到了那裡，一輩子便不能回來，我這大年紀，眼睜睜就是這麼一個孫子，你們還不教他在我跟前多待幾天，變著方兒教他往遠處走，你們是安著什麼心呢！」說著把臉沉下來，望著大瑣家的。大瑣家的，見老太太不願意，而且還很生氣，只得陪著笑臉說：「老太太這個不是我出的主意，我也不知道應去不應去，不過聽馬六爺諸位說呢，這是一件很好的事，一則於咱們家的名譽很有關係，二則也應當教群子出去閱歷一盪，還有一節最要緊的，我聽他們說，這次群子若到外洋，不但自己得個好名兒，連國家的外交，借著他還得老大的便宜呢！所以外交部及總統府，聽見這件事，都是很贊成的。既有官府願意，能不保護他嗎？所以這回絕沒差錯的。」大瑣家的本打算教老太太喜歡放心，不想這老婆婆聽了這片語，好不謂然，因向大瑣家的說：「我就不解他們這些作官的是怎個意思，自己作著老大的官，吃著好多的俸，不想法子給國家辦外交轉臉面，如今卻想著教我們一個唱戲的幫助他們的外交，我活了八十歲，真沒聽見過這樣的新鮮話，可也是，如今的年頭變了，被這些人攪的沒一樣不是新鮮的了，就拿群子要上外國說，那裡是想得到的，如今聽你一說，才知道這件事於國政也有關係，這樣看起來，世界的事還那裡望好！照我這樣年歲的，只得瞎著眼聾著耳，心裡還舒服些。」大瑣家的見老太太無端犯起牢騷，摸不著頭腦，只得向老太太說：「究竟你老人家是願意群子去不願意呢？現在大家已都商量好了，連應帶走的配角及文場等項，都是說定了的，怎好回覆呢？便讓咱們自己的人，去不去由咱們，都是好說話的，但這外國人怎樣辦呢？既然應了人來，當然不能改悔的，如今你老人家若是不願意，這件事不是很難辦了麼！」這老婆婆聽了，歎道：「我說不願意，反正你們也不能由著我，如今事情既然辦到這個樣子，料想不能挽回，不過去可是去，不能教他立刻就走，須過了咱們中國的三月三日我的生日，教群子給我拜完壽，才許他走呢。你要知道，我已是八十歲的人了，還能過幾個生日，碰巧群子不能由東洋回來，我也就死了。」大瑣家的見老太太仍是這樣說，只得安慰著說：「你老人家挺硬朗的，說這話作什麼！這不是一件痛快事，將來你老人家不知道有多大福呢！今天話太說多了，你老人家也該歇一歇了。前面還有人來，我得去張羅去。」說著自到前院來了。

卻巧馬幼偉齊東野人諸人都在前面與蘭芳說話呢，大瑣家的進去見了眾人，把老太太不願意的話說了一遍，馬幼偉說：「這事那能因老太太不願意，便罷論呢！你怎對他說的呢？」大瑣家的說：「我把種種為難的情形對他說了，末了也是沒法子，只說教蘭芳過了三月三他老人家生日再定，你們諸位以為何如呢？」幼偉說：「這倒可以，東京那裡約會的是陽曆五月初一登台，很有工夫，這事便由著老太太吧。咱們該商量應當都帶誰走呢。前日商量的雖然有鳳卿同去，昨天聽說他有特別情形，不願去了，若沒個老生也不成。」因問蘭芳帶誰去合適，蘭芳說：「鳳卿不去，只得把高慶奎帶了去，他新舊戲都拿得起來。」幼偉聽了說：「好！這個角兒我也贊成，皆因是後起的，既沒脾氣，也好打發。」蘭芳又說：「貫大元也願意去，他近來很用功，也知道幾句外國語，我已應允帶他去。」幼偉說：「我也聽說這孩子不錯，便加上他吧。這老生一項既定了，別的角色就好說了。但是竟你們內行人去，沒個嚮導通譯也不成，我想咱們得找個會說日本話的跟著去，到那裡如果日人有什麼交涉，好教他們說話，這舌人萬不可少的。」蘭芳說：「昨天有人薦一位姓陳的，說是個東洋留學生，我已竟答應了，你若有人，不妨再添上一個，反正我們這一行，得二三十個人，一個翻譯也忙不過來。」幼偉說：「昨天也有人跟我商量，說蘭芳這一走，得用個翻譯，打算給薦個人，我問他這人是什麼樣的人，他說此人姓李，叫什麼溫泉，還是前清的一位孝廉公，後來跑到東洋，充當華語教習，在東京住了七八年，學得滿口日本話。他在東洋還辦一個什麼《實業》雜誌，都是由華僑裡募來的錢，我聞此人很精明，打算教他同你們去，不知你們有知道他的沒有？」齊東野人聽了，便道：「若論此人，小子倒略知一二，此人倒是姓李，他由東洋回來，曾運動一任陳列所所長，不知因為什麼，把差使弄丟了，現在僑寓津門，辦了一個《春柳》雜誌，專門評戲，對於梅老闆也是很恭維的，那報上署名濤痕的，便是他。此人頗曉得東洋風俗，若教他隨著去，那是方便極了。」幼偉說：「你既然知道此人，明兒便約他當翻譯便了，再加上那個姓陳的，和那個日本人村田孜郎，這舌人跟嚮導，便都全了，只可惜現在我的名位，不比從前，不能跟蘭芳到東洋遊歷一遍，誠乃憾事。」因又向齊東野人說：「我有心教你隨他去一盪，不知你有工夫沒有？皆因沒個親信人跟了去，我實在不放心。」齊東野人聽了，巴不得他發這命令，如今聞此吩咐，正中下懷，當下滿口應承，於是商量的漸有頭緒，但是表面上護衛隨從的人，雖然有了，內裡貼身的人，也是少不了的。蘭芳出外，每有大璅媳婦跟隨，不用說了，這次蘭芳媳婦王氏，也願意去，打算利用這個機會，到東洋逛一盪，二則也可貼身服事蘭芳，省得被東洋婆兒迷住他。當下議定，內眷帶的是大璅媳婦、蘭芳媳婦，嚮導村田孜郎，通譯李濤痕等二員，秘書齊東野人，配角姜妙香、姚玉芙、高慶奎、貫大元、芙蓉草，再加零碎角色，及場面琴師，一共二十餘人，預定隨從蘭芳東渡，這隨行的角色既已定妥，便商量帶什麼行頭，以及旅行什物等類，足忙了十餘天，才漸漸就緒，素日捧梅的一班人物，見蘭芳要遠行，都預備與他送行，後來聽說過了三月三他祖母的生日才走，於是大家商量，等到三月三日這天，公請蘭芳，一則替他祖餞，二則與他祖母賀壽，商量定了，便去邀人加入，這時蘭芳已然為他祖母發出一篇《徵文小啟》，旅京的這些名士，誰不欲乘這機會，見好蘭芳，早都搜索枯腸，替這老婆婆作獻壽文，預備臨時稱藝嵩祝，不在話下。

流光迅速，轉眼已到三月三日了，蘭芳因他祖母是八旬正壽，早租妥三里河織雲公所，設筵演戲，大賀壽辰，原來內行規矩，內行不對內行唱戲，如今蘭芳勢力大了，只得勉強應酬，可是不唱正戲，只得法著洛陽橋的故事，鬧了幾齣反串戲，了草塞責。是日前往致賀的，大約分為數種：第一項是政界要人，以馬幼偉諸人為代表；第二項是詩人名士，以羅癭公諸人為代表；第三項是旅京外人，以辻聽花諸人為代表；第四項是評劇家，以齊東野人、章氏兄弟等為代表；第五項是梨園中人，以田際雲、俞振庭諸人為代表。在此五項以外，如與梅家素通往來的親友，有交易關係的商人，庵觀寺院的住持，做盔頭戲衣的匠人，以及專給蘭芳照像的太芳照像館的主人，統計不下五六百人，都給蘭芳的祖母去上壽。最可笑的，是那群文人墨客，不顧行止，不知羞恥，與梅家送的壽聯壽序，竟尊稱巧玲媳婦為太夫人，下注愚晚姪孫等欵。斯文掃地，父分蕩然，真可浩歎！難怪明末阮大鋮一流東西，競呼魏閹為乾爹。如此看來，這呼人作名的事情，可謂愈出愈奇了。只是人來的太多，蘭芳也無法招待，只陪著一班闊人說話，其餘的只教支應人代勞接待，足忙了一天，才見消停。次日歇了一天，又忙著到幾家去道謝，好容易有了工夫，打算多歇幾天，便要東行了。偏巧這些開戲館子的，利用他將要東行這個機會，要求多唱幾天戲，至於聽戲的，也以他要遠行，打算多聽他兩天，皆因他這一走，指不定一月兩月才回來，不如趁他未走，先把戲癮過足了。蘭芳礙不過情面，只得仍然每日登台。在這十餘日中，北京人腦子裡，只有蘭芳東行一事，別無可述，所以作書的寫到此間，也實在無法再說了，只可利用蘭芳這次東行，作為本書一個結束，以後蘭芳由日本回來，又生出什麼新鮮事，那是後來的話，作書的不會未到先知，所以此刻不能預為杜撰，只得等他回來，再作道理。

寫到此處，方要擱筆，卻好友人李直言來訪，我這朋友是個少年有為的人，只惜他不會阿逢，最愛直言，每每把人得罪了，他還不自知，所以與他上得來的人極少，卻喜與不佞極為相得，我愛他率真，他敬我樸素，莫逆於心，訂了至契。在油滑一流的看著，不過拿我二人當作騃子，殊不知如今的世上，照我們這樣的騃人，正是難得呢！卻說我這朋友，見了我，便說：「儒丐，你這裡又作什麼，大概還是拿蘭芳開心呢！你不說要完了麼，怎麼還不完？」我說：「總抓不著一個好扣子，所以這支筆老放不下，如今卻巧蘭芳要上東洋了，這倒是一個好機會，我便借著這個機會，擱了筆，你看如何？」我這朋友說：「好！借此收住，倒是極完全的。」說著我讓他坐下，教荊人給泡了一壺茶，放在窗前一張淨几上。三月天氣，明媚宜人，窗外花木，漸有向榮之意。我輩操筆墨生涯的，遇著這樣氣候，正是心身兩宜之時，再與同心的朋友，對坐談天，更有說不出的樂趣。

當下我二人便就著這張淨几對坐了，品茗談心，我的朋友忽然問我說：「究竟蘭芳怎樣把你得罪了，你為何這樣描寫他？文人輕薄，筆孽真不小哉！」我說：「蘭芳並沒得罪我，我這書並不是造孽，不過我看圍繞蘭芳周圍的人，他們那些舉動，於我心終有過不去處，所以不知不覺的，由心裡便漾出這許多字來。我也不知道是毀他？是譽他？我的心事希望社會往好裡去，所以有看不過去的，便要說話。」

我的朋友聽了我的話，便點頭說：「作小說應當這樣存心。若是風花雪月，妖妖豔豔的寫幾篇，誰還不會，究竟於社會沒什麼宜處，不如據直書，黑白自見，但是今天我要問你，你究竟喜歡蘭芳，還是恨蘭芳呢？」我見我這朋友發了這樣一個奇問，便鄭重其事的向他說：「我既然愛社會，蘭芳是社會上一個人，我當然也是愛他的，不過我愛他與旁人不同，旁人愛他大概不外兩種思想：一種是愛之中加以褻，一種是愛之中寓以苟，這不能算是真愛。我所愛的是希望他成一潔白無垢的名優，真正在藝術上用功夫，不要被左右這群人，蠱惑的成了非驢非馬大魔術一樣的江湖派，可惜捧他這群人，見不到這個地方，只管一味恭維，不敢少加糾正，究竟他的藝業，果能與他的大名相稱嗎？不能使人無疑。別看如今有人約他到外國去唱戲，這個大半是出於鼓吹的力量，在蘭芳自身，不過是三四分的能力便了。設若以後不研究固有藝術，專在這虛浮上用工夫，恐怕頂好的以俄國梅蘭芳，倒成了跑外洋周行演劇的首領，久而久之，把本來面目還須失了呢！捧他的人，只顧自家露臉，與旁人爭勝，不知早把蘭芳葬送了呢！」

我的朋友聽了這話，便說：「你所見的倒是正論，無奈愛蘭芳的，誰能像你，都是好虛名喜浮誇的，況且如今有的是報紙，借著報紙一鼓吹，無論什麼事什麼人，都要成名的。就拿中國改造共和說吧，不是報紙鼓吹成的麼？各色人物轟轟烈烈，不是報紙的力量造就的麼？南北不和，至生嫌隙，不是報紙的文字激成的麼？究竟實際在那裡，便不可知了。這樣看來，蘭芳所以有今日，也是報紙造成的便了。最可惜的是，往日那些名媛，不生在今日，假如要生在今日，巴黎倫敦都可去了，不在實地講求，專門掉花槍，這是中國上下的通病。總而言之，不外一個戲字罷了，但不知戲到何時才算收場呢！」我這朋友說到這裡，不僅欷歔長歎，竟自發起牢騷來。我見他又犯了宿病，便笑著向他說：「才論蘭芳的事，你怎扯到政界裡去。這不是自尋苦惱麼？俗語說，官場如戲場，本來是戲，何必愁他。若真要下個判斷，蘭芳倒有可取的地方了，不必再發牢騷。老妻替我藏有斗酒，趁此春光，與君一醉如何？」我的朋友聽了這話，才轉愁為喜，於是呼婦出酒，相與對飲。正是：

莫謂書生語太酸，傷時心有未能安。
東方長大惟持戟，小子侏儒也戴冠。
魔鬼困人形瑟瑟，財神傲物面團團。
由來世事同兒戲，我作梨園一例看。

附錄一

風雲變幻時代的旗籍作家穆儒丐

張菊玲

民國初年，北平有位頗為著名的劇評家穆辰公；民國至偽滿洲國時期，瀋陽有位頗為著名的小說家穆儒丐；中華人民共和國的五十年代，北京文史館有位館員名為寧裕之；看似三位不同的人，實則是三易署名的同一人。這是一位出生於清朝末年、北京香山健銳營的旗籍作家，由於處在時代巨變之中，生活道路顯得複雜另類，長時期來，研究者多對其略而不論，本文試圖依歷史原貌描述一下這位作家在文壇的作為，以期有助於研究者對其作出更為深入、公正的評論。

京師旗人報紙編輯穆辰公

一九一七年五月北平漢英圖書館出版的《伶史》一書，署名為北平穆辰公著，自序落款是：「丁巳仲春曼珠穆辰公自識於西山茅舍。」在《伶史》劉伯韜的〈序〉中介紹作者姓氏說：「穆子名篤哩，號六田，別署辰公。」這，就是此人在文壇第一次出現的姓名。

十九世紀末至二十世紀初的中國，是激烈動盪的年代，經歷著極為錯綜複雜的歷史發展過程，社會諸方面都在發生急劇的變動，人們的思想也在不斷動盪中劇烈的改變著，先是救亡啟蒙、變法維新是社會的主要思潮。穆辰公作為長在北京的八旗子弟，十五、六歲時，親眼看見義和團起義、八國聯軍進攻北京，站在滿清統治的立場，他反對義和團、主張維新救國，在他後來寫的一系列小說中，明白地表達了自己的看法：

「庚子誤國，實在該在徐桐一人身上。」

「大臣誤國，比親貴是厲害百倍的。」

「眼睛裡所看的義和團無人道的行為，也不知有多少。」

「庚子之亂，我們中國人類的惡性根，已然暴露無遺了。」

（儒丐：《徐生自傳》，第三章，載一九二二・七・二十二～八・三十一《盛京時報・神皋雜俎》。）

「我們的搖籃、祖宗的都會、神靈式憑的所在，已被八國聯軍打破了。」

（儒丐：《徐生自傳》，第九章，一九二二・六・二十七～八・三十一《盛京時報・神皋雜俎》。）

「國破家亡，是很慘的事，不想我小小年紀，倒是親眼看見。」

（儒丐：《徐生自傳》，第四章，載一九二二・六・二十七～八・三十一《盛京時報・神皋雜俎》。）

「前清末葉，因為迭受外侮，德宗景皇帝銳意維新，打算在極短時間把國家措於強國地位，不再受外侮。所以召開會議，派遣大臣，考察憲政。一方面勃興教育，一方面又創練陸軍。」「不幸那時後黨袁世凱諸人把持政權，德宗維新事業不克成功，齎志崩駕。宣統時代，後黨失勢，雖親貴當權，而銳意維新，決不後於德宗。」「回想光宣之際，恍猶唐虞盛世。今後但有夢想，實現何年？」

（儒丐：《福昭創業記》，第三十三回，載一九三七．七．二十二～一九三八．八．十一《盛京時報．神皋雜俎》。）

在穆辰公心目中，朝廷施行新政的時代，自己趕上了美好的盛世。因為，不久，他就幸運地成為維新改良的受益者，進了北京城裡的新式的學堂——宗室覺羅八旗高等學堂，據他在自傳體小說《徐生自傳》中介紹：「我們這學堂，在科舉時代，本是一所書院，」「庚子以後改了學堂。」「當時銳意維新，把莘莘學子都看成寶貝一般破格優待。論我們這個學堂，不收學費不用說了；便是學生宿、膳、衣、履、書籍、紙、筆、墨、硯，沒有一樣不是官備。」這些八旗學生在新思潮的影響下，從學堂畢業後，又有機會派出國留學，穆辰公即於一九〇五年被派往日本，到東京早稻田大學學習。他們都躊躇滿志，「彷彿維新事業、立憲政治都加在我們的雙肩，便是我們的自負，也是這樣，當時滿腔熱血都擁了上來，誓不負父老所期。」（儒丐：《徐生自傳》，第七章，載一九二二．六．二十七～八．三十一《盛京時報．神皋雜俎》。）

二十世紀初年，君主立憲思潮有相當影響，而革命勢力也在逐漸壯大，君主立憲派與革命派形成對立，特別在留日學生最集中的東京。一九〇五年孫中山、黃興、宋教仁等在東京正式成立同盟會；而同時留日的學生中間，也有為數不少的人，並不贊同暴力革命，他們希望走和平變革的道路，想通過改革中國的政治、教育、軍事，求得國家的強盛。像穆辰公這樣受朝廷派遣出來留學的滿族知識份子，來到日本，親見日本明治維新的成功，十分羨慕，自然更是主張模仿日本的君主立憲制度的。後來他敘述說：

「當記者在日本留學的時候，那時不過二十上下的歲數（由光緒三十一年至宣統三年），什麼事都喜歡新的，那時候我罵中國的東西，比現在的青年還厲害呢。我那時對於新文藝，真是極端崇拜。戲劇也願意看新的，又趕上帝國劇場才開幕，我去看了幾次戲，更使我忘其所以了。」

（儒丐：《新劇與舊劇》，載一九二三．九．二十八～十．十六《盛京時報．神皋雜俎》。）

「我看見日本人能夠自由發揮他們國家的權利，我非常羨慕的。我們也有海口、也有商港，為什麼好去處都被外人占了去？我們如今到了外國的海口，我們越覺得我們那些海口，丟的可惜。」「不用看別的，只把中日兩國的舢板船一比較，兩國的國民性，便可立別了。」「國民性質不良，安於簡陋，你便把嘴唇說破，其如他們不聽何！可是，只顧不聽不要緊，等到天演淘汰到了你的身上，再想改良，也來不及了。」「那時正是日俄戰爭閉幕的時候，日軍方由滿洲撤離，戰勝的國民，正是舉國若狂。」「便是我們從旁參觀，也是很羨慕的；可是羨慕之中，有夾雜著許多慚愧，想起我們中國的事情，多怎才有這樣一天。」

（儒丐：《新劇與舊劇》，載一九二三．九．二十八～十．十六《盛京時報．神皋雜俎》。）

同時期在日的留學生中，有主張「驅逐韃虜、恢復中華」的革命派，有主張君主立憲派，兩派的尖銳對立，爆發於由一九〇五年十月六日日本政府公佈《取締清韓留日學生規則》引起的風潮上，前一派主張立即退學回國，以示抗議，陳天華跳海自殺，以激勵生者；秋瑾亦決定立即回國。後一派則主張暫時妥協，忍辱求學，穆辰公屬此派。他的看法則是：

「日本當局不知聽了誰的建議，頒佈幾條取締留學生的規則，這一下子真不得了，凡是暴烈分子一窩蜂似的全急了，到處開會，要取締這個規則。」——「沒幾天，也不知由那裡造出謠言，硬說這取締規則是北京政府授意日本，教他們這樣辦的。要打算取消這個規則，非推倒北京政府，殺盡滿奴不可。這些話，不管好歹，在當時是最流行的，崇拜孫文、黃興的人，誰不天天說兩句『殺滿奴』，嘴裡頭自要有滿奴兩個字，便算革命黨人，在會館裡，也可以當一名幹事。」

「自命革命家，既不許人上學，又不許人回國，非隨他們革命不可。他們當時那種蠻橫態度，比現在的丘八還利害呢！天理昭彰，卻造出無限丘八，到處殺燒淫掠，我們不能不承認今日的現象，是當日厲氣化生的一個結果。」

「他們誤解滿洲人都是有權力的，他們哪裡知道，滿洲人的不得志、抱著革命思想的，也很多。」——「人民沒教育，不自強，換一個強有力的，便能甘心忍受，這樣的性質不改，便是天天唱革命，究有什麼益處呢？」

（儒丐：《徐生自傳》，第十章，載一九二二．六．二十七～八．三十一《盛京時報．神皋雜俎》。）

這些帶著偏激情緒的敵對的見解，根生蒂固地扎進穆辰公思想裡了。尤其是他原本為朝廷派遣出國的留學生，學成歸國後，根據「考驗遊學畢業生章程」，參加廷試、覲見皇帝、奉旨賞給舉人、進士出身，按等第授予官職，就可升入官僚機構，加以任用的。可是，辛亥年（一九一一年）正在穆辰公參加考試期間，革命發生了，清王朝被推翻了，穆辰公即將實現的美好前程，剎時化成了泡影！他在小說中這樣說：

「辛亥那年革命，真是很奇怪的事。在那年八月以前，任何明眼人也看不出有革命的事業。」「因為那時君主立憲說很占勢力，所以這些留學生不去作革命事業，一個個挺高興的，都到北京來考試。誰知道在考試期中，武昌的噩耗便傳來了，大家跟作夢一般，也不知怎麼回事。」「留學生考完之後，清朝的運命已然告終了，所有及第的新貴，也就無所託足。」

（穆儒丐：《徐生自傳》，第二十章，載一九二二・六・二十七～八・三十一《盛京時報・神皋雜俎》。）

滄桑巨變，令穆辰公十分悲觀，對於今後前途的選擇，在其寫的小說《北京》中，通過對主人公的介紹，作者說：「伯雍為人，並不是不喜歡改革，不過他所持的主義，是和平穩健的，他視改革人心、增長國民道德，比胡亂革命要緊的多。所以革命軍一起，他就很悲觀。」因此，伯雍不入政界，為了維生，只到一家小報去當編輯，當掉轉頭當了國會議員的留日老同學問他：「你要替前清守節嗎？你不過是個洋舉人，還夠不上遺老資格。」伯雍回答說：「我如今不過欲賴筆尖，賣幾個錢。」（社會小說《北京》，第一章）在現實生活裡，穆辰公於民國初年的職業，即是在旗籍人士、早稻田大學校友烏澤聲所辦的報紙當編輯。據長白山人管翼賢《北京報紙小史》，介紹宣統間至民國初年，旗籍人士所辦報紙中有：「《國華報》，社址琉璃廠萬源夾道，社長烏澤聲，編輯穆都哩（辰公，別字儒丐）。日出兩張，為安福系言論機關。」（載於《新聞學集成》，第六輯，新聞學院中華民國三十二年版。）

在這期間，穆辰公成為十足的京戲迷，並將精力傾注於對近世名伶的評介上，為他們書寫傳記《伶史》，而作者寫作此書時的悲傷心情溢於言表，據《伶史》章希夷序云：「夫辰公一今之千里馬也。當其負笈東瀛，精研法律，推其志，固將大有為。乃造物慣弄人，名士多不偶，學成返國，值國是日非，懷才不遇，退而投身報界。是猶千里馬之不逢伯樂也。辰公既鬱鬱不得志，一腔熱血、滿腹牢騷，無宣洩地，由是藉優孟衣冠，以泄其憤，而《伶史》亦由是而成。然則，辰公之《伶史》，人以為風流，而余獨以為一部傷心史。」作者自己的《伶史》自序說得更真切：「身遭世變，目睹滄桑，臨歧路以傷心，過蕪城而殞涕。壯懷莫展，逸步終蹶。矮簷低首，慘同老驥之伏槽；獨繭勞形，悲等饑蠶之自縛。」「若夫，長楊秋露，望二陵而雲霾，黑水白山，瞻故國而天遠，則又不禁涕淚交揮、目眥欲裂，心乎綿麓，志於湘波者矣。」「僕本廢人，自甘暴棄，原無請纓之心，更乏投筆之志，終年偃臥，掛病骨於繩床，鎮夜長吁。」「茲編之作，亦聖歎所謂一派遣法云爾。」

這部一九一七年出版的《伶史》，堪稱中國戲曲史研究的創舉，它專門為當時人們瞧不起的「戲子」著書立傳，而且是仿照《史記》體例來寫，用《史記》寫帝王將相「本紀」、「世家」的方法來寫名伶的家世。《伶史》將乾嘉之後當紅的一流名伶傳記，列為「本紀」，記有程長庚、孫菊仙、何桂山、金秀山、譚鑫培、郭寶成、侯俊山、劉鴻升、黃潤甫、德珺如、陳德霖、龔雲甫十二篇。第二流名伶傳記列為「世家」，記有梅巧玲、俞潤仙、余三勝、楊月樓、楊桂雲、余玉琴、王攀桂、田際雲、汪桂芬、朱文英、閻金福、張雲亭、陸長林、李壽峰、陸玉鳳、葉忠定、姚增潞、劉永春、許蔭棠二十篇。

在《伶史・凡例》中，作者首先說明：「本書以傳記體，敘述近代名伶之事蹟言行，尤擇其有關政治風俗者，而特著之。」所以，文中總是極為推重名伶的人品、道德，如《程長庚本紀》介紹：「長庚生而英偉，常有大度，雖在伶籍而有士君子風。歷掌三慶部，御眾以寬，人亦不忍欺之。輕財好義，能恤孤弱，伶有貧老無告者，必周以錢米。遇國服，所部皆修業，必量各人食指，酌與衣食，至除服止。」程長庚自己十分自重，他說：「優非必賤，在人之所操：操行佳者，雖優亦貴；不然，歲貴亦賤也。」正因程長庚有如此為人處世的言行，當孫菊仙接掌四喜部後，「仍襲長庚之舊規，常語人曰：『我師大老闆，不師其藝，實師其為人也。』」於是，作者於篇末贊曰：「程氏長庚，梨園一老伶也，然操行特著，後人稱道弗衰。察其言行雖古之賢宰相不是過也，則其得名，豈偶然哉！豈偶然哉！」評價極高之至。繼承長庚衣缽的孫菊仙之為人有道：「非普通優伶所能企」、「常以所入急人之急，恤人之災，尤喜興公益事，樂友文士，遇晚輩必慈祥。伶之目中無丁者，必教之識字。嘗曰：『演劇與作文等，不識字固不足以作文；然不識字尤不足一演劇也。』菊仙恆以此教人一時。」因之，作者在讚語中，對孫菊仙的高超技藝的評價云：「菊仙之唱，雖能善變其聲，而聲聲皆極悲壯淋漓之致，無柔聲、無語也，使人聞之如入古之燕市，親聞高漸離擊筑而歌、又似荊軻之歌易水也。然則菊仙何由而致此，則其人之志氣，必有大過人者。」穆辰公知音識人，對各伶之品行、藝術之關連，評述甚當。

由於作者對京戲藝術的癡迷，對京戲的劇目、行當均十分熟悉，在評介各伶成就時，遂能極為中肯地抓住其藝術特色，如《黃潤甫本紀》論及其「尤工飾曹操，以故有今世阿瞞之目」的緣由時，詳盡地記錄下黃潤甫獨到的創作體驗：「嘗語人曰：『演劇不過傳古人事，古人事不外忠奸，然狀忠易、狀奸難。吾固勉為其難者，以警世，非吾性奸也。漢之曹阿瞞、宋之歐陽芳，為吾之最恨者，吾演二人戲，必窮其奸相，以引人詈，人愈詈，我心愈快也。金兀朮為一代豪傑，竇爾敦為近時大俠，吾極欽之，故不敢褻。凡吾所狀之人，必度其品類、察其性情、考其身世，以傳其似。吾狀竇爾敦，不敢以狀李七者狀之；狀焦贊，不敢以狀李逵者狀之；狀曹操，不敢以狀歐陽芳者狀之；狀張飛，不敢以狀焦贊者狀之；狀兀朮，不敢以狀韓昌者狀之。吾深慨晚輩演劇，狀古今人物，每似狀一人，而猶以名角自居，抑何可鄙！』」黃潤甫「職為架子花」，卻能根據不同人物，扮出不同的大花臉來，其藝術造詣之深，無人能及。

被列為《世家》第一的是梅巧玲，文章涉及梅家三代人，其中，對於正當紅的梅蘭芳，敘述得當然尤為詳盡，因此，也為隨後發表的社會小說《梅蘭芳》遭遇封殺，埋下了伏筆。

關於《梅蘭芳》的發表一再受阻的情形，日後在民國八年，由盛京時報社發行的《梅蘭芳》一書上載作者《答曾經滄海客・代序》文末附言云：

民國四年，吾書始見於京師《國華報》。未數日，為有力者所劫、勒令停刊。有力者為誰？即書中所敘馬幼偉其人也。後《群強報》又轉錄之，亦遭同一之不幸。於是，《梅蘭芳》一書遂不能竟其業。而外間不察，以此書之停刊為受梅蘭芳之賄買。當時，僕與《群強報》主任陸瘦郎合登廣告，以明心跡，有「若貪不義之財，必得不善之果」之句。而世人之疑終不能釋，曾經滄海客之質問，即其一也。

爾來，僕奔走衣食，無暇及此。丁巳冬，入盛京時報社，以應友人之囑為《女優》一書，固無意於重續《梅蘭芳》之舊作。後徇友人華公之慫恿，始完成之；又以謬承讀者之推許而印行之議遂決。自吾書初見《國華報》至於今日，其間迭經摧折已四年於茲矣，以一遊戲之作，其困難尚如此甚已哉，著作之難也！

書成，憶及《答曾經滄海客》一書，遂重錄一過，以代自序。書中之辰公，儒丐之舊署也。《國華報》於民國五年已停刊，今吾書成而該報已歸烏有，回首前塵，感慨繫之矣。（儒丐附志）。

這裡說明，在北平的後期，穆辰公因為《梅蘭芳》小說引起麻煩，所在的報紙被停刊，飯碗被砸，為了生計，只得離開自己的故鄉，另找出路。這是十分不得已的事。而且，懷有「國破家亡」之感的他，此時對香山健銳營和北京在革命後的變化，是極度地傷心、失望，後來他在小說中說：

「凡往西山逛的，眼睛裡或者看見在靜宜園左右、沿著山麓，彷彿有幾處大村落，都很殘破的，要拿西山一比較他，似乎靜宜園是個貂冠狐裘的銀行老闆，這幾處村落卻像懸鶉百結的乞丐，拱向靜宜園哀哀的乞食。」「這幾處荒村，哪裡是什麼村落，正是八座營坊。看官沒看過《聖武記》麼？乾隆年間綏服金川一大武功，就是這營子裡人民的祖先拿血換來的。乾隆十二年詔建這個兵營，練習雲梯、火器，錫名『健銳』。成功以後，這營子裡的人，便世世當兵，習尚武事，至於農商等事，卻不屑去為，國家也不允許他們別就，直至如今弄得這樣零落。」「果然，營子裡撤毀的不像了，一條巷沒有幾間房子存著，其餘的都成了一片荒丘。」「在五十年以前，此地尚可稱為人間仙府，今日卻變成了一個可畏的魔窟了。」

（儒丐：哀情小說《同命鴛鴦》，第一章、第七章，一九二二・二・二十一～四・三十載《盛京時報・神皋雜俎》。）

「北京的政治，似乎一天比一天黑暗；北京的社會，一天比一天腐敗；北京的民生，一天比一天困難。」

（儒丐：社會小說《北京》，第十五章，載一九二三・二・二十八～九・二十《盛京時報・神皋雜俎》。）

於是，穆辰公離開了家鄉，到關外，到他曾一直嚮往的民族發祥地、故國舊都瀋陽，仍找一家報紙，從事筆墨生涯。在小說《北京》中，通過主人公伯雍之口，他說出自己的心願：「我連立錐之地都沒有，腳下踏的，頭上頂的，都是人家的。我雖然打算遁居都不行，所以有時便萌妄念，妄念終歸成不了事實，不如用用功，完全作一個小說家，以腦力換錢，每日竭力撐持，日子多了，自然便有成效。我常讀外國小說家的列傳，我很羨慕他們的生活，而且也有致萬金產的，我想賣文二十年，或三十年，也可以不為親朋累了。」（《北京》，第十三章）並且具體明白地表示：「他卻不想作一個文章家和詩家。他看出小說的文章，比什麼文章都有用處，而且在文學上，也真能有極大的價值。他實驗的結果，他以為用桐城派的文體，寫社會上大小事故，究竟不能發揮盡致，終不如小說家用一管禿筆，洋洋灑灑，寫好幾萬言。他一心要作一個小說家。」（《北京》，第十五章）「我也不敢以隱逸自命，也不敢說是前清的逸民。不過如民國以來，我但極力作我社會上的生活便了。」（《徐生自傳》，第二十章）

就這樣，到了瀋陽的《盛京時報》當了編輯，在發表作品時，他更改了署名為「儒丐」，或簡之為「丐」，這名字很特殊，或許是他想以此表明在儒界求生的酸楚吧。

瀋陽日系報紙《盛京時報．神皋雜俎》主編穆儒丐

根據穆儒丐自己文章記載，他是在一九一六年到瀋陽的：「丙辰之春，儒丐載筆來瀋陽。」（儒丐：《悼張與周君》，載一九二四．五．二十七《盛京時報．神皋雜俎》。）；「余來奉已六、七載。」（儒丐：《辨醉酒之扮裝》，載一九二三．八．二十四《盛京時報．神皋雜俎》。）以後，一直在《盛京時報》供職，從《盛京時報》的資料中，可看到穆儒丐的有關活動：

一九三八．十一．十九

「弘報協會新築落成紀念表彰滿洲新聞界十年以上服務者　二十年以上續勤者穆篤哩氏」

（載《盛京時報》第二版）

一九三八．十．十八

「文藝盛京賞　本年度受賞者　盛京時報社論說委員　穆六田」

（載《盛京時報》第一版）

一九三八．十．十二

「文藝盛京賞受賞說明　文藝小說家穆六田氏」

（載《盛京時報》第二版）

一九三九．二．十一

「第一回民生部大臣文藝賞授予穆篤哩氏」

（載《盛京時報》第二版）

一九三九・二・十五
「民生部大臣文藝賞賞金授與式盛大舉行」
（載《盛京時報》第二版）

一九四一・十二・二十三
「盛京時報與大北新報在午後七時，共同召開『大東亞戰爭座談會』，穆六田任司會，致開會辭。」
（載一九四一・十二・二十八《盛京時報》第三版）

一九四二・七・二十九
康德新聞社理事穆六田代表出席『建國十周年慶祝大東亞『操觚者大會』。
（載《盛京時報》第三版）

儒丏於《盛京時報》發表最後一篇小說《玄奘法師》的終止日期是一九四四年八月十一日。

《盛京時報》為日本人中島真雄在奉天（瀋陽）創辦，一九〇六年十月十八日（清光緒三十二年陰曆九月一日）創刊，一九四四年九月十四日終刊。這是一份大型的華文報紙，為日俄戰爭之後，日本在我國東北擴張勢力，「經營滿洲」過程中的輿論工具。在《盛京時報》第一號的發刊詞中聲稱：「國民教育為國家富強之標準。……國民教育分為二端：一學堂、一報章——一〇八——……副以二省之大，竟無一完全報章，致令民氣凋敝至於如今，此可謂長歎矣！吾輩不揣簡陋，所以發行《盛京時報》，即此故也。」一向接受日本普及國民教育為強國之本思想的穆儒丏，與作如此宣傳的報紙自然是合拍的。而且《盛京時報》的《神皋雜俎》版於一九一八年一月十二日創立，該版設有眾多欄目：小說、戲評、書評、文苑、諧文、品花、鐸聲、譚叢、著述、藝圃、別錄、筆記、常識、衛生、醫話、閒話、藝談、影談、小評、漫談、遊記、雜技等等，需要編輯人才，穆儒丏遂執筆於此，長達二十多年。

他在《神皋雜俎》的開篇之作，是第一次以儒丐為署名寫的戲評《評汪笑儂》，汪笑儂被稱為「伶隱」，旗人，戲劇改革家，剛逝世不久，是穆儒丐的好友。進入《盛京時報》的初期，一九一八年、一九一九年、一九二〇年穆儒丐同時作為論說員，不斷地在《盛京時報》發表時事評論短文，當時軍閥混戰，他寫了不少抨擊文章。以後，則專注於《神皋雜俎》的工作，他十分努力地天天在上面發表小說、書評、戲評、散文等各種文章，使《神皋雜俎》這一版逐漸受到讀者的歡迎。穆儒丐還虛心接受讀者意見，注意改進報紙的內容。

一九二二年三月三十一日《盛京時報・神皋雜俎》登載了一篇名叫袁世安的讀者來信，並加上《一封可感謝的來函》作標題，後來，穆儒丐又於一九二二年四月四日的報紙上，發表了一封誠懇的回信。該讀者在信裡，先對「這位多才多藝、博聞強記、折衷新舊、貫穿中西的文人——儒丐先生表示敬意」，接著稱讚儒丐說：「你是一位無所不通的文藝家，尤其難得的是你的折衷的態度，一方面發揮你對於舊文化的心得；一方面用從容不迫的手，伸出來接受新文化。」並對儒丐寄以厚望說：「儒丐先生，你須知你所負的使命是非常之重，天生爾才，你真是不要辜負了。」因之，隨即對儒丐在《神皋雜俎》設立《品花》專欄，並且自己也寫「品花」文字，提出了直接尖銳地批評：「我所以寫這封信，是要責備你一樁事：你既然發憤作了《宜春里》，責備社會的殘忍，漠視這種不人道的事；為什麼你又時常作一點品花文字迎合一般人的口味，增加他們作惡的興趣？而且你自己亦涉獵花叢，自然是，這種逢場作戲的事，細微的很，原無傷盛德。但是，你是《宜春里》的著者、人道的保障，在你有這種舉動，就是好像告訴人說：『娼妓不是不人道、冶遊亦不是壞事，不過「宜春里」是不人道，不可上「宜春里」就是了。』或者，你去逛正是搜取材料，你的花評正是反面文章，但是，你的旗幟太不明顯了。貴報更有許多旁人的花平稿子，尤其可恨，他自己墮落，還要引誘旁人。你是一位主筆，有取去之權，為什麼不用堅決的主張拒絕登載?!以你的天才和思想，以你所負的使命，而有這種矛盾的舉動，真是可惜！能言而不能行，是中國文人的積習，才高如儒丐，亦不獲免，真是可歎！」穆儒丐接受了批評，此後，《神皋雜俎》再也沒有「品花」之類尋花問柳的文字。

不久，又為了鼓書女藝人劉問霞，於一九二二年七月，在《神皋雜俎》的《書評》專欄，展開一場論爭。先是有名叫辰生者於一九二二・七・四在《書評》欄中發表《警告劉問霞》、一九二二・七・七又發表《再警告劉問霞》，「洋洋灑灑，動輒千言，而究不外勸問霞嫁人一事」，當他還要再發表第三篇時，遭穆儒丐拒載，辰生又來質問，儒丐覆書說：「皆因你的警告，漸漸脫離藝術的問題，而已專就劉問霞嫁人問題去發議論，已然成了一個人的私事，我們實在沒法位置你的稿子。」（儒丐《和辰生說話》）遂引起爭論，其間，又有他人以滑稽文字打諢，最終，穆儒丐於一九二二・八・十二／十三／十五／十六／十七以《藝術之批評》為題，著文論及「藝術與社會」、「藝者之價值」、「批評家之態度」等深沉內涵，指明文藝評論的作用，將欄目的評論稿件引入正途。

作為地道的北京旗人，穆儒丐自幼愛聽單弦、快書、大鼓一類「玩藝兒」，尤其喜歡單弦，他認為：「單弦是北方曲調中最有價值的玩藝兒，」「單弦的好處，能利用各種詞牌、時調，演唱一件事情，很覺有味。」「譬如隨緣樂當初是自彈自唱，所以叫單弦。」「試問，一個人兩手彈弦子，一個嘴唱，那裡能使身段作醜態呢？可是依舊能使人樂，那就全在臨時抓譁，詞中見長了。」（《說單弦》，載一九二三・七・十二／十三《盛京時報・神皋雜俎》。）對民間曲藝如此在行，使他每每寫起聽書後的書評來，總覺得是一種藝術美的享受，下面選錄幾篇：

昨往訪東園，不值，便到至萬泉河上，聽謝大玉、廣恩普、張小軒，人各一曲。是日涼風習習，異常快美，入夏以來，第一涼爽日也。如此清歌妙曲，悅耳怡身神，頃慮既消，不啻別一天地。

八時許，由凝香社出來，不忍便歸，遂更如福找春茶社，恰值榮劍塵只《刺虎》甫上，此段在單弦中，為至有情值之傑作，加以榮劍塵嗓音流利、字句清晰，聽之尤覺有味。最妙者，嬉笑怒罵，皆成文章，雖演明末一段哀史，大可為今日寫照，此劍塵之曲詞，所以不可不聽。

（《聞歌小記》，載一九二二・八・三《盛京時報・神皋雜俎》。）

昨晚飯後，天氣至為溫暖，我口內銜著一支雪茄，乘著一鉤新月，步至北市場青蓮閣茶社，正趕上果老先生在那裡唱單弦《高老莊》呢。

他的字眼韻調清晰響亮，於蒼老之中別有韻味，以故，一套唱罷，掌聲四起，可見知音者，正是不少也。

（《前晚之青蓮閣》，載一九二二・十・二十六《盛京時報・神皋雜俎》。）

七音大鼓，算是一場極好的玩藝兒，我聽了多少次，牌子沒有一回重過，足見他們的音樂造詣，是很深的了。本晚以《朝天子》一折最為莊重大雅。

趙翠卿的《獨佔花魁》，循規蹈矩，殊覺

平善。

訥鑑泉，不愧滑稽大家，不第言談微中，足以解頤；即其狀貌，亦頗難得，蓋雖滑稽，而不流於俗鄙，此所以為上選。一切笑話，皆能隨機應變，決不墨守，內行謂之「活口」，非有天才，不易臻此。是夕，由譚伯如為之配手，演一段無賴平民笑史，聞者莫不絕倒。

劉小峰之《哭玉》，纏綿悱惻，能將書中韻味一一寫出，自是老手。小峰有錦心而無錦貌，吾但取其歌，不以俗見而少之也。

廣恩普之《李陵碑》，較之聽叫天之《碰碑》尤覺有味，蓋快書之辭藻，高出二黃不啻萬倍，於抽象中，細細尋繹，當年情事，恍然在目；然非恩普之快書，亦不能引人入勝至於如此。

榮劍塵之《蓮香》，一起便佳，「東鄰坐梯妓戲弄桑生」一節，單弦中之妙品也。

（《青蓮閣一夕記》，載一九二三．四．六《盛京時報．神皋雜俎》。）

這裡之所以不惜篇幅，將幾篇短文全錄下來，不僅因為穆儒丐描寫得繪聲繪色，將曲藝的絕妙好處充分顯示出來了；更因為，這裡提到的許多曲目，已成絕唱，穆儒丐為後人留下了欣賞它們的文字，值得一讀。此種隨聽隨記的聽書感想，文字不長，但從一九一八年六月十九日《凝香榭書評》開始，在一九一九年、一九二〇年、一九二一年、一九二二年、一九二三年、一九二四年、一九二五年、一九二六年一直都是持續不斷的，到後來一九二八年、一九二九年、一九三〇年、一九三五年、一九四一年、一九四三年則只偶爾為之了。

享有劇評家盛名的穆儒丐，到了瀋陽，感歎這裡劇事退化，常說「沒戲看」，他寫文章批評說：

大凡唱戲，往好裡去最難，往壞裡去最易。再說前台外行多，唱戲的真正好壞，沒人能懂，於是他們變著法子胡鬧，把好戲全拋開不演，自要在台上造反一氣，便友人歡迎，何樂而不為。

我常說：武戲不帶江湖賣藝的性質，那才叫戲。誰不是西門臉兒賣藝的，新戲誰不稀屎混粥的胡鬧！教我看戲，我看得來麼？算了，算了！

（《沒戲看》，載一九二二．十．十《盛京時報．神皋雜俎》。）

現在省垣劇事，退化極了。

第一，成班的不正經幹，天天拿胡搗亂的戲冤外行。

第二，是軍政界不花錢的老爺們太多，沒法子只得去敷衍。可是，真正聽戲的人，就苦了，若說去聽戲吧，聽不著什麼，反倒生氣，沒法子只可不去。

奉天梨園行的人，他們有個老腦筋，總說：在奉天唱戲，得瞎胡鬧，冤人才成呢，真正按著規矩唱戲，沒人懂。所以拿無情無理的戲在台上亂鬧，到有人歡迎，什麼龍燈高蹺，都是叫座的妙品。哎呀糟改透了！他們心理，只知博大兵和老趕的歡迎，沒想到有成百成千的好座，預備前要聽戲，只因他們胡鬧，都裹足不前了。

（《劇場小言》（一），載一九二三．三．二十三《盛京時報．神皋雜俎》。）

為了改進顧曲家之風氣，他甚至具體指出應該如何聽戲，例如他說：「大凡聽老生的戲，必須平心靜氣，聽他的字眼、聽他的節奏、聽他的腔調，是雅是俗？是歌是喊？完了，再看他的做派，是作戲？是胡鬧？才不算白看戲呢。」（《劇場小言》（二），載一九二三．三．二十五《盛京時報．神皋雜俎》）。一旦，遇到來了真正好戲，他就不惜連篇介紹，如評論劉竹友的戲說：

老生劉竹友，昨晚在北市場群仙舞台露戲，戲碼《坐宮》、《盜令》乃為劉君得意之作。「楊延輝坐宮院」一段正斑西皮，抑揚頓挫，意味雋永，純取譚腔，不雜他調。「老娘親請上受兒一拜」一段二六，已入化境，幽咽之致，無以復加。其他快板，斬釘截鐵，吞吐得宜，非老手不辨也。郎笑癡之六郎楊旨遠君之太君，均有嗓子，與劉君功力悉敵，為次劇生色不少。福靈芝之公主，雖不能唱，而白口尚爽脆。兩月以來，未聞好戲，得此佳劇，戲癮過了不少。聞劉竹友每晚在群准演拿手好戲，有周郎癖者，不愁無好戲聽矣。

（《群仙一齣戲》，載一九二三・五・三《盛京時報・神皋雜俎》。）

穆儒丐除了隨聽隨記地不斷發表劇評外，還堅持發表許多對於戲劇的獨自見解，以及有關京戲掌故、普及戲劇知識等文章，始終為提高大眾顧曲程度，做著不懈的努力。現將其涉及的方方面面的工作羅列如下：

較為系統的著述有：《綺夢軒劇話》（一九一八・四・六）、《梨園小言》（一九一九・五）、《儒丐戲話》（一九一九・八・九）、《戲場閒話》（一九二〇・七・八）、《二柳庵論劇》（一九二一・二・三）、《舊劇新解》（一九二一・五）、《說新劇》（一九二三・二）、《劇場小言》（一九二三・三）、《新劇與舊劇》（一九二三・九・十）、《戲劇之教訓》（一九二三・十一・十二）、《戲劇之概念》（一九三四・五・六）、《戲劇雜談》（一九三八・十二～一九三九・一）、《新春談戲》（一九四〇・二・三）等等。

有關京戲掌故，除了一九二七・六・二十

二〜一九二七・八・七《盛京時報・神皋雜俎》再次將舊作《伶史》連載之外，還寫了《五種角色概說》（一九二三・五）、《我所選的皮黃戲》（一九二三・九）、《奉省梨園人才小志》（一九二四・一・八）、《戲園之變遷》（一九二四・五・十七）、《中國的舊戲》（一九二四・八）、《中國的社會劇》（一九二四・八）、《梨園回顧錄》（一九二四・一・二十）、《捧角家小傳》（一九二九・七・八）等等。

關於戲劇常識，屢作詳盡的介紹，有《說禁戲》（一九二二・六）、《說本戲》（一九二二・六）、《扮戲的規矩》（一九二二・五・二十）、《說新劇》（一九二三・二）、《提高顧曲程度》（一九二三・十一・八）、《說彩切》（一九二四・五・二十一）、《戲與背景》（一九二四・五）、《說轉台》（一九二四・五・三十）、《說賣力氣》（一九二四・六・七）、《演戲不可預存成見》（一九二四・七・五）、《本戲的編制》（一九二四・七）、《說戲裝》（一九二四・七）、《說新行頭》（一九二四・九）、《應節戲》（一九二四・九・十三）、《說情戲》（一九二四・十二・六）、《說義務戲》（一九二四・十二・二十二）、《說唱》（一九二四・二・三）、《說票房》（一九二六・二）、《說諢》（一九二六・三・十一）、《說詞》（一九二六・三）、《說裝》（一九二六・三）、《說打》（一九二六・三・十八）、《論音色》（一九二六・四・二）、《說戲評》（一九二六・四・四）、《再說戲評》（一九二八・四・七）、《戲式》（一九二六・四）、《自毛世來談到聽戲》（一九四一・六）等等。

至於身處「五四」新文化運動中心之外的穆儒丐，他的文藝思想主張對新與舊、中與西採取「兼愛主義」。他說：

記者對於新舊劇，都喜歡看，而且也很喜

歡研究。

我直到如今，我不敢反對新文藝，而且很喜歡它；我也不敢辱罵舊文藝，因為我的洋樓還沒蓋成，舊房是我所住的，我們依舊保護、愛惜，而且也覺得它很有趣味。

我對於中西學問、新舊知識，從來持一種兼愛主義，絕對不敢說要做胡適之，也不敢一定要做林琴南。

我所以主張兼愛，也就因為我們有短處，我們不能不兼收西學；也皆因西學不盡是完美的，所以，我們東洋的物產，也要實地研究。

……

文藝革命與政治革命不能同日而語。胡適所以不能完全成功，就皆因為他要以政治手段來改革文學，他也主張先破壞後建設，所以，凡是舊文藝、或舊學有根底的，都極端反對他。到處雖有歡迎的人，卻不及反對的人多，就皆因為他們手段太劣。把舊的置之不理，亦無不可，或是聯絡疏通、共同研究，儀無不可。但是，胡適總向一般部下說：「彼可取而代也。」他不過是鼓勵激揚的意思，殊不知一知半解的新人物，動不動就要罵舊文藝，那真是討厭極了。

對於舊劇主張保守，對於新劇主張進取，既不願新劇家不顧新劇本身，專一來罵舊劇；亦不願舊劇家受新劇家的無謂攻擊，把舊劇裡面加點新劇材料，弄得非驢非馬，我以為比這樣時，於新舊文藝兩方面都有益處。（《新劇與舊劇》，載一九二三．九．二十八～十．十六《盛京時報．神皋雜俎》）

文學是與人生有密切關係的，不是自娛的東西，文學不但應當盡情發揮著者的個性，也是與社會諸方面有黏著性的。寫出來的東西，若是與社會人生沒有關係，都不能認為是正當文學。所以，照桐城派或陽湖派那類的文學，在目下不能認為有文學價值。生在現在的人，不問地球上面的是，不管社會是什麼樣子，依然去因襲舊韻，摹仿桐城派或陽湖派，那不但是愚舉，也是很可憐的事情。我常說精於古文的人，如果再去研究幾年外國文學，把他的唐宋腦筋洗掉，以他的筆力來作二十世紀的文學，不曉得於文學界有多大建設。通西學的人，也不要畏難，把中國書讀一讀，也能造出可驚的成績。但是，人決不肯這樣辦的，所以，現代文藝界，老是梁啟超、蔡元培諸人執著牛耳。老人或腦筋已固的人，絕沒望了。真正要於文學界自樹的人，一定要于中西文學取並進主義，加以比較研究，所謂陳陳相因，輾轉摹仿之弊，自然一掃而空了。（《文學之我見》，載一九二三．十．三《盛京時報．神皋雜俎》。）

由於留學日本時，對於日本文學與世界文學有過一些學習和瞭解，在主持《神皋雜俎》期間，穆儒丐以自己的文藝觀點的喜好，翻譯介紹了不少日本和外國的文學名著，有德國戰爭小說《情魔地獄》（載一九一九．四．八《盛京時報．神皋雜俎》）、波蘭作家顯克微支的小說《儷亞郡主傳》（原名《你往何處去》，載一九二一．三．一～一九二一．十二．二十九《盛京時報．神皋雜俎》）、蘇格蘭詩人的詩《贈杜鵑》（載一九二三．十二．十六《盛京時報．神皋雜俎》）、英國詩人薩米頁爾洛格斯的詩《述懷》（一九二三．十二．二十二《盛京時報．神皋雜俎》）、日本作家谷崎潤一郎的小說《藝爐》（原名《金和銀》，載一九二四．一．三十一～四．八《盛京時報．神皋雜俎》）、蜜雪兒•斯麥魯的《品性論》（載一九二五．七．十九～八．四《盛京時報．神皋雜俎》）、法國作家雨果的社會小說《克洛得》（原名《克洛德．格》，載一九二五．十一．十九～十二．二十二《盛京時報．神皋雜俎》）、法國作家雨果的社會小說《哀史》（原名《悲慘世界》），載一九二七·三·九～一九二八·二·二十四《盛京時報·神皋雜俎》）、法國作家大仲馬的小說《岩窟島伯爵》（原名《基度山伯爵》），載一九二九·八·十二～一九三一·七·五《盛京時報·神皋雜俎》）、法國人著偵探小說《古城情魔記》（一名《父子逞智》），載一九三八·九·八～十二·三十《盛京時報·神皋雜俎》）、日本作家谷崎潤一郎的小說《春琴抄》（載一九三九·十一·二十一～一九四〇·二·一《盛京時報·神皋雜俎》）、英國《癮君子自傳》（《英吉利阿片服用者的告白》，載一九四一·五·二十五～六·三《盛京時報·神皋雜俎》）等等。

波蘭作家顯克微支（儒丐譯為仙求為威）的小說《你往何處去》，獲一九〇五年諾貝爾文學獎，儒丐根據英文、日文兩種譯本翻譯而成《儷亞郡主傳》，在《儒丐譯述》中，他說明自己的目的：

> 概歷史小說中之別開生面者也。想來做歷史小說者，特不過描寫古代社會之情況而已，與今，近日人心社會初無關涉；此書冊假二千年前羅馬帝都為舞臺，而其描寫下流社會之黑暗及上流社會之奢豪，不啻為今日歐美諸過寫一小照也。書凡十數萬言，寫羅馬奈羅皇之暴虐，寫貴族之豪放，寫羅馬君臣之淫佚，寫耶穌使徒之傳教、寫信徒之殉教、寫男女之歡愛、寫義俠之忠勇、寫奸徒之狡獪，形形色色、光怪陸離，而以儷亞郡主一人為全書之統領，而終以耶穌之成功、羅馬之破滅、奈羅皇帝之自殺，真藝文界只大手筆也。趣味濃厚，有益身心之作，實以此書為第一。故出版以來，凡有文字之國，莫不爭先翻譯，其價值可想而知。尤可貴者，次數頗能發揮耶穌教之真精神，讀四福音書有不能解者，讀此書則莫不心領神會，對於耶穌教決不敢再加醜詆。小

說文字之有益世道人心如此，又豈可忽之哉！

（載一九二五・二・二十七《盛京時報・神皋雜俎》）

明治時期顯克微支在日本文壇名聲很大，較穆儒丐前幾年到日本留學的魯迅，對於亡國之民的波蘭作家最為注重，顯克微支及其作品的風靡盛行，自然引起他的共鳴，只是作為革命者魯迅，他認為：「滿清宰華，漢民受制，中國境遇頗類波蘭」（《且介亭雜文二集・「題未定」草（三）》・《魯迅全集》第六卷），所以，魯迅說：「也不是自己想創作，注重的倒是紹介，在翻譯，而尤其注重於短篇，特別是被壓迫的民族的作者的作品。因為那時正盛行著排滿論，有些青年，都引那叫喊和反抗的作者為同情。」（《南腔北調集・我怎麼做起小說來》・《魯迅全集》第四卷）。不同的立場，對同一作者、同一作品的接受則會是完全不同的，在魯迅是極力「要傳播被虐待者的痛苦的呼聲和激發國人對強權者的憎惡和憤怒」（《墳・雜憶》・《魯迅全集》第一卷）。

當時《盛京時報》的讀者，對穆儒丐翻譯所用的語言，也還表示歡迎，有人評價說：「你用文言、白話兩種工具參合在一起，寫出的《儷亞郡主傳》，你自己客氣，說是躲懶，我以為這實在是你見解獨到的地方，你這種方法，是變本加厲之新文學的一副良藥。」（一九二二・三・三十一《盛京時報・神皋雜俎》・《一封可感謝的來函》）。一九二九年一月由穆儒丐翻譯的法國作家雨果的《哀史》（現譯名《悲慘世界》）單行本出版預告說：「《哀史》一書，為世界著名之大小說，先生久與譯成話語，以公同好。及見林琴南先生譯下，簡略異常，而且大背原書旨意，蓋使先生不得不從事改譯。去年已連載本版，先由先生重加校正，刊為單本，全書分為廿六回，四百餘頁，約廿餘萬言。雖係譯述，不啻先生自作，每回以後，加以譯餘贅語，發揮書中旨意以及文章構造之關鍵。」這些方面也體現出穆儒丐非新非舊、亦新亦舊的文學折衷主義。

受世界文學巨匠的影響，穆儒丐一心想自己寫小說，他曾借講敘作品人物時說出：「至於伯雍的思想和要作小說的動機，完全受的是嚣俄（現譯雨果）、狄更斯和托爾斯泰的著書的感動。」（《北京》第十五章）。早在北京時期，穆儒丐就動手寫作小說了，第一部寫的就是他熟悉的當時大紅大紫的京劇名伶梅蘭芳，接受日本文壇流行的「社會小說」的觀點，將其《梅蘭芳》作品前標明為「社會小說」。全書卻仍用舊式的章回體，共十五回，從梅蘭芳的祖父梅巧玲的故事講起，直敘述到梅蘭芳紅極一時、應邀赴日本演出為止。故事梗概其實在《伶史・梅巧玲世家第一》中已經有了，到了寫小說，只是鋪敘得更為詳悉而已。之所以犯忌遭封，是因為沒有諱言梅巧玲經營過「堂子」、梅二瑣作為著名「歌郎」死於「畫歌夜飲」、梅蘭芳亦是「私寓弟子」，做過「歌郎」等等。直至現今，國內也已難已尋覓到此書了。當年穆儒丐遠到關外，有盛京時報社支持，遂得以發表全書，而《梅蘭芳》單行本的出版發行，也首開東北地區出版單行本小說的歷史。

一九一九年十一月十八日穆儒丐開始發表長篇小說《香粉夜叉》，直至一九二〇年四月二十一日才載完，全書二十二章，通過魏靜文、夏佩文一對青年男女愛情與婚姻的糾葛，以意想不到的情節安排，寫出軍閥時代的各類人物，物慾橫流、世態炎涼以及種種醜陋、貪婪、愚昧、攀附權貴等人性之醜惡得以充分展示，並以悲劇結尾，起到了作為社會小說深沉的警示作用。值得一提的是現代研究者對穆儒丐此部小說在現代文學史的地位極為重視，一九九六年瀋陽出版社出版的《東北新文學大系》第六集，高翔在導言中指出：

> 中國現代長篇小說的開端是以張資平的《沖積期化石》和王統照的《一葉》的問世為標誌的。這是被目前的全部新文學史著所認定的結論。前者一九二二年二月由上海泰東圖書局出版，後者一九二二年十月作為「文學研究會叢書」由商務印書館出版。……穆儒丐創作的長篇小說《香粉夜叉》，一九一九年十一月十八日至一九二〇年四月二十一日連載於《盛京時報》，照比《沖積期化石》和《一葉》的出版時間，提早了大約兩年。從這個單純的意義上講，東北現代長篇小說又確確實實地應列居於顯赫位置。我們似乎可以得出這樣的結論，《香粉夜叉》乃是中國現代文學史上第一部長篇小說。這是很令人費解也很令人驕傲的事，它有著非同一般的意義。

遠離故都的穆儒丐，心向北京，在一九二二年十月十八日的《神皋雜俎》上，發表一首七絕《書感》：

> 羅雀居然到帝都，
> 炎涼世態豈堪論。
> 先朝雨露知多少，
> 畢竟書生解報恩。

這種心情下，「他總想用小說的體裁，把他於此五年中的所見所聞和心裡所感想的事，詳細的寫出來。」（《北京》，第十五章）。於是，一九二二年、一九二三年穆儒丐連續發表了《同命鴛鴦》、《徐生自傳》、《北京》三部以北京為背景的小說。一九二二·二·二十一～四·三十發表的《同命鴛鴦》，共十章，名為哀情小說，故事就發生在穆儒丐家鄉

——香山健銳營，通過寫琴姑娘和景福這對青年男女的愛情、婚姻的悲劇，表現出清王朝被推翻後，無數旗人家庭均遭遇到的民族悲劇。一九二二・六・二十七～八・三十一發表的《徐生自傳》和一九二三・二・二十八～九・二十《北京》其實是作者自傳體小說，《徐生自傳》全書二十章，寫主人公生長在香山健銳營的徐生，自幼讀書，長大留學日本，畢業回來正碰上辛亥革命，清王朝告終，徐生功名無望，只得又回香山。《北京》共有十五章，寫主人公伯雍於民國元年，從香山出到北京城裡一家小報館當編輯。於是將他在北京的五年時間中的所見所聞，連成一串串故事寫出來。懷著對民國之後京城廣大旗人生活無著的慘痛遭遇的無限同情，書中一邊揭示北京貧民的苦難，一邊通過伯雍之口發表義憤填膺的評議：「貧民是自己沒有能力呢？還是國家社會不教他們有能力呢？怎麼北京的普通人民，男的除了拉車，女的除了下窯子，就會沒飯吃呢！」從人道主義出發，作者說：「人類社會所以有這樣的現象，還是不講人權的結果。我們沒有別的稱謂，只好仍然加以野蠻的徽號。」當然，這兩部小說也同時打著穆儒丐對先朝的幻想、主張改良、反對革命的種種思想烙印。

在關外、在日系報紙工作，穆儒丐心中受革命衝擊的民族主義思想得以膨脹。一九三一年「九一八」事變和一九三二年偽滿洲國成立的一年多，沒有見到穆儒丐在《盛京時報》的活動記載。一九三三年六月後，他又開始在《神皋雜俎》上發表文章。一九三七年七月二十二日至一九三八年八月十一日，用了整整一年多的時間，在《神皋雜俎》連載歷史小說《福昭創業記》。這是穆儒丐寫作文字最長的一部小說，長達四十餘萬字。用的是半文半白的舊式章回體，共有三十二回。在當時偽滿洲國的條件下，穆儒丐得以用飽滿的激情，對他心中崇拜的民族英雄清太祖、清太宗予以熱烈歌頌。當然，他查閱和引用了不少滿、漢歷史資料，將清王朝興起的全過程，詳盡地描述了出來。從滿族人自己寫自己的歷史來看，避免了過去一些漢族學者曾經出現過的民族偏見，能從不同的角度，反映出一定的歷史真實。例如第十回寫太祖發了一道「計口授田」的論旨，作者加了一段「說書的」評議道：「這道諭旨是由《滿洲老檔秘錄》抄出的。我們由現在來看，這固然是驚人的德政，也可以說是千古以來關於田制的大改革。在滿洲史料裡，是篇最有價值的東西。若非照太祖那樣雄才大略的英主，恐怕誰也沒有這麼大的決斷。」對於無視太祖、太宗艱苦創業的功勞，第十七回評議時，「說書的」指斥道：「在一般不研究清史的人們，又惑於意存污蔑的惡意宣傳，人云亦云，對於，清宮歷代皇帝，除了加以『專制』二字，好像和一般民眾絕無關係，只是一味妄測，尤其對於創業的太祖、太宗，似乎更不認識，無非認為好打仗的武人罷了。殊不知單純的武人豈能建立王業？清室三百年來，文治武功，邁越前古，雖由聖聖相承、君明臣良所致，其根本基礎，是太祖、太宗所手造。」但是，應該指出：這部小說的問題，同時也存在於這些大篇大篇的由「說書的」發出的評議之中。例如作者的誇讚，有時會說過了頭，其第五回中有說：「現在，太祖所統治的滿洲國，儼然就是一個最理想的烏托邦。」；有時，又會情緒偏激，如第十五回說：「無奈明廷君臣，只知道自己是天朝，四海以外，更無國家，即便是大小有個部落，也不算是國家，無非是夷狄聚眾，凡屬侵犯天朝的，罪大惡極，理當犁庭掃穴，若他們永遠是夷狄，狗一般的看待便了……」等等，這就難免使這部作品有著過於偏頗的民族主義情緒，加上又要去比附現實，於是，《福昭創業記》遂得到「民生部大臣文學賞」。

穆儒丐從一九一八・一・十三～六・三十在《神皋雜俎》連續刊登社會小說《女優》開始，一直到一九四四・二・一～八・十一刊登《玄奘法師》為止，一共發表的短篇、中篇、長篇小說約三十七部，他對中國現代小說史的貢獻，有待深入探討研究。

中華人民共和國五十年代北京文史館館員寧裕之

對於一九四五年以後，穆儒丐的下落，曾多方打聽，均未果。最近，由關紀新教授找到白鶴群先生，據白先生提供的資料說：白先生稱穆儒丐為姑父。穆儒丐於一九四五年回到北京，更名寧裕之。一九五二年經張伯駒先生介紹，寧裕之任北京文史館館員。一九六一年去世。晚年，以唱曲為生。住新街口大四條。有兩個太太。小說《同命鴛鴦》是根據家族發生的故事寫作的。

以上情況，尚需進一步探詢。

原載《滿族研究》二〇〇六年第四期

天津屈振庭收受門牆弟子並約請京津兩地文藝先進諸先生全體合影（1961年8月20日），四排右五老者為穆儒丐。（張衛東先生惠贈）

附錄二 穆儒丐的晚年及其它

張菊玲

為查詢穆儒丐一九四五年回北京以後的蹤跡，經中國傳媒大學陳均博士介紹，認識了北京《八角鼓訊》主編張衛東先生，遂得以從《八角鼓訊》網上雜誌，閱讀到不少京城八角鼓界人士珍貴的回憶文章。一九九八年四月第三期載章學楷《趙俊亭與「朝陽庵」子弟八角鼓票房》一文，其中有一段文字，引起我的注意：

> 六十多年前，趙俊亭先生與其好友桂潤齋先生創辦了近代著名的「朝陽庵」子弟八角鼓票房，攏蔓兒（名稱）叫「勝國遺音」。
>
> 該票房是季節性過排活動，每年端午節前後開排（開始排練活動），中秋節封排（停止排練活動）。每週星期五下午過排，遇特殊情況時改為星期日，由趙俊亭先生、桂潤齋先生遍邀北京五城「八角鼓」（五城：東城、西城、南城、北城、皇城。）子弟票友參加過排活動和走局演出。應邀參加者大都是曲藝名家、社會名流、著名學者，如桂蘭友、韓潔遠、德潤田、

金小山、榮劍塵、常澍田、汪雲峰、吳圖南、楊大均、齊如山、寧裕之、傅惜華、溥叔明、姚惜雲、張子餘等不下百餘人。

朝陽庵是彼時北京最大的子弟八角鼓票房，不僅人才濟濟曲種豐富，而且通過排練、走局、培養了一批年輕人……。

當時社會各界對該票房亦很重視，……各類期刊雜誌常載傅惜華、李辛午、韓季和等先生的八角鼓理論文章，寧裕之、溥叔明等先生編寫了「岔曲」、「聯珠快書」、「單弦牌子曲」等高品位曲詞。

這裡，提到了寧裕之（即穆儒丐），在上個世紀四十年代中後期，與北京子弟八角鼓票房的關係，為我們提供了重要資料。另外，在《八角鼓訊》第四期刊載的「黃榮培逝世」的消息中，提到「如寧裕之先生寫的（單弦牌子曲）《荊軻刺秦王》等作品，亦是榮培先生（演唱曲目）的代表作。」也同樣說明了寧裕之當年的影響。

關於北京的單弦岔曲，穆儒丐在東北當記者時，就曾屢屢在《盛京時報》撰文介紹。這是因為他認為「單弦是北方曲調中最有價值的玩藝。」（一九二三年七月十二日《盛京時報》．《說單弦》）接著又說：「這種玩藝兒，純粹是由北京發生的。」「單弦的好處，能利用各種詞牌時調，演唱一件事情，很覺有味，天生的有一種滑稽諷刺的性能。」所以，北京八旗風俗，喜愛以八角鼓為娛樂，在介紹著名的八角鼓藝人隨緣樂時，他說：「余生也晚，未能親見其人，而吾鄉父老尤樂道此人。」「余幼時，余鄉子弟多喜為八角鼓之娛樂，雖管弦之技，莫不精通，而皆旁及武事，此雖八旗人之風俗，亦隨緣樂之派頭也。」（一九二四年六月二十五日《盛京時報》．《志隨緣樂》）。正如他所說：「北京人士莫不嗜此，雖三尺童子，亦能唱一短小岔曲」，這樣自幼酷愛的通俗文藝，到晚年成為了他物質與精神的唯一寄託。

對八角鼓、單弦、岔曲，穆儒丐也曾做過專門介紹，一九四〇年四月十九日～二十三日《說八角鼓與單弦》文中說：

（一）八角鼓創於清初。清代武功最盛，武人騎在馬上，都好唱得勝歌，所謂「鞭敲金鐙響，人唱凱旋還」是也。後來，天下太平，八旗子弟之有文才者，便依凱歌編出一種「岔曲」，以手鼓節助，即今之八角鼓。

（二）現在通行的單弦，也叫八角鼓，這是因為唱單弦時，必先唱一支岔曲，須用鼓按節；同時，單弦牌曲中，也有許多用八角鼓者，所以，又管單弦叫八角鼓。……惟有單弦，唱者彈者是一個人，自彈自唱，一人為單，所以才加以單弦之名，正當名稱應叫「牌子曲」。記者幼年間，凡所見唱單弦者，都是自彈自唱，從無一人約伴奏者，單弦之難學，也在此。

（三）單弦本來坐著唱，除了大段說白，弦子不能放下，所以不能作身段，……現在弦子既由另一伴奏，唱者又立唱，再不做點身段，那就不行了，所以，現在的單弦較比從前活潑多了，不會彈弦子的，也可以學了。

而八角鼓票房，盛行於晚清，這是一些八旗子弟們自娛自樂的特殊方式。據張衛東《清末北京八角鼓票房走局的習俗》（載《八角鼓訊》二〇〇四年六月第廿七期）介紹說：「子弟八角鼓原為滿、蒙、漢等族的旗籍子弟們一種自娛性質的藝術形式。活動的排練場所稱為『票房』，組織票房的第一負責人稱為『把兒頭』，即相當於今天劇團的團長。參加票房演出活動的演員稱為票友，其中不少是八旗的王公貴冑，其演出是純義務性質的，但排場講究，聲勢浩大。」例如，一八七四年（光緒元年）恭親王之子貝勒載澄，特別喜愛八角鼓曲，其在府邸成立的「賞心悅目」票房，號稱「九城第一」。

八角鼓票房是純義務性質，請子弟八角鼓唱堂會極講究禮節，絕不能與江湖生意門兒同樣稱堂會，張衛東在前述文章中又介紹說：「清代的子弟八角鼓票房的『把兒頭』（主辦人）都本著『耗財買臉，大爺高樂，車馬自備，茶飯不擾，分文不取，毫厘不要』之精神參加堂會演出，所以，他們對於『堂會』的名稱都忌諱，而是把這類演出稱為『走局』。」所以，子弟八角鼓票房純屬八旗子弟為了消遣的自娛自樂，票友們既能吹、打、拉、彈、唱，又多具較深文化修養，能編能寫，所創作的岔曲、牌子曲，為民間曲藝留下可貴的資料。

清末，票房逐漸轉向各色人等聚集的大小茶館，以演唱單弦牌子曲、聯珠快書、拆唱八角鼓為主，兼唱岔曲。而民國以後，仍堅持下來的即是這個較有影響的「勝國遺音」子弟八角鼓票房，據章學楷先生介紹：「朝陽庵，地名，今名尚在，即西直門外二里溝附近。該處路旁有一座野茶館，名叫『劉家茶館』。此茶館座北朝南三間土房，在其左側生有古槐一株，恰有一株柳樹，其根生在古槐之中，故稱『槐抱柳』；樹旁有轆轤井一口，房後有一土台，台前用碎磚石砌了一些高矮不等的桌凳，上面搭了一架天棚。每到夏令時節，郊遊之人必到此小憩，坐在天棚架下，沏壺茶，流覽四周田野風光，這才真正是『野茶館』的賞心樂事。『朝陽庵』票房的過排就在此處。」章學楷先生帶著無限懷舊的心情回憶說：「自朝陽庵停排至今已經有半個多世紀了，每當我聽到那悠悠的弦鼓聲，舊日的情景不由得就在我的腦海裡浮現，天棚架下，土台旁邊，一首岔曲，半盞清茶……」大約當年，從東北返回北京的穆儒丐，也是帶著類似而又更為複雜的懷舊心情，走進了朝陽庵的，能演、能唱、又能寫，從玩票直至成為謀生手段了。

章學楷先生的文章裡，提到四十年代中後期，寧裕之參與子弟八角鼓票房活動的情況，使我們看到，由於難言之隱，穆儒丐不再用原來穆六田（辰公）的名字，更不提穆儒丐三字，改用了寧裕之，做為自己晚年的姓名。回到故鄉北京熟悉的旗人環境，這位年過六旬的滿族老人，又將自己的創作精力，投入到一生喜愛的民族曲藝之中，在子弟八角鼓票房活動中，依舊受到父老鄉親們的歡迎、重視。

至於以寧裕之的名字寫作單弦牌子曲的情況，張衛東先生向我推薦了一篇刊登在《北京文史》雜誌二〇〇五年第一期伊增塤先生的文章《寧裕之其人其事》。伊增塤先生喜愛曲詞，長期在八角鼓票友中，收集到大量流傳在京津地區的八角鼓岔曲，曾選編成《古調今譚》出版。這篇文章主要介紹了查閱到的寧裕之晚年所寫《半畝寄廬子弟書》手稿本的情況。先說明封面「題簽為『子弟書』，內容卻是八角鼓（即岔曲和單弦牌子曲）」。內封下有「半畝寄廬原稿」六字。共一冊。前半部是五篇單弦牌子曲：《屈原》、《荊軻刺秦王》、《漢文帝夜夢黃頭郎》、《雪豔娘》、《三笑》。後半部為岔曲，酒、色、財、氣一組，魯智深贊、李逵贊、武松贊等。又有諷世、自況、自嘲三首，為八怕、八恨、八樂。另七律一首。均抄錄如下：

八怕：最可怕子平先生胡亂批，最可怕巧嘴媒婆把媒提，最可怕無知庸醫開重劑，最可怕冬烘頭腦把詩題，（過板）最可怕江湖藝人說講字，最可怕貪利愚夫找便宜，最可怕糊塗婦人就把男（臥牛）、男人氣。更有一事須躲避，謹防魔鬼畫人皮。

八恨：一恨鯽魚多骨，二恨白酒強梁，三恨曇花一現，四恨海棠無香，五恨那美人遲暮，人老珠黃，（過板）六恨雞肋無肉，七恨悍婦難搪，八恨顏回短命居（臥牛）、居陋巷，刺骨攢心人人有，家常守分法最長。

八樂：一樂老來體健，二樂無產無錢，三樂有書可看，四樂歌唱消閒，五樂白乾三盞，六樂飯後一袋煙，（過板）七樂無才吃飯，八樂得睹堯天，閒來無事就在街（臥牛）、街前站，杖藜負暄把景物觀。

自遣

苦茶一盞代白乾，飯後能擰一袋煙。
老眼不花書細字，閒情有寄校云篇。
文章西漢難追企，樂府東籬尚可攀。
高歌一曲調元氣，今日才知樂堯天。

上述文字，是穆儒丐晚年心境的寫照，顯然並不合時宜，看似樂天，其實深藏難言之隱。穆儒丐一生，經歷了時代翻天覆地的變化，做為晚清王朝最末一代出洋留學回來的「法政科舉人」，正趕上辛亥革命發生，只得放棄功名，當上了報人作家，從北京的小報到瀋陽日資的《盛京時報》，均為文藝版編輯，寫作了大量作品，直到日本戰敗，垂老之際返回北京，走進了子弟八角鼓票房。由於生活的複雜變換，在不同時期，他用了不同的名姓：清朝光緒、宣統年間，原名穆都哩（後改作『哩』），也寫作穆篤哩，乃滿語「辰」或「龍」之意。留學日本即用此名。民國初年，在北京當記者，寫小說與戲劇評論，用名是穆辰公、穆六田。民國六年，到《盛京時報》社，創立文藝版，所用筆名為穆儒丐（儒丐、丐）。一九四五年以後，返回北京，用名為寧裕之。

在伊增塤先生《寧裕之其人其事》文章的開始，首先錄下了《北京文史研究館館員傳略》第五八頁關於寧裕之的簡介，原文如下：

> 寧裕之（一八八四～一九六一），原名穆六田。滿族，北京人。日本早稻田大學政治經濟系畢業。
>
> 曾任北京《國華報》文藝編輯、瀋陽法政專門學校講師、北京市政府秘書、瀋陽《盛京時報》文藝編輯等。擅長寫作，精通日語。著有《福昭創業記》、《哀史》、《春琴鈔》等。
>
> 一九五三年被聘為北京文史研究館館員。一九六一年二月十五日在北京逝世。（編按：本書第一九二頁圖片日期疑與此處穆儒丐卒年資料有所衝突，而穆儒丐先生卒年是據文史館資料所示，兩者應有其中一方為錯，然目前沒有相關資料判斷孰是，謹於此說明。）

這份文件是穆儒丐晚年的真實資料，它說明穆儒丐一九五三年被聘為北京文史研究館館員，一九六一年去世。既寫清楚了穆儒丐的生卒年，對其生平簡歷的介紹，也基本屬實。惟不提曾用穆儒丐之名；對其著作僅舉《福昭創業記》、《哀史》、《春琴鈔》等，語焉不詳，實則《福昭創業記》是以穆儒丐之名發表的他自己創作的歷史小說，《哀史》是穆儒丐翻譯法國作家雨果的小說（今譯名為《悲慘世界》），《春琴鈔》是穆儒丐翻譯日本作家谷崎潤一郎的小說。至於還用穆儒丐之名創作的大量社會小說作品，則一部也未提及。雖然如此，這也算是解放以後關於穆儒丐生平可靠的歷史記錄了。

接著，伊增塤先生寫道：「寧裕之先生生前住在新街口大四條三十四號，因胡同拆遷，原址蕩然。先生無嗣，生平事蹟多不可知。」

對於穆儒丐晚年在北京的住址，其說與白鶴群先生口頭提供的材料相符。至於「無嗣」之說，則並非如此。據一九三九年十一月二十七日穆儒丐在《盛京時報》刊載的《冰房雜記》（十二）中說過：「我家八口人，母親將近八十，我妻五十一，又是病身子，大澤夫婦各二十多歲，但他倆，一個上學，一個上班，孫子儉才三歲，實則是一年零六七個月的小孩，雇人，一個看小孩，一個做飯的（全是老媼），加上我，共八人。此外，犬二，貓一匹，小鳥兩個。」在另一篇一九四一年二月八日發表在《盛京時報》的《春節雜談》（四）一文中，還提到：「孫子寧儉雖小，也不覺喊了聲『萬歲』！」即是說，穆儒丐有子、有孫，而且孫子姓名叫寧儉，看來，他自已晚年改為寧裕之，也是有因由的。

還有，伊增塤先生對於「半畝」的名號來源進行了考證，其實，使用「半畝寄廬」的名號，由來已久，早在東北時期，穆儒丐就不斷以「半畝寄廬」冠以書名：一九二五年七月至八月寫作《半畝寄廬感想錄》、一九二六年六月七日寫作《半畝寄廬山水問世》、一九二六年七月至十二月，一九二七年一月至二月寫作《半畝寄廬雜綴》、一九二七年八月至九月寫作《半畝寄廬所藏碑帖跋尾》、一九三三年六月至十月寫作《半畝寄廬隨手錄》，看來，用「半畝寄廬」名號，已經有半個世紀歷史了，晚年將自己的岔曲和單弦牌子曲訂成一冊，仍沿用舊號為《半畝寄廬子弟書》。至於為何用「半畝寄廬」為名號？據《冰房雜記》（一）中說，他在瀋陽租住的房屋，有一小院，院中種有一株榆樹、兩株柳樹，他寫道：「就讓我家地皮僅僅才半畝，有這幾株雜木，也免去了不少的都市的枯燥。」這，應是「半畝寄廬」起名的原由了。已曾創作過多部宏篇巨著的穆儒丐，回過來寫作自幼喜愛的民間小曲，自然得心應手，不在話下，而且深厚的古典文學底蘊，使他極擅長編寫古代人物故事、傳說，所編《荊軻刺秦王》，得以流行，即非偶然。只是半個世紀的時光流逝，寧裕之已非當年的穆儒丐，早已成年近古稀的老人，所以，後半部的《半畝寄廬子弟書》上，寫有「半畝老人原著塊屋評點」字樣，不過，評點者除贊許過譽的套語外，惜未能提供更多瞭解作者創作的有益資料。

另外，伊增壎先生文中，還提到曾收集到寧裕之解放後寫的岔曲《敬愛的毛主席》，但未見引錄，無法加以評判。

二〇〇七年八月三日寫畢於京郊藍旗營

原載《滿族研究》二〇〇七年第三期

附錄三

晚清京城的「男旦」和「堂子」

么書儀

晚清京城「打茶圍」的實際內容主要是以歌侑酒。也就是戲班中的年輕男演員（特別是男旦）在演出的餘暇，從事侍宴、陪酒、應酬的收費營業，從業的男旦叫做「歌郎」。打茶圍的內容，包括了侑酒、歌唱、遊戲、閒話……營業地點可以是應召前往顧客指定的酒樓飯莊，大多數是在營業者的住處——堂子裡，所以，「打茶圍」也叫做「逛堂子」。

「打茶圍」是舞台表演的配套服務，遠距離從台上看戲和在台下近距離看人的感覺可以互相補充，二者都沒有離開顧客的興奮點。

史料和筆記記載著，堂子的經營者營造了一個個虛幻的世界：首先是環境優雅、其次是努力體味和滿足顧客的需求、第三是維持「情感遊戲」的恆久魅力。

對於從一開始就明瞭自己的職業性質的倡優來說，扮演規定情節中的男角色、女角色、動物、神鬼或魔怪，都不過是分工的不同。

由男演員扮演女角色傳說始於漢初，乾隆間吳長元在《燕蘭小譜》中說是「叔孫通定郊祀，製偽女伎，此旦色濫觴之始」，「偽女伎」就是指男性扮演女角色。

唐代《教坊記》記載的歌舞戲《踏謠娘》演出之中，有男演員扮演踏謠娘，元代《青樓記》記載的元雜劇演員中也有女演員扮演男角色。

明代國家對於戲班子的組成沒有政令干預，當時家班蜂起，蓄養男班、女班成為時尚。

清代不再有家班，戲班子成為市場的一部分，國家負責規範管理。

在剛剛入關的滿族人眼裡，漢族人熱衷於演戲看戲都是道德敗壞和腐敗的誘因，而且是提供聚眾鬧事的場合，決不能讓滿族人染上這樣的惡習，所以從清初開始就有明令禁止在內城開設戲園子，因為那裡是八旗兵丁駐紮的地方；禁止女戲，因為女戲容易攜帶著腐敗，所以清代京師的戲園子都在外城，戲班子也是清一色的男演員，舞台上的女角色也都是由男演員扮演。

光緒初年，上海租界有女伶組班演唱京劇，被稱為「髦兒班」、「坤班」、「坤伶」——當時，女人登台唱戲還被視作變例。清末民初，京師也開始出現坤伶和男女同台演唱。

晚清時候，演員和所扮演的角色如果是不同的性別，比如男演員扮演女角色，或者女演員扮演男角色，就會有特別的說法，叫做「男旦」、「女生」（或者「坤伶鬚生」）——以示在演出上難度加大和陰陽倒錯。

書裡使用的「男旦」一詞，是作為對男演員扮演女角色的一種代稱。

1 明代家班的江南「男旦」

男旦成為社會關注的熱點，並進入曲論家的視野，要到明代中期正德、嘉靖以後，特別是晚明萬曆時期最盛，流波所及達到天啟乃至崇禎時代。

明代盛行的「家班」，就是官員、富戶自家蓄養、調理的戲班子（男班、女班都有）。

這一時期不僅出現了著名的男班、當紅的男旦，而且有曲論家對他們的演技進行詳細的比較和描述。比如，在曲論家潘之恒的批評、鑑賞著作《亙史》和《鸞嘯小品》裡，寫到了幾個出名的男班中的男旦：

無錫人鄒迪光家班中，有出色的男旦潘鎣然和何文倩，他們的表演非常入戲，潘鎣然的表演於舉手投足、進退揚止之間，都透露出人物複雜的內心境界，而何文倩則擅長裝扮慷慨而有丈夫氣的女子——男演員扮演有男性氣質的。

南京的郝可成小班中有三個男旦最著名，一是郝可成本人，一是時代稍後的著名女伶徐翩的父親，另一個就是女優傅靈修的父親傅瑜。郝可成色藝俱「豔」，徐翩父「善妖」，傅瑜少有殊色，二十歲前演旦角，歌唱有「鏘金戛玉之韻」，三人都被時人稱為是色藝雙絕的男旦。

被當時評論界認為演技近乎神奇、最富神韻的，還要數徽州歙縣人吳越石家班中的男旦江孺，他和男生昌孺合演湯顯祖的《牡丹亭》成為一絕：江孺能理解到杜麗娘的「情癡」表現在非現實的世界裡，是以夢幻化為情感的依託，因而唱做都不離一個「幻」字，表演技藝可以說是精到。

申時行家班中有小旦張三，張三的特點是酒醉時演戲更能夠出神入化，這個與眾不同的男旦平時看上去儼然是個偉丈夫，然而一旦上場，一音一步居然婉弱女子，令人魂為之銷。

……

以潘之恒為代表的戲曲批評家在衡量男旦演藝標準的時候，實際上是採用了傳統的對於女旦的批評標準——「才、慧、致」，「才」

指的是儀表風度和歌喉；理解能力是為「慧」性；將理解了的東西表現外化的能力就是所謂「致」了。而「才、慧、致」在舞台上便綜合體現為演藝……晚明時候，男旦已經在女優強手如林的演藝界，贏得了一席可以與女旦相提並論的地位。

明代家班在選擇演員、訓練演員的演藝上都是不計花費的，而且家班之間互相攀比，彼此都不甘示弱，這是明代的一大批男旦脫穎而出的背景因素。

2 清代「男旦」的兩次走紅

在與晚明相隔了一個半世紀以後的清代乾隆四十四年（一七七九年），京師舞台出現了以蜀伶魏長生為首以色情戲為號召的清代男旦的第一次走紅。

清初，宮廷革除官伎，同時禁止民間買良為娼、禁止女戲進城的舉措，確實一度控制了民間賣淫業的惡性膨脹。然而卻導致了娼妓由公開轉入地下、由於京城戲班子都是男班、出賣色相的男旦登堂入室、公開活動的現象也逐漸萌生。

就在這樣的背景下，男旦魏長生帶著火辣辣的秦腔從千里迢迢之外的四川來到了北京，上台之後很快就掀起了男旦走紅的第一次高潮。

魏長生大紅大紫的原因，首先是他在表演藝術上確有過人之處，從傳統的觀點衡量，魏長生在「色」和「藝」上都不同以往：他在扮相和表演上很有創新——他發明了用假髮髻、「梳水頭」，使舞台直觀形象更加女性化，再加上他「踩寸子」（踩蹺）配合著火辣辣的表情動作，工顰妍笑和善於煽情都達到了極妍盡致的效果。再加上他選擇了一大批色情戲演出，使他在京師男旦名角眾多的當時能夠與眾不同獨佔鰲頭。

當時，魏長生的表演，在很短的時間裡就成為具有權威性的統帥，他所在的雙慶部名聲大振，影響所及，不僅亂彈戲班子都去效法，連崑班子弟也出現了背叛師門、改換門庭的伶人，演出的火爆，簡直到了蹈蹺競勝，墜髻爭妍，如火如荼，目不暇給的地步，只要是報條（即演出預告）上有粉戲《大鬧銷金帳》的預告，一定是場場客滿。魏長生的《滾樓》、劉鳳官的《桂花亭》、王桂官的《葫蘆架》、銀兒的《雙麒麟》，也都是當時最叫座的粉戲（色情戲），舞台上裸裎（裸露）揭帳，令人如同是在觀看床上戲……王公貴族、豪門富戶一直到平民百姓，全部如醉如癡地成了「粉絲」。

比起不溫不火的崑腔和令觀眾已經日久生膩的京腔來，魏長生的「粉戲」（色情戲）占盡了作為時尚的新奇和大膽的優勢，而且，魏長生所有張揚色情的出招都擊中了當時戲曲男性觀眾（清代女子不能進戲園子看戲）的軟肋。

乾隆六十年（一七九五年）楊米人寫的《都門竹枝詞》和嘉慶二十二年（一八一七年）得碩亭所寫的《草珠一串》中，都有對於整個京城為之瘋狂的演出盛況的繪寫：

《滾樓》一齣最多情，《花鼓》、《連相》又《打更》，誰品燕蘭成小譜，恥居王后魏長生。

打來皮磕怪尖酸，踹出蹺來更耐看，怪得滿園齊道好，今朝《烤火》是銀官。

班中崑弋兩蹉跎，新到秦腔粉戲多，男女傳情真惡態，野田草露竟如何。

名班小曲最迷人，一轉秋波萬象春，豈止有情腮上笑，絕風流處善能顰。

魏長生們在京城整整走紅了六年……

乾隆五十年，京城貼出了告示：秦腔被禁止，京師的崑、弋兩腔仍然可以照常演唱，有不遵守者交步軍統領衙門查拿懲治遞解回籍，也就是說魏長生的秦腔被趕出了京城。

這結局不能不說是情理中事——即使是有天賦和才情，也不能在「野狐禪」的路上走得太遠。

這一時期以男旦作為精神領袖的戲曲，具有極強的涵蓋和煽動力，它迅速地塑造了一種獨特的審美趣味和表演範式，從始至終都是以對藝術的歪曲和對俗下審美要求的遷就作為宗旨。不能說觀眾中沒有少量看重藝術的文士，也不能說演員中沒有潔身自好的男旦，但他們都由於品格高標而受到輕視，因而失去了藝術評判和藝術表現上的發言權……

男旦第二次走紅發生在清末民初，極盛於二十世紀二十年代。其時，以「四大名旦」為代表的男旦在京劇舞台上取得了壓倒男生的首席位置。

男旦的又一次征服戲曲觀眾，是以梅蘭芳為首的「四大名旦」的出現作為標誌的。

梅蘭芳等男旦所處的社會環境和戲曲界的狀況，與男旦第一次興盛時的背景有很多不同：民國政府的出現、五四運動的發生是政局大事，政局大事在戲曲文化界引起的細微變動是：可以演夜戲，女客可以進戲園，繼而是北京出現了女旦……社會和文化環境變得開放起來。梅蘭芳等選擇男旦的從藝道路，顯然面臨著比他的先輩更為嚴峻多變的新形勢。

梅蘭芳從光緒三十年（一九〇四年）開始登台，時值清末。他曾在清代最後一次花榜上名列第七，被稱為「梅郎」。辛亥革命後的一九二三年，紫禁城內的「皇廷」還存而未廢。宣統十五年八月二十二和二十三日，在「敬懿皇貴太妃」整壽的時候，升平署按照老例，調集曾經作過「內廷供奉」的民間優秀演員進宮

「承應」演戲，那是紫禁城中的最後一次「承應戲」。

年屆而立的梅蘭芳作為新秀與姚玉芙、姜妙香搭檔合演了《遊園驚夢》，與楊小樓合演了《霸王別姬》。次日，他和早已成名的升平署「教習」、「內廷供奉」楊小樓一樣，都得到了賞金三百元，梅蘭芳成為新傳演員中獨一無二的「狀元」——民間藝人被調選進宮給皇家演戲，在當時仍然是一種不可多得的榮譽，那意味著對一個演員素質、技藝的全面肯定，梅蘭芳成為「狀元」更加證明了他在藝術挑戰中確已大獲全勝。

戲曲的每一個黃金時代，都會造就出一批同聲相應、同氣相求的優秀演員。梅蘭芳在一九二一年站穩腳跟時，似乎還是鶴立雞群，但到了一九二三年，曾和他一起被「宣」進宮，與王鳳卿合演《汾河灣》的尚小雲，當時雖只得了第三等的賞金，但很快就以唱念俱佳、武打精當放出異彩；年少梅蘭芳十歲，對梅蘭芳執過弟子之禮的程硯秋，在嗓子「倒倉」、一度出現了「詭音」以後，自創新腔，以擅長悲劇的正宗青衣為號召自立門戶，時間也在二十年代上半期；一九二五年，荀慧生以做派風流、表情大膽獲得「表情聖手」的美譽，坐上花旦的第一把交椅……

《京劇知識手冊》說是：一九二七年，在《順天時報》的選舉中，各具特色、聲譽日隆的梅、尚、程、荀正式被譽為「四大名旦」，至此，男旦的第二次走紅到達頂峰。

四大名旦陣容整齊，他們都扮相俊美、唱腔動聽、做工細膩，但又各有千秋，從各個方面都壓倒了當時號召力已經逐漸降低的生行，即使「國劇宗師」楊小樓也沒能例外。

顯而易見的事實是，四大名旦區別於魏長生們的最主要之點就是：他們都摒棄了男旦主要倚恃「色」的優長取媚於觀眾，而更多傾心於表演藝術。

從總的路數上看，四大名旦頗具個性的發展，事實上與傳統深厚的「三鼎甲」和「後三鼎甲」同樣是在藝術表演上刻意求新、獨出心裁，他們的成功與「三鼎甲」在京劇界苦心經營起的藝術風範有著「承前」和「啟後」的關聯——「三鼎甲」所達到的藝術高度，被後世梨園子弟視為一種超出個人經驗範疇的、被深信不移的經典，而「四大名旦」就都是順著這條成功之路走進了二十世紀二十和三十年代。

四大名旦還有一個幸運之點是他們趕上了新舊交替的時代變遷。辛亥革命、五四運動和以後的社會動盪，使社會和觀念都出現了近乎解體、卻又醞釀著重建的狀態，也許正是這樣的失了章法然而又顯得特別寬容的時代，充滿了各種生機和可能性，從而為人的創造力和創新意識提供了可能。

從根本上看，男旦的第二次走紅更應該歸屬於辛亥革命和五四運動的派生物。戲曲舞台雖然在社會中是屬於距離社會政治運動旋渦遙遠的角落，但作為社會文化的一部分，面對政治變革和新思想也必然地受到裹脅，四大名旦在這個時候對京劇藝術的繼承和改革，也都必然地與新時代的文化重建聯繫到了一起。

或許他們對當時已在流行的口號和說法，比如「個性解放」、「理想主義」之類辭彙的含義並不了然，但他們在對藝術追求時所表現出來的自覺和主動精神、他們推出的古裝新戲和時裝戲裡，卻確確實實地灌注了「理想主義」和「個性解放」的思想。從這個意義上說，男旦的第二次走紅既是「繼承」上的成功，也是「鼎革」的勝利。

3 清代京師南城的「堂子」

清代作為娛樂中心的北京的南城在前三門

之外，涉及的地區主要是指正陽門、宣武門、崇文門之間，向南延伸到永定門、右安門、左安門中間的部分，中心地區是大柵欄、八大胡同、肉市一帶。

乾隆五十五年（一七九〇年），江南徽班進京，給乾隆祝賀八十歲壽辰。

徽班進京給京師舞台帶來了新演員、新聲腔、新劇目……但徽班進京的意義遠遠不限於此，更重要的是它對於晚清北京南城娛樂業的發展起到了重要的推動作用——它不僅促成了京劇表演在南城的繁榮，而且造就了南城「堂子」業的興盛，而事實上晚清北京南城的娛樂業主要是由這兩部分構成的。

事實上，「堂子」這一概念是由徽班從南方帶進了京城，「堂子」最初是指名伶的住處，例如程長庚家叫「四箴堂」。有的「堂子」同時也是培養伶人的「科班」（當年北方伶人學藝主要是進「科班」，可是徽班子弟多為南籍，因為言語隔閡，不能入眾，而且嬌慣成性，不能吃苦，所以只好在家習藝，或由自家傳授，或者聘請名師。），例如梅巧玲的「景和堂」。後來一批「堂子」開始兼作侍宴、侑酒的生意，成為「打茶圍」的娛樂場所……晚清時候一直到清末民初，到堂子去「打茶圍」都是京師的時尚娛樂和消費。

京師在徽班進京之前，戲班子的營業項目主要是演戲，偶爾有名伶與士大夫交往，甚至相狎的事情出現，也仍然屬於個別的存在，大多數名伶的私寓也還不是做生意的場所。

但是，徽班進京之後就有了不同，由於徽班多半是由徽商出資蓄養，戲班的組成中又以徽州人、蘇揚人居多，所以，在徽班進京的同時，也就把徽州人的商業意識和倡優不分的吳越舊俗一起帶進了京城，從此，戲班的伶人白天作台上的生意，晚上作台下的買賣，「打茶圍」很快就成為風氣，再加上長久以來，京師執行皇帝發佈的，不許旗人出入戲園酒館，嚴禁官員挾妓飲酒等等禁令比其他地方嚴格，旗人和官員人等正苦於無處消遣，因此，可以說「打茶圍」生意的出現也是適逢其時。

晚清京城「打茶圍」的實際內容主要是以歌侑酒。也就是戲班中的年輕男演員（特別是男旦）在演出的餘暇，從事侍宴、陪酒、應酬的收費營業，從業的男旦叫做「歌郎」。打茶圍的內容，包括了侑酒、歌唱、遊戲、閒話。營業地點可以是應召前往顧客指定的酒樓飯莊，大多數是在營業者的住處——堂子裡，所以，「打茶圍」也叫做「逛堂子」。

「打茶圍」是舞台表演的配套服務，遠距離從台上看戲和在台下近距離看人的感覺可以互相補充，卻都沒有離開顧客的興奮點。

史料和筆記記載著，堂子的經營者營造了一個個虛幻的世界：首先是環境優雅、其次是努力體味和滿足顧客的需求、第三是維持「情感遊戲」的恆久魅力。

嘉慶、道光直至光緒年間的堂子，佈置得多半像是官宦人家的書齋——窗明几淨、梅竹生香、書畫冊帙、名瓷古董……它所創造的是豪華、書香的品味：這樣的環境，既可以使有錢的豪商自慚形穢；也可以令有學問的書生感到豔羨，即使對於達官顯貴來說，也絕不寒酸和簡陋……這種富於想像的、夢中仙境一般的環境，是商家極其聰明的設計。

訓練有素的歌郎們盈盈入室，大多都能夠使客人感到賞心悅目，幾句話之後，就可以讓人產生一見如故的感覺。顧客「打茶圍」為的是「梨園買笑」，歌唱、飲酒和談話都是歌郎的服務內容，陪酒、陪聊、陪笑就是歌郎每天的工作。走紅的歌郎，多半善歌、善飲、善談，善於談話的歌郎都有特別的天賦：有的調笑詼諧，備極風雅、有的體態嬌憨，謔浪成風、有的長於迎合和助興、有的善於傾聽和補充……不同顧客的談話需求都可以得到滿足。

歌郎也有善於飲酒的訓練：猜拳行令、猜枚鬥勝、劃拳拚酒……都屬正常的業務。

在醉與不醉之間，眉目傳情真真假假、憐愛摩挲性感誘人、交股接唇也是在所難免，只要顧客願意就都可以做到。

至於在堂子「過夜」，提供性服務，那就是另一種收費的檔次了，這也是歌郎約定俗成的合理的服務內容。

歌郎們經常面對的是真假難辨的情感遊戲，堂子之中有經驗的歌郎，一般可能會根據自己對於這一職業的理解，把自己的「服務」內容，限制在一定的範圍之內，使這一情感遊戲總是餘韻嫋嫋。

不願意賣身的歌郎，會注意自己語言表情的節制，會事先防止情況的轉向，因為這是一個走鋼絲的職業：既要滿足客人的要求，贏得客人的歡心，有時候還要挑動客人的情緒，但是又要適可而止，避免惹動對方的慾火……歌郎需要冷靜觀察局面的變化和把握分寸，在一定的範圍裡維持情感遊戲的恆久魅力……訓練有素的成熟歌郎，也可以作到能夠控制場面：不作諂容、不出褻語、潔身自好，也可以令顧客不至於生出非分之想……

或許是咸豐、光緒時代的打茶圍產業已經比較成熟，從業者的經驗也已經比較豐富，成熟的歌郎服務已經可以作到陪酒、陪聊、陪笑以真作假、以假亂真，真假之間了無痕跡可尋，侑酒陪飲之際，年幼的歌郎如同驕子在旁邊遊戲，年長的歌郎就像是姬妾共談衷曲，娛情而適意……

在體味男人的心理、迎合男人的所好這一方面，京城歌郎可以做到職業化程度很高：在堂子裡，你永遠是主人、朋友、權威，你的出眾和才情會受到帶有誇張意味，但是卻不露痕跡的肯定、仰慕；你的愚蠢會受到有意的卻是沒有痕跡的忽略、寬容、諒解和合理的解釋。永遠不會有顧客被冷落、被反對、被嘲笑、被輕視的情況出現……你的任何話題都會得到支援，你的任何情緒都會得到鼓勵，你的任何遭遇都會得到理解，你的任何倡議都會得到回應……這種似是而非、漂浮在真實與虛幻之間、既日常又表演的方式，對於一個男人來說，是個可以宣洩、可以傾訴、可以排解的渠道。任何一個在生活中取得了成功的男人，都嚮往在這一公眾場合的重要的肯定；任何一個在真實中遭受了挫折的男人，也需要這種心裡上的重要補充。

這也是一個區別於家庭的、感情的世界，沒有夫妻之間的過於現實的矛盾、沒有妻妾之間的爭吵，沒有對於長輩和晚輩的責任，天天都可以像是到夢中仙境去會夢中情人……

這種真真假假、渾然難分，又對顧客有著某種「節制」的遊戲，使許多男性樂此不疲，大概這就是「堂子」永恆的魅力所在。

「打茶圍」的消費，在豐、儉上相去甚遠：飲茶、聊天是一檔；設宴、擺酒又是一檔；第三檔就是留宿了。三檔之中，收費當然也是逐級攀升。

「打茶圍」這一行業在晚清曾經非常興盛，北京南城大柵欄、八大胡同一帶都是堂子的聚集地。

「打茶圍」這一娛樂業，在晚清曾經是一個很看好的暴利行業。只要歌郎走紅，幾年之間，師父（業主）和歌郎，都可以迅速地暴富……

然而，這也是一個隱藏著許多歌郎眼淚的、出賣青春、賣笑的職業，堂子中的許多「黑暗」都掩蓋在日日歡宴、夜夜笙歌的紗幕之下。

道、咸時期的歌郎在某種意義上說已經不再是優伶。即使當初他也曾經是「色藝雙全」

的，在從事了打茶園這一職業之後，「藝」的一面就不那麼重要了，重要的是會嬌媚、有風致、善應酬，是要令人賞心悅目、開心快樂，歌郎要學會八面玲瓏，要練就善於應對，「台上」的業務自然就日益荒疏了。當然，打茶園的客人會對走紅的歌郎降低對於「藝」的要求。

事實上「打茶園」也是一個青春行業，歌郎走紅的年齡段一旦渡過，如果他沒有一大筆積蓄、沒有考慮好職業的變更、沒有足夠的心理準備，沉落為戲班打雜、無業遊民、乞丐乃至於窮困潦倒而死，幾乎是歌郎常見的下場。

道、咸時期不僅著名的堂子多、著名的歌郎多，而且，圍繞著打茶園，參與者還發明了很多活動：評花、詠伎、徵歌、選色、出花榜……有關歌郎的宣傳廣告也作得很出色：各式各樣的「花譜」之類刊刻物非常流行。這樣的「花譜」之類刊刻物，雖然也是出自文人之手，卻已經不再與「文學」相關，它完全是為了方便「雅有徵歌之癖」的人、方便「打茶園」客人而作的工具書，那已經是商業化很強的實用手冊。例如：道光三年的《燕台集豔》，在品評「二十四花品」的同時，也把春台、四喜、三慶、嵩祝四大名班的二十四位名伶住所的堂名赫然列在名下。想要尋花問柳的客人很容易就能找到京師最好的歌郎。

從道、咸時期到同、光時代，打茶園這一行業其實變化很大。

「同光十三絕」中的名伶梅巧玲（景和堂主人）、劉趕三（保身堂主人）、余紫雲（勝春堂主人）、徐小香（岫雲堂主人）、時小福（綺春堂主人）、朱蓮芬（紫陽堂主人）都同時是同治、光緒年間的堂子業主。這一時期的著名的堂子還有：春華堂（主人，朱雙喜）、瑞春堂（主人，錢阿四）、杏春堂（主人，宋福壽）……

與道、咸年間的堂子業主不同的是：他們大多本人就是出身於堂子、出身於「歌郎」和「名伶」。他們對於歌郎的甘苦、如何調理歌郎，都有切身的理解和感受。時代不同、觀念不同，他們的作風也與上一代道、咸年間的堂子業主有所不同了。

這些堂子的新一代的業主，更加注重歌郎舞台演藝的提高。由於當時的劇壇上有前、後「三鼎甲」領銜主演、舞台藝術呈現出空前的、登峰造極的發展，顧客對名伶有了更高的藝術欣賞和選擇，連帶著對於歌郎的要求也有了微妙的變化——打茶圍的客人在「色藝雙好」這架天平的「藝」的一方，增添了砝碼。所以，這一時期的走紅歌郎，必須具有較高的藝術表演能力。像道、咸年間那樣，只要容貌美、善應酬、有酒量、有書卷氣，即可榮膺上選，演藝成為次要的點綴這樣的情況已經不復存在。

光緒三十年（一九〇四年），謝素聲的《杏林擷秀》描繪了新一批妙齡歌郎朱幼芬、王佩仙、余小雲、陸連芳、吳桂香、張秋霞、江芝芬、姚佩蘭、羅小寶、姜妙香、王蕙芳、劉寶雲令打茶圍的客人耳目一新。他們都是既有作為歌郎，台下應酬、侑酒的能力，也有作為伶人，台上歌唱、表演的功夫……對於歌郎來說，這樣台上、台下兩棲的生活，雖然顯得忙碌，但比起終日侑酒陪聊來，可能感覺上反而會好一點。

但是，這批光彩照人的歌郎，就像是迴光返照一樣，很快就凋零了，不久，上述十二人之中，多數已是「水月鏡花，都成泡影」，舞台上下如日方中的，就只剩下了姜妙香一人……歌郎的時代，顯然已是漸近尾聲……

在晚清的社會生活中，「打茶圍」曾經是各種娛樂活動中的最時尚、最風流的一種，也幾乎是被全北京城的男人們關心、議論、參與、愛好、憎恨、念念不忘的一種。從嘉慶、道光，直到光緒時期，這一行業都是在京師南城發展得如火如荼，它的活力和魅力持續了將近一個世紀。

4 「堂子」的終結

宣統元年蘭陵憂患生的《京華百二竹枝詞》中道是：「像姑堂子久馳名，一旦滄桑有變更。試看櫻桃斜巷裡，當門不見角明燈。」注解云：「舊日像姑堂子，門內必懸角燈一盞，櫻桃斜街素稱繁華之區，今已寂無一家，即韓家潭、陝西巷等處，亦落落晨星矣。」可見，宣統之初，這一行業已經處於不絕如縷的境況。

事實上，堂子於光緒二十六年（一九〇〇年）「庚子拳亂」之後，已經開始衰落，宣統元年（一九〇九年），「打茶圍」最興盛的韓家潭一帶，「堂子」也已紛紛歇業。宣統三年（一九一一年），「堂子」支撐營業已經顯示了勉強……堂子變化根本變化的政治原因還是國民革命。

民國元年（一九一二年）四月十五日，聰明的名伶田際雲上呈於北京外城總廳，「請查禁韓家潭像姑堂，以重人道。」五天以後，外城巡警總廳「出示嚴禁」，並且在「北京正宗愛國報中」刊登告示，全文如下：

> 外城巡警總廳為出示嚴禁事：照得韓家潭、外廊營等處諸堂寓，往往有以戲為名，引誘良家幼子，飾其色相，授以聲歌，其初由墨客騷人偶作文會宴遊之地，沿流既久，遂為納污藏垢之場。積習相仍，釀成一京師特別之風俗，玷污全國，貽笑外幫。名曰：「像姑」，實乖人道。須知改良社會，戲曲之鼓吹有功；操業優伶，於國民之資格無損。若必以媚人為

生活，效私娼之行為，則人格之卑，乃達極點。現當共和民國初立之際，舊染污俗，允宜咸與維新。本廳有整齊風俗、保障人權之責，斷不容此種頹風尚現於首善國都之地。為此出示嚴禁，仰即痛改前非，各謀正業，尊重完全之人格，同為高尚之國民。自示之後，如再有陽奉陰違，典買幼齡子弟，私開堂寓者，國律具在，本廳不能為爾等寬也。切切特示，右諭通知。

從此，「打茶圍」這一行業，就以「革命」的名義正式受到禁止。

「堂子」有了一個新的定位，那就是「玷污全國，貽笑外幫」、侵犯人權的「納污藏垢」之所，「歌郎」也被指斥為「以媚人為生活，效私娼之行為」，「人格之卑，乃達極點」不堪的一群。

「告示」對「堂子」的定位，應該說是反映了當時維新、革命人士的觀點，而這一帶有啟蒙思潮色彩的觀點，後來成為「主流社會」的共識。

存在了一個世紀的娛樂業——「打茶圍」，幾乎是與清王朝同時進入了歷史。

原載《晚清戲曲的變革》
么書儀著，人民文學出版社二〇〇六年版

附錄四

幸運的梅蘭芳

么書儀

在中國京劇史上，有三個人在藝術上是被梨園和觀眾、時人和後人公認的經典和頂峰，他們就是譚鑫培、楊小樓和梅蘭芳。

老譚和小梅都得到過「伶界大王」的稱號、楊小樓擁有過「國劇宗師」的桂冠，他們都是梨園行的佼佼者、舞台上的常勝將軍，都因為藝有真賞而實至名歸。

他們都曾經是名重一時的舞台明星，然而，在了卻前塵之後，回念他們的一生經歷，卻是有幸有不幸：老譚死得淒慘、小樓身後淒涼，相比之下，梅蘭芳無論在新舊社會、身前身後、台上台下、經濟政治……各個方面都一直保持著頭上的光環，真可算得是「一生幸運」。

梅蘭芳佔有天時、地利和人和：出身梨園世家、趕上變革的時代、身邊不缺少扶助他的「貴人」……這可能是上天對他特別的眷顧吧！

梅蘭芳天性醇厚：為人謙恭平和、器量弘深；處事與人為善、從善如流；對於職業盡職盡力、臨事不苟……這樣的天性不僅讓他一生擁有「人和」，而且讓他把「出身梨園世家」和「趕上變革的時代」真正變成為自己的「天時」和「地利」——要知道，出身和時代都並不是只屬於梅蘭芳一個人的啊！

這樣的天性，讓他即使是在「亂世」也能夠既不違背自己的生活原則，也能夠躲閃騰挪，避開災難！

這樣的天性，使他的成功率很高：成年之前是走紅的「歌郎」、成年之後是「伶界大王」、進入老年他成了新中國的「官員」——一切都做得恰到好處，一直到他離開這個世界，他都是一個有口皆碑的人物。

1 走紅的「歌郎」

「聽戲」、「打茶圍」是晚清京師有閒、有錢人（主要是官員、商人和士人）的主要娛樂方式。

在戲園子觀看伶人在台上表演是「聽戲」，到伶人家中飲酒、聽歌、閒話，叫作「打茶圍」，從事這一服務的年輕的伶人叫做「歌郎」，因為伶人的住處叫作「堂子」，所以「打茶圍」也叫「逛堂子」。

在晚清的社會生活中，「打茶圍」曾經是各種娛樂活動中的最時尚、最風流的一種，也幾乎是被全北京城的男人們關心、議論、參與、愛好、憎恨、念念不忘的一種。從嘉慶、道光，直到光緒，這一行業都是在京師南城發展得如火如荼，它的活力和魅力持續了將近一個世紀。

那麼，如果是從研究的角度來考慮，到底應該從哪些方面去追尋晚清「打茶圍」行業發生、生長和長盛不衰的潛在支持呢？這大概就要看看市場和需求了。

「堂子」的出現，始於「徽班進京」，來

自安徽、蘇揚一帶的，年輕貌美、能歌善舞的優伶，同時也精通侑酒的技術，習慣於兜攬侑酒的生意，這是徽人的商業意識和吳越舊俗的長期融合，在徽班進京的同時，也就把這些一起帶進了京城，從此，戲班的伶人白天作台上的生意，晚上作台下的買賣，「打茶圍」很快就成為風氣——他們是成熟的賣方。

從買方來看：豪門士大夫從明代以來就有狎優的傳統，可是清代前中期禁止官員出入戲園、挾妓飲酒的政令在順治、康熙、雍正、乾隆時代一直在執行，這使得京師的生活中就缺少了一塊滿足釋放偏於性需要的娛樂專案，這是其一。其二是文士和商人以及百姓構成的普通觀眾其實也普遍都有一種好奇的心理存在：看過了台上名伶的精彩表演，就會對於演員的便裝形象、日常生活產生興趣，特別是清代的戲班子沒有女子，台上的多情公子、紅粉佳人都是男演員扮演，就更有一種性別置換的神秘色彩和特別的吸引力。所以「打茶圍」——年輕的伶人，特別是面貌姣好的「男旦」（唱旦行的男演員）在自己的「下處」（住處）或者顧客指定的飯莊（飯館）接待客人，侑酒（勸酒、陪酒）、歌唱、遊戲、閒話這一收費服務，就恰恰投合了京師上中層社會的這一心理和需求。「打茶圍」的買賣一開張，馬上就擁有了很大的買方市場。

堂子在京城的興起像是風起雲湧，同時也就呈現出良莠不齊，就像周明泰在《枕流答問》中所說的：「當時私房子弟，以年青貌都，大多數習為旦角，後來子弟浮薄，行為不檢，而達官貴人，從而利誘，文人墨客，又自命風雅，推波助瀾，老闆們以懾於官威，明知故縱，其不肖者，亦不免因此博利，遂使人誤以相公為像姑，牽強附會，真視相公堂子如妓藪矣。」……與所有的社會現象一樣，堂主、歌郎和客人之中，都有自愛的和不自愛的……

也確實有歌郎形同娼妓……

梅蘭芳就出生在這樣的年代，那是光緒二十年，歲在甲午，陽曆一八九四……

在二十世紀初，梅家三代的經歷是人所共知的往事：梅蘭芳的祖父梅巧玲除了曾經是名伶、是「四喜班」（戲班子）班主，名列「同光十三絕」（同治光緒時代最負盛名的十三個名伶）之外，還是咸豐年間「醇和堂」（堂子名稱）著名的「歌郎」。同治年間，他「脫籍」（幼童進入堂子需要立下「契約」，在限期之內沒有人身自由，到期或者提前交納違約金，方能「脫籍」獲得人身自由）自己經營「堂子」——「景和堂」，成為「景和堂主人」。梅巧玲的兒子梅竹芬（大瑣、雨田）、梅肖芬（二瑣）子承父業，也曾經是光緒年間走紅的「歌郎」，梅雨田後來學習文場，成為著名的琴師，梅蘭芳的父親梅肖芬在梅巧玲死後，成為「景和二主人」……

景和堂也曾經是當時出名的「堂子」，門下走紅的歌郎不少，後來，「景和堂」在梅肖芬死後，隨著家道中落也就衰敗了。

梅肖芬死後，梅蘭芳由伯父梅雨田撫養，梅雨田開始讓梅蘭芳讀書，後來因為經濟的緣故，他被送到朱小芬的「雲和堂」（朱小芬的父親朱靄雲出身於梅巧玲的景和堂）為私寓（堂子）子弟，一方面學藝一方面做「歌郎」。

雖然雲和堂主人朱小芬是梅蘭芳的「姐夫」，但是，梅蘭芳進入雲和堂還是履行了「典」「質」的手續（類似於簽訂「賣身契」，契約內容大致是：自願到某某名下為徒，生死各由天命，幾年出師，出師之前收入全歸師父所有等等）——親戚歸親戚，買賣是買賣，可能是舊時商界的規矩。

在祖父梅巧玲、父親梅肖芬之後，梅蘭芳是梅家的第三代歌郎，他以與生俱來的、對於任何事情都是盡心盡力的態度，步入了梨園行台上和台下的職業——一邊用心地學藝、一邊用心地做歌郎……

光緒三十年（一九〇四年）梅蘭芳十一歲的時候，他在廣和樓第一次上台演出《鵲橋密誓》中的織女，自言：「一邊唱著，心裡感到非常興奮。」在十四歲的時候，他已經開始在「喜連成」附學，參加上台演練折子戲。

有記錄說是：一九〇四年的最後一次「菊榜」（排列歌郎色藝和服務優劣的名次）：王蕙芳（梅蘭芳的表兄）狀元，朱幼芬（梅蘭芳的姐夫朱小芬的弟弟）榜眼，梅蘭芳名列第七（一說名列探花）。鳴晦廬主人的《聞歌述憶》中，也記錄了羅癭公、馬炯之與鳴晦廬主人一起，召請「梅郎」到「萬福居」侑酒的過程：

……予以是日招梅，薰沐而往。薰沐非原恭畏，第恐見憎美人，特加飾耳。

乃梅郎竟翩然依人而至。乳燕嬌輕，群加憐惜。甫入微笑，瓠犀稍隱，初未大展，蓋其齒本近唇，差裡也。著青摹本細花袷衣，背心亦作青色，青帽絨頂，雙足深藏未露。坐定命餐，要糖炙蘋果，又要炮雞丁、陳子羹等菜。櫻口輕含，異常妙嫵。

飯畢，余思將何以慰之？遂得一事，乃取余眼鏡，俯以近其身，輕聲曰：「你試之，予目近（近視）也。」梅郎淺笑離座，持之甚謹，略一加目，即捧還予手。曰：「喲，真暈吶，我可帶（戴）不得，您眼可真近吶。」時鳳卿之子同蒞，亦欲索觀，予竟與之。梅郎向雛鳳曰：「你可別給人家摔啦，你怎麼還是這麼淘氣！」言畢，不知何由，而竟微赧。余於是知其善感矣。余嘗研考髫年心理，悟人群豔其色，亦未嘗不自惜其妍……

又學瑤卿、玉珊《汾河灣》《醉酒》以悅之，梅笑曰：「真像。」又娓娓告余以《虹霓關》一劇，丫鬟實係青衣，不過為露手戲而已。色本乳娘，後紫雲演此，遂作花衫，著背心如貼旦裝矣……

後復飲於福興居，仍為癭公主人，炯之（馬炯之）亦臨。時寒雲（袁世凱的二子袁克文）方映歷代帝王畫像，予因密邇，常往觀之。席間，炯（馬炯之）復談及。梅郎曰：「聞后妃面上嵌珠，真怪呵！怎麼會按得上呢？炯之，我到要去瞧瞧，二爺（指袁克文）亦熟，他總肯吧！」馬（馬炯之）曰：「巴不得你去，會不肯？」此言已略含梅子風味矣。余亦覼然，梅竟無覺，其人真老實也。

而九陣風（閻嵐秋）亦為癭公所契，招之飲，予亦偕往，雖武健亦略含婀娜。其弟嵐庭，尤有天真，昆玉並可念也。

這裡記錄的梅郎的穿著打扮、神情動作、座間的談話、鳴晦廬主人「驚豔」的感受、打茶圍的人與歌郎的微妙關係、也是歌郎的閻嵐秋兄弟的神態……都可以讓我們想像當時打茶圍這一娛樂活動的情景實況。

這則記錄也可以說明，當時的梅蘭芳已經是受到迷戀的走紅歌郎。

梅蘭十四歲（一九〇七年）在侑酒的過程中，結識了馮耿光（馮國璋為總統時任命的中國銀行總裁），也結識了一大批官員和名流：奭召南、易實甫、樊樊山、羅癭公、謝素聲、文伯英……

波多野乾一在《京劇二百年歷史》說是：「京僚文博彥，出鉅金為梅蘭芳脫籍。」如果這則記錄屬實，文博彥應當也是梅蘭芳作「歌郎」時候喜歡他的京中官僚，那麼梅蘭芳應該感謝文博彥，有文博彥為他付「鉅金」讓他提前出籍，梅蘭芳才有可能在契約到期之前離開「堂子」專心於台上演戲。

當時「歌郎」成功的標誌是：有「老斗」彼此鍾情；有人肯為他出錢讓他提前「出籍」

獲得自由；有人願意為他購置房產、打理婚事；而且平時還有很多的崇拜者追隨左右……梅蘭芳作為「歌郎」不僅可以算是「成功」，而且他的特別之處還在於：他把起初是仰慕他的「色、藝」的觀眾和崇拜者，慢慢地變成可以終其一生的「朋友」。

2 梅蘭芳與馮耿光

穆辰公的《伶史》中說：「諸名流以其為巧玲孫，特垂青焉，幼薇（馮耿光）尤重蘭芳。為營住宅，卜居於蘆草園。幼薇性固豪，揮金如土。蘭芳以初起，凡百設施，皆賴以維持。而幼薇亦以其貧，資其所用，略無吝惜，以故蘭芳益德之……」

如果用當時娛樂業的「行話」來說，馮耿光是梅蘭芳的「老斗」——逛堂子的客人喜歡某一歌郎，而且捨得為他花錢，二人長期交往，關係非同一般，這位客人就成為歌郎的「老斗」；如果用宿命的說法，他是梅蘭芳生命中的「貴人」，他們的交情繼續了幾十年。

馮耿光幫助梅蘭芳「四十餘年如一日」，為他出力花錢毫不吝惜的事情數不勝數，其中的兩件最能表現他們之間非同尋常的關係：一次是在一九一五～一九一九年，為了維護梅蘭芳的名譽，馮耿光滅了兩家報紙；二次是在一九二九年，他利用銀行總裁的身份之便，為梅蘭芳籌措十萬元資助他前往美國演出。

第一件事發生的起因是，京師《國華報》記者穆辰公（滿族，名儒丐，原名穆都哩，字辰公、六田）一九一五年在《國華報》連載小說《梅蘭芳》，從梅蘭芳幼年從業寫起，到赴日本演出終止，重點是寫梅蘭芳從髫年起始作歌郎走紅的過程，其中有很大的篇幅談到梅蘭芳作為歌郎從事「打茶圍」生意的生活景況，主要的內容有：他與眾多的官宦名流文人雅士之間，屬於商業往來的陪酒、陪聊、陪笑生涯、與世家子弟郭三相出於情的同性相戀、與奭召南、謝素生、羅癭公、易實甫、樊樊山諸位官宦名士攝於錢和勢的親密無間、和「老斗」馮耿光與眾不同的關係、馮耿光鍾情於梅蘭芳並把他視為己有的景況……

由於小說《梅蘭芳》的「紀實性」，並且涉及了有權有勢的社會要人馮耿光（馮耿光字幼偉，書中「馬幼偉」即指馮耿光），所以在刊出之後，在讀者之中引起了極大的轟動，接著，連載《梅蘭芳》的《國華報》和《群強報》相繼被勒令停刊，讀者不明所以議論洶洶猜疑四起，兩家報紙和穆辰公共同承擔了「嚴重的」後果，穆辰公受害首當其衝……

穆辰公擔當著讀者的誤解和權力者的加害，於第二年（一九一六年）離開京師，兩年之後的一九一七年才在奉天（瀋陽）日本人所辦的中文報紙《盛京時報》安頓下來，為了給讀者一個「交代」，也為了心頭的不平和怨憤，穆辰公完成了十五回本紀實性小說，在一九一九年出版了單行本《梅蘭芳》——印刷所是「盛京時報社」，印刷者是「小林喜正」。

書的前面有四則序文，它們是：「中華民國八年歲在己未　憫卿室主人謹敘於藩水」、「己未荷花生日　瘦吟館主序於萬泉河上」、「中華民國四年十二月四日東滄布衣許烈公謹序」（後有「儒丐附志」）和穆辰公的「答曾經滄海客（代序）」（後有「儒丐附志」）……

穆辰公在「答曾經滄海客（代序）」後的「儒丐附志」中，講述了這件事的始末：

> 民國四年（一九一五年）吾書始見於京師《國華報》，不數日為有力者所劫，勒令停刊，有力者為誰？即書中所敘馬幼偉其人也。後《群強報》又轉錄之，亦遭同一之不幸，於是《梅蘭芳》一書遂不能竟其業，而外間不

察，以此書之停刊為受蘭芳之賄買，當時，僕與《群強報》主任陸瘦郎合登廣告以明心跡，有「若貪不義之財，必得不善之果」之句，而世人之疑終不能釋。「曾經滄海客」之質問即其一也。

邇來僕奔走衣食無暇及此，丁巳（一九一七年）冬入《盛京時報》社，以應友人之囑為《女優》一書，固無意於重續《梅蘭芳》之舊作，後徇友人華公之慫恿，始完成之，又以謬承讀者之推許，而印行之議遂決。

自吾書初見《國華報》至於今日，其間迭經摧折已四年於茲矣……《國華報》民國五年（一九一六年）已停刊，今吾書成而該報已歸烏有，回首前塵，感慨繫之矣。

穆辰公的朋友許烈公在寫於民國四年（一九一五年）的序文中，對於穆辰公把《梅蘭芳》作為社會小說來寫作的初衷，有詳細的敘寫：

梅蘭芳優而娼者也，跡其平生，齷齪萬狀，宜乎為社會所不齒，世人所吐棄，然優而娼者非蘭芳始，而使蘭芳優而娼者，亦非蘭芳之本心，實不良之社會萬惡之金錢有以驅使之也，苟無不良之社會，萬惡之金錢，則蘭芳優可耳，何至於娼？況蘭芳之藝可以操梨園必勝之券，挾其所懷抱，亦可優遊一世，何必再以不潔不淨者貽畢生之污玷哉！故曰不良之社會萬惡之金錢有以驅使之也。

辰公之為蘭芳作「外史」，亦有憤於社會之不良金錢之萬惡構成一種齷齪不堪之風氣，而使優潔清白者受畢世難洗之羞恥，且小則有悖人道，大則有喪禮教，故借稗史之直筆，寫社會之真狀，蓋欲警戒群愚掃滅萬惡，其心苦其志正，誠幽室之禪燈，迷途之寶筏也，而嗤嗤者流以為不利於蘭芳之名譽一再阻撓，直欲舉個人言論自由箝制之不使發，其心亦何愚乎？

夫蘭芳之齷齪史，不自辰公作「外史」始播露於人間也，稍留心社會情形者類能道之，而辰公之為蘭芳作外史，非欲矜其能刺人隱私也，即不忍目睹齷齪之風氣，蔓延於社會禍吾群生，故不憚筆墨之勞曲曲傳出，此余所以有「其心苦其志正」之言也……

許烈公說得明白：

第一，「歌郎」這一職業的性質是「優而娼」，這是事實。

第二，梅蘭芳作歌郎是受社會和金錢驅使，責任不在本人。

第三，梅蘭芳作為歌郎的種種事情早已是人所共知，「外史」並非「刺人隱私」。

第四，小說《梅蘭芳》的寫作目的是揭示「社會之不良，金錢之萬惡」。

穆辰公對於兩報被勒令停刊自然是心存怨憤，亦曾經有過「辰公小說必有出現之一日，以公同好，除海枯石爛、人類滅絕，吾書或歸烏有，不然，必履吾志」的誓言，所以，盛京時報印行單行本《梅蘭芳》，對於穆辰公和他的支持者來說，真成了一件大快人心的事情……

而從上述的四則序文來看，穆辰公們對於這本書還會引起什麼後果，沒有什麼精神上的準備……或許是穆辰公和慫恿他的人，以為此時距離《國華報》《群強報》被勒令停刊已有四年之久，當時的熱烈和轟動已然經過了「冷卻」，「有力者」也有了檢討自己行為的時間？或許是他們覺得當時畢竟已經是講究「民權」和「言論自由」的民國時代，對於文字的管制不至於仍然沒有章法？或許是他們覺得奉天遠離京師，遠離了京師的「有力者」，加害也不至於如影隨形？或許是他們寄希望於《盛京時報》社乃是日本人經營，「有力者」有可能心存顧忌?當然，這些都是推測……

……可是，小說出版之後，加害仍然跟蹤而至：「馮耿光悉數收購而焚之。」（鄭逸梅《藝林散葉續編》第一五三條，記下了這一筆。）

——權勢者仍然是無往而不勝！

馮耿光事情做得很是徹底，看來《盛京時報》也沒有再頂風重印，現在，《梅蘭芳》這本書在日本尚存，而在國內幾乎絕跡。

從馮耿光的立場來看，誰敢登載「詆毀」梅蘭芳的小說，就讓它「停刊」！誰敢出版「詆毀」梅蘭芳的小說，就把它們買來銷毀！殺雞給猴看！以戒效尤！以警來著！事情也算是做得乾淨漂亮。馮耿光相信，只要誰都不許提，不許說，這段「歷史」終究會被遺忘，就像是從來沒有發生過一樣。

一九二九年馮耿光為梅蘭芳籌措十萬元鉅資的事情是人所共知，不需多講。

梅蘭芳對於馮耿光終生感激不盡，他這樣敘述：「在我十四歲那年，就遇見了他。他是一個熱誠爽朗的人，尤其對我的幫助，是盡了他最大的努力的。他不斷地教育我、督促我、鼓勵我、支持我，直到今天還是這樣，可以說是四十餘年如一日的。所以我在一生的事業中受他的影響很大，得他的幫助也最多……」

梅蘭芳的敘述凸出了他和馮耿光之間朋友關係「純潔」的一面，卻隱蔽了歌郎和老斗之間關係的另一面……

3 年紀輕輕的「伶界大王」

梅蘭芳的姑母說他幼年時候「言不出眾，貌不驚人」其實不假，八、九歲至十一、二歲的「裙子」（梅蘭芳的小名）面貌不美，又不大聰明，教習覺得他有點「木訥」，只有啟蒙老師吳菱仙（時小福的徒弟）天天耐心地去教梅蘭芳，毫不灰心，那時候，梅蘭芳的姐夫朱小芬還抱怨吳菱仙說：「你不是白費事麼，難道說這樣的小孩，將來還可以吃戲飯（靠唱戲吃飯）麼？」（見齊如山《清代皮簧名角簡述》）可是，吳菱仙的功夫沒有白費，梅蘭芳日見起色，到了十六歲，面貌越變越美，嗓音也越來越甜、越來越亮——他不過是開竅晚了一點。

梅蘭芳的時運好，他適逢作為「娛樂業」的「堂子」走向衰敗的時期，這使他有可能避免了深入「歌郎」一途。他進入演藝界的時候，正是「後三鼎甲」打造的，看重京劇藝術的時代，同時，一板一眼的木訥的性格，也使他受益匪淺——使他沒有步「聰明反被聰明誤」的走紅歌郎王蕙芳的道路，而有機會選擇在藝術上展開自已的生命。

舊時評判演員的天分學力有六個方面：嗓音好、身材好、面貌好是天分；會唱、身段好、表情好是學力，天分是上天所賜，學力卻是需要自己努力的。

梅蘭芳天賦上乘：嗓子寬而亮、有膛音、有韻味，身材適中，面貌和扮相也符合理想的尺度。他對於事情的領悟能力卻不是屬於一學就會、一點就透、靈氣逼人的那一種，可是他卻是一旦銘記在心就能夠細心揣摩、舉一反三的人……他常常認定自己「很笨」，其實笨也有笨的好處。

梅蘭芳生活在祖父梅巧玲、父親梅肖芬的餘蔭之下，生活在名琴師、伯父梅雨田的輔佐之中，他從小家境貧寒，沒有養成紈絝的習氣，當時不少名伶都對「梅巧玲的孫子、梅肖芬的兒子」有過悉心的指點：同光十三絕之一，時小福的弟子吳菱仙為他啟蒙，教他學會了《二進宮》、《桑園會》、《三娘教子》、《三擊掌》、《二度梅》……三十幾齣青衣戲；外祖父楊隆壽的弟子茹萊卿教他武功和把子功，傳授給他武戲《木蘭從軍》、《乾元山》等等，而且還在四十歲後成為他的琴師；師事梅巧玲的舊派青衣泰斗陳德林，盡心竭力地教給他崑曲和青衣的身段、步位、唱腔……一遍一遍不怕麻煩，讓他學會了崑曲《遊園驚夢》、《思凡》、《斷橋》；曾經是「內廷供奉」的喬蕙蘭以及李壽山、丁蘭蓀向他傳授崑曲的身段、表情、做工、唱法；當時演出《貴妃醉酒》最叫座（使觀眾為他去看戲）的刀馬旦路三寶，教給他「銜杯」、「臥魚」的身段、醉酒的「台步」、看雁的「雲步」、執扇的「身段」、「抖袖」的程序……；武淨錢金福教給他小生戲如《鎮潭州》中的楊再興，《三江口》中的周瑜；崑旦李壽山教給他《風箏誤》、《金山寺》、《斷橋》和吹腔戲《昭君出塞》；王瑤卿為他教授過《虹霓關》……這一切都給了他博採眾長的機會。

從繼承傳統的方面來看，幸運的梅蘭芳趕上了「後三鼎甲」的靈魂——譚鑫培爐火純青的藝術晚年，並有幸與這個在年輩上是他的「爺爺」的老生泰斗同台演出，這使他受益非淺。

梅蘭芳在《舞台生活四十年》裡曾經詳細地談到自己第一次看譚鑫培的戲，如何體味了老譚的與眾不同：

我初看譚老闆（鑫培）的戲，就有一種特殊的感想。當時扮老生的演員，都是身體魁梧，嗓音洪亮的。唯有他的扮相，是那樣的瘦削，嗓音是那樣的細膩悠揚，一望而知是個好演員的風度。有一次他跟金秀山合演《捉放曹》，曹操出場唱完了一句，跟著陳宮接唱「路上行人馬蹄忙」，我在池子後排的邊上，聽得不大清楚。呂伯奢草堂裡面的唱腔和對句，也沒有使勁。我正有點失望，哪曉得等到曹操拔劍「殺家」的一場，才看出他那種深刻的表情。就說他那雙眼睛，真是目光炯炯，早就把全場觀眾的精神掌握住了。從此一路精彩下去，唱到《宿店》的大段二黃，愈唱愈高，真像「深山鶴唳。月出雲中。」陳宮的一腔悔恨怨憤，都從唱詞音節和面部表情深深地表達出來。滿戲園子靜到一點聲音都沒有，台下的觀眾，有的閉目凝神細聽，有的目不轉睛地看，心靈上都到了淨化的境地。我那時雖然還只有一個小學生的程度，不能完全領略他的高度的藝術，只就表面看得懂的部分來講，已經覺得精神上有說不出來的輕鬆愉快了。

在梅蘭芳的眼裡，譚鑫培的唱不是單純的唱，演也不是單純的演，而是名副其實地演唱，他的表演是從人物出發，注重揭示人物內心，而只有這樣的演唱，才會感人至深。他與譚鑫培合演過《桑園寄子》、《汾河灣》、《四郎探母》……一次次近距離的領略到老譚的藝術修養。

他也有幸趕上了風華正茂的楊小樓在舞台上的傳神表演，並且有機會和這位在年輩上是他的「楊大叔」的國劇宗師同台演出《霸王別姬》，他對楊小樓這樣敘述：

楊老闆的藝術，在我們戲劇界裡可以算是一位出類拔萃、數一數二的典型人物……他的嘴裡有勁，咬字準確而清楚，遇到劇情緊張的時候，憑他念的幾句道白，就能把劇中人的滿腔悲憤儘量表達出來。觀眾說他扮誰像誰，這裡面雖然還有別的條件，但是他那條傳神的嗓子，卻占著很重要的分量。所以他不但能抓得住觀眾，就是跟他同台表演的演員，也會受到他那種聲音和神態的陶醉，不得不振作起來……

在梅蘭芳的眼裡，楊小樓除了武功之外，他在舞台上的一行一動，他的道白、聲音和神態都能夠傳達出劇中人的心理內容，抓住觀眾和同台表演的演員。梅蘭芳說是：

（當時，正是京劇的全盛時期）生旦淨末丑，哪一行的前輩們都有他們的絕活，就怕你不肯認真學，要是肯學的話，每天見聞所及，就全是藝術的精華……

譚鑫培、楊小樓這二位大師，是對我影響最深最大的，雖然我是旦行，他們是生行，可是我從他們二位身上學到的東西最多最重要。他們二位所演的戲，我感覺很難指出哪一點最好，因為他們從來是演某一齣戲就給人以完整的精彩的一齣戲，一個完整的感染力極強的人物形象。

梅蘭芳從譚鑫培、楊小樓等前輩那兒懂得了，以聲容並茂的神韻刻劃人物是表演的關鍵所在，梅蘭芳慢慢地接受了不能死守門戶、勇於創新、博採眾家之長的理念，而且把這些有益的理念，逐漸貫徹到他自己扮演的戲曲人物心理、性格的多層次表現之中，並且開始開拓自己的與眾不同……觀眾立刻就敏感地注意到了這顆正在冉冉升起的明星……在他二十歲的民國二年（一九一三年），他的「人氣」已經直趨老譚和小樓。

《舞台生活四十年》中記錄了一位叫做言簡齊的觀眾在一九五一年感慨良深地回憶起四十年前在廣德樓看義務夜戲時的一件往事：

民國二年（一九一三年）的初夏，日子記不清了。我跟幾個朋友預先定好了一個包廂，同座還有紅豆館主桐五爺（那桐）。我進館子的時候，台上正是吳彩霞唱的《孝感天》，下來就是《黃鶴樓》，劉鴻聲的劉備，張寶昆的周瑜……

戲單上寫著梅蘭芳、王蕙芳合演《五花

洞》，戲碼正在《黃鶴樓》前面一齣。觀眾先以為是把兩個戲碼換了演的，那麼下面該是《五花洞》了。等到瞧見《盜宗卷》的太后上場，就知道不對了。《盜宗卷》是譚鑫培的張蒼、賈洪林的陳平、戴韻芳的太后、謝寶雲的張夫人、陸杏林扮張蒼的兒子，照習慣是不會唱在《五花洞》的頭裡的。那准是《五花洞》不唱了。登時台下不答應，騷動起來。人叢裡面亂哄哄地有許多人在自由發言，說：「為什麼沒有《五花洞》？為什麼梅蘭芳不露（不演出）？」您想樓上下都這樣嚷著說話，秩序還能好嗎？這情勢越來越嚴重，就連老譚的張蒼出場，也壓不下來。等他唱過兩場，台上貼出一張紙條，上寫「梅蘭芳今晚準演不誤」九個大字，這才算稍微平靜了一點。

在這種紛亂的情緒裡面，老譚也唱不痛快，把這齣《盜宗卷》總算對付過去。跟著王蕙芳扮的東方氏上場，台下又都嚷著說：「《五花洞》改了《虹霓關》，梅蘭芳又露了。」等梅先生扮丫環出場，觀眾是歡聲雷動，就彷彿有一件什麼寶貝掉了，又找了回來似的，那種喜出望外的表情，我簡直就沒法加以形容……

大軸是《殷家堡》，楊小樓的黃天霸、黃三（潤甫）的殷洪、錢金福的關太、王栓子（長林）的朱光祖、九陣風的郝素玉，搭配得非常整齊。可惜時間已晚，觀眾也都盡興了，有不少人就離座走了……

這場戲的戲碼，壓軸是老譚、大軸是楊小樓，梅蘭芳不過是倒第三，老譚和小樓早已經是多年的常勝將軍，偶像級的明星，觀眾居然因為「梅蘭芳不露」而騷亂，老譚和小樓竟然壓不住場，這使得「爺爺」和「楊大叔」都很沒有面子，那天，楊小樓唱完戲，一句話沒有說就走了，譚鑫培的心情也不亞於楊小樓……

這是老譚和小樓在「人緣」上第一次輸給了梅蘭芳。

一九一三年，二十歲的梅蘭芳作為「二牌」角色第一次跟隨王鳳卿去上海演出大獲成功，風頭甚至於超過了「頭牌」王鳳卿，他在報紙上被說成是「初到申獨一無二天下第一青衣」「環球第一青衣」……這樣的名頭雖然讓梅蘭芳覺得誇張太過得沒有邊際，但是上海的新奇，新思潮、時裝新戲仍然讓他興奮不已，回京以後他開始排演新戲。

在追逐新潮的社會氛圍中，梅蘭芳排演了穿老戲服裝的新戲《牢獄鴛鴦》；實驗了穿時裝的新戲《孽海波瀾》、《宦海潮》、《鄧霞姑》、《一縷麻》；創演了古裝新戲《嫦娥奔月》、《黛玉葬花》、《千金一笑》；翻新了崑曲《思凡》、《春香鬧學》、《佳期拷紅》、《驚醜》等等。

十八個月的改革實踐過去了，梅蘭芳的緊張、興奮、新異逐漸冷卻下來，回憶起前一段的日子，雖然靠著「梅蘭芳」三個字就已經具有的號召力，使他無論演出什麼戲都可以有「上座率」，新戲也的確吸引了一批求新求異的觀眾，可是他也失去了一批自己的老觀眾……他開始對於自己的實踐進行了實事求是的思考和評估，他得出了這樣的結論：

> 藝術的本身，不會永遠站著不動，總是像後浪推前浪似的一個勁兒往前趕的，不過後人的改革和創作，都應該先吸取前輩留給我們的藝術精粹，再配合了自己的功夫和經驗，循序進展，這才是改革藝術的一條康莊大道。如果只是靠著自己一點小聰明勁兒，沒有什麼根據，憑空臆造，原意是想改善，結果恐怕反而離開了藝術。

他的結論其實是「老生常談」，可老生常

談卻常常是「真理」。這個「老生常談」後來被他表述為「移步不換形」，一九五〇年曾經被批判為「阻礙京劇徹底改革」的「改良主義」理論。

唱戲、做人、做事、學術其實一理，世界上的道理也就那麼多，梅蘭芳是個藝人，文化程度連小學畢業都沒有，可是，他能有這樣的「見識」其實很了不起，這樣的「見識」比今天一些文化程度超高卻是急功近利的人高明得多——看來，「見識」與文化程度並不總是成正比的……

生性樸訥的梅蘭芳不是徒然升起的明星。他的「漸變」過程相當緩慢，從光緒三十年（一九〇四年）十一歲初次登台，一直到民國五、六年（一九一六、一九一七年）梅蘭芳開始接替前輩名旦陳德霖、王瑤卿，取得了與年長他兩輩、當時的伶界泰斗譚鑫培唱「對兒戲」的資格，成為撐持旦行的中堅人物……再到民國十年（一九二一年）他二十八歲時，才從唱配角、唱主角、唱堂會、灌唱片、會海派的一系列較量中，穩步地在京劇界確立了被公認的權威地位，標誌就是：一九二一年一月八日，梅蘭芳在名伶合作會演的「義務戲」中，成為了「壓軸」的主角。

辛亥革命後的一九二三年，紫禁城內的「皇廷」還存而未廢。這年的八月二十二、二十三日，在敬懿皇貴太妃整壽的時候，升平署按照老例「傳戲」，曾經的內廷供奉和新走紅的民間演員都被傳進皇宮承應演戲，那是紫禁城中的最後一次「承應戲」。民間藝人被調選進宮給皇家演戲，在當時仍然是一種不可多得的榮譽，那意味著對一個演員素質、技藝的全面肯定。

梅蘭芳與姚玉芙、善妙香搭檔合演了《遊園驚夢》，與楊小樓合演了《霸王別姬》。

次日，他得到了賞金三百元，成為新傳演

員中獨一無二的「狀元」，只有早已成名的升平署教習、內廷供奉楊小樓與他的賞金相同……

那時候譚鑫培已經去世，而梅蘭芳此次成為「狀元」、在皇宮中獲得「殊榮」，則意味著他在梨園的排行，已經上升到開始取代「伶界大王」譚鑫培，那一年他剛剛年屆而立，可以算得上是年紀輕輕。

一九二四、一九二五年，他與在清宮一同獲得衣料和文玩特賞的楊小樓、余叔岩，事實上已經成為又一屆雖無其名，但有其實的「新三鼎甲」，不過，與三鼎甲和後三鼎甲不同的是，「新三鼎甲」已不再是清一色的老生，男旦梅蘭芳的側身其間，開啟了「四大名旦」領先時尚的新時代。

關於「四大名旦」的來歷和排列，在八十年後的今天已經是眾說紛紜，有的說法還會與事實相去甚遠。

二〇〇二年，我在東京的「東洋文庫」，為了弄清楚辻聽花的事情去查閱《順天時報》時，特別注意到民國十六年（一九二七年），該報是否有過「群眾投票」選舉、排列六大名旦、五大名旦、四大名旦次序的舊事，查閱的結果如下：

這件事是由《順天時報》的一次「五大名伶新劇奪魁投票」選舉引發出來的。

《順天時報》是日本人辦的中文日報，光緒二十七年（一九〇一年）發刊於北京。負責新劇票選這件事的報社記者，名叫「辻聽花」，他是一個日本人中不折不扣的「戲迷」。

一九二七年六月二十日，《順天時報》開始「徵集五大名伶新劇奪魁投票」活動，報上說明活動主旨是：「本社今為鼓吹新劇，獎勵藝員起見，舉行徵集五大名伶新劇奪魁投票，請一般愛劇諸君，依左列投票規定，陸續投票，以遂本社之微衷為盼。」

五大名伶依次是：梅蘭芳、尚小雲、荀慧生、程硯秋、徐碧雲。每人名下舉例新劇四五出，以供投票者選擇。

到了一個月之後的七月二十三日，《順天時報》公佈「五大名伶新劇奪魁投票最後之結果」：

梅蘭芳的《太真外傳》當選，得票總計一七七四張

尚小雲的《摩登伽女》當選，得票總計六六二八張

荀慧生的《丹青引》當選，得票一二五四張

程硯秋的《紅拂傳》當選，得票四七八五張

徐碧雲的《綠珠》當選，得票一七〇九張

這次投票，不是票選「四大名旦」，而是票選「五大名伶新劇」，投票結果的名次是：

第一：尚小雲的《摩登伽女》

第二：程硯秋的《紅拂傳》

第三：梅蘭芳的《太真外傳》

第四：徐碧雲的《綠珠》

第五：荀慧生的《丹青引》

在七月二十三日投票結束，發表「五大名伶新劇奪魁投票最後之結果」的同時，辻聽花在他的戲評專欄《縹蒂花》（一八四期）上，為這次活動寫了這樣的「結束語」：

嗚呼五伶新劇之奪魁，現已確定，聲譽隆起。果爾則各劇場若一旦將此種當選新劇再行開幕，熱心演唱，深受各界人士之歡迎，倍蓰從前，不卜可知矣。

算是為這次炒作了一個多月的活動畫上了句號。

這次「選舉」的意義和過程，沒有今人敘述的那麼特別和嚴重，它只是當時無數次選名伶、排座次之中的一次，也可以說是作為媒體

的《順天時報》，為了引人注意而製造的一次「新聞」宣傳而已。

二〇〇四年作家出版社出版了《梅蘭芳畫傳》，其中對於「四大名旦」的稱謂和排列順序發生的來龍去脈做了清理：

> 「四大名旦」的稱謂是由天津《大風報》社長沙大風於一九二一年在《大風報》創刊號上首提（先指梅蘭芳、尚小雲、朱琴心、程硯秋，後改梅蘭芳、尚小雲、程硯秋、荀慧生）……
>
> 一九三〇年八月，上海的《戲劇月刊》首次以「四大名旦」之名舉行了一次有關梅、程、尚、荀的徵文活動，此活動名為「現代四大名旦之比較」，說穿了其實就是一個座次排名問題。綜合天資、扮相、嗓音、字眼、唱腔、台容、身段、台步、表情、武藝、新劇、舊劇、崑戲、品格等，比較結果是梅蘭芳以五百七十五分的總分名列「四大名旦」之首，其次是程硯秋、荀慧生、尚小雲。

如果《畫傳》所言不虛，再加上前面所述《順天時報》「五大名伶新劇奪魁」票選結果，關於「票選四大名旦」的事，就算是清楚明白，可以不再以訛傳訛了，也就是說，「四大名旦」的說法，首提於一九二一年的天津，確定於一九三〇年的上海，一九二七年北京《順天時報》的「五大名伶新劇奪魁投票」只是一個中間環節。

梅蘭芳為首的「四大名旦」的幸運之點是他們趕上了新舊交替的時代變遷。辛亥革命、五四運動和以後的社會變革，使社會和觀念都出現了近乎解體、但又醞釀著重建的狀態，也許正是這樣的失了章法、然而又顯得特別寬容的時代，充滿了各種生機和可能性，從而提供了使人的創造力和創新意識可以得到發揮的土壤，這與所謂「國家不幸詩家幸」是同樣的道理。梅蘭芳這個奇蹟是這個時代成就的，也是他自己成就的。

芙蓉草（趙桐珊）說：「梅大爺在台上的玩意兒是沒法學的。他隨便抖一抖袖，整一整鬢，走幾步，指一下，都滿好看，很普通的一個老身段，使在他的身上，那就不一樣了。讓人瞧了覺得舒泰。這沒有說的，完全是功夫到了的關係……」也就是說，梅蘭芳的藝術已經臻於化境。芙蓉草的說法與余叔岩評判楊小樓如出一轍。

確實，中正平和、中規中矩、不峭不險、沒有特點就是梅蘭芳的特點。

當然，如果你一定要追問他的特別之處，那就是他有著一種特別的氣度：高貴、大氣、從容，又不失神秘。

吳性栽說是：他虛懷若谷，謙謙君子，在舞台上儘管享盛名而不墜，作為一個藝術家和一個人，我覺得也是惟一不為盛名所累的。他不求特出，只求平凡，也許可以說，最高的藝術是從絢爛到平淡。他具備一切不平凡的美德，身體力行，終生不懈……

此言甚是。

4 「人緣好」的名伶

如果說梅蘭芳對於職業的勤奮好學、臨事不苟，處事與人為善、從善如流的品性，是他在藝術上取得成功的根本原因，那麼他的為人謙恭平和、器量弘深則是他一生都有人鼎力相助、一生平安的因由。

謙恭平和是他的一種態度，也是他為人的出發點，從年輕時候直到他成為名重一時的伶界大王，他都能夠始終是以別人的長處衡量自己的短處，從別人那裡吸取長處：

看完黃三（黃潤普）的戲，他說：「這位老先生對於業務的認真，表演的深刻，功夫的結實，我是佩服極了。他無論扮什麼角色，即使是最不重要的，也一定聚精會神，一絲不苟地表演著。觀眾對他的印象非常好，總是報以熱烈彩聲。假使有一天，台下沒有反映，他卸裝以後，就會懊喪到連飯都不想吃。」（見《舞台生活四十年》）看完王瑤卿的《悅來店》，他說：「王大爺的玩藝（表演藝術）咱們簡直沒法比。」（見唐魯孫《南北看》）看完小翠花上蹺表演《貴妃醉酒》，他說：「看過於老闆的醉酒，咱們這齣戲，應該掛起來（不再上演）了。」（見唐魯孫《大雜燴》）對於譚鑫培和楊小樓就更不用說了，每一次看完他們的演出，都會有不同的收穫……

他對其他伶人的肯定，都是真心真意的，正因為如此，他才能做到不斷地轉益多師，不斷地豐富自己。

他尊重所有的人：前輩名伶、同輩弟兄、晚輩生徒……用自己的方式——傳統而又充滿了人情味。

他生平最最尊重的人，就是與梅巧玲交情深厚的譚鑫培（他叫他「爺爺」）和小時候常常背著他上學的楊小樓（他叫他「楊大叔」），然而，在他的人望開始高漲，而譚鑫培已經夕陽西下的時候，卻在事先毫不知情的情況下，與譚鑫培唱了一出「對台」。

那是雙慶社在東安市場的吉祥戲園演出，老闆俞振庭要求梅蘭芳把新戲《孽海波瀾》分唱四天，每天再搭配一齣老戲，以演新舊搭配的「雙齣」增強號召力，俞振亭卻沒有告訴他，真正的原因是：他們碰上了老譚要在丹桂茶園演出，兩個戲園子相距不遠，俞振亭實在是害怕自己的雙慶社敵不過老譚的叫座能力——梅蘭芳並不知道這些情況，就答應了俞振亭的建議。

當時，梅蘭芳二十出頭，譚鑫培已經年近古稀；梅蘭芳風頭正健，老譚則無論身體和精力都已經是強弩之末；梅蘭芳新戲、老戲拼在一起，每天還演雙出，自然是號召力大、賣座好……這四天，吉祥戲園的觀眾擠不動，老譚雖然是打點精神，以貼演平時叫座的「硬戲碼」來應對小梅，可是丹桂茶園的上座還是掉下去幾成，最後的兩天就更是觀眾寥寥了……譚鑫培的傷心、無奈可想而知……

知道了這樣的情況以後，梅蘭芳心裡好生不安……幾天以後，兩個冰雪聰明的人在戒台寺相遇，梅蘭芳緊走幾步，雙手垂下，站在老譚旁邊恭恭敬敬地招呼一聲「爺爺」，譚鑫培是何等樣人？他很大度的拍了拍忐忑不安的梅蘭芳，笑道：「好，你這小子，又趕到我這兒來了，一會兒上我那兒去坐。」然後不改常態地與其他人打招呼——他顧及著自己的尊嚴……

梅蘭芳果然到老譚的住處（戒台寺的偏院）去看爺爺，祖孫兩個都沒有提「對台」的事情……是啊！誰都知道：舞台是無情的，觀眾只追捧年輕走紅的名伶……這件事之後沒多久，譚鑫培就去世了。

不知道是不是老譚的很快去世讓梅蘭芳更加不安和自譴，梅蘭芳在三十幾年之後，仍然沒有忘記這次錯在自己的「對台」往事，在《舞台生活四十年》中他說：

按說我跟譚老闆都是舞台上的演員，各唱各的戲，本來談不到要什麼你讓我躲的，可是這一次的情形有點兩樣。因為他在晚年，是不常出台的了。我正在壯年，唱的日子多得很。當他偶然露（出演）幾天，我不應該順著俞振亭的意思，用新戲老戲夾著唱的新花樣，來跟他打對台的。我不錯在答應俞振亭要求的時候，我是錯在譚老闆在丹桂貼演重頭戲碼以後，沒有跟俞五（俞振亭）交涉，變更我們預訂的計畫。其實等譚老闆唱過了，不是還可以讓俞五使上這個噱頭的嗎？我當時的確只顧了吉祥的營業，忽略了丹桂會受這樣大的影響。後來事實已經告訴我們，他那邊座兒不好，我還是咄咄逼人，不肯讓步。使這位久享盛名的老藝人，在快要結束他的舞台生活以前，還遇到這樣的一個不痛快。這無論如何是說不過去的……

在這件事之後二十年的一九三六年，梅蘭芳在第一舞台演出時，有人建議他的最高票價一定要定在一‧二元以上，超過正在吉祥戲院演出的楊小樓，意思是：如果梅蘭芳的票價高，賣座還能超過楊小樓，楊小樓就真的是敗下陣來了……這樣的爭上下、比高低，也是當時一種常見的「打對台」的方式。

已經處於全盛時期的梅蘭芳，堅決拒絕了這樣的建議——他無論如何也不想讓楊小樓下不來台……楊小樓當時五十九歲，已經進入老年，而梅蘭芳剛剛年逾不惑——或許是當年與老譚「對台」的事情依然還在他的心頭吧！

正在他顧念前輩名伶楊小樓，堅決不與「楊大叔」「打對台」的時候，他的年輕氣盛的徒弟程硯秋卻在中和戲院實實在在地與他打了一場「對台」……梅蘭芳以平和的心境，接受了徒弟的挑戰……結果，程硯秋在賣座上沒能勝出、在輿論上也沒有占到上風……對於此番師徒對台，旁觀者人言籍籍……當時的輿論，大多數習慣於以「事師之道」作為出發點來作道德判斷。

又過了十年，梅蘭芳與程硯秋在上海又不期遭遇了第二次對台，這一年梅蘭芳已年屆五十歲，而程硯秋正值盛年……此次的程硯秋或許是面對年老的師父內心感到了不妥和不安，特別先期到梅宅致歉，梅蘭芳依然心境平和，大度地寬慰弟子儘量發揮……結果是師徒打了平手——想要扳倒梅蘭芳，看起來也不那麼容易！

名伶們對於「打對台」的不同處理，透露出他們不同的人品和性情，雖然是「商場無情」可是人是可以「有情」的啊！對於一個「人」來說，「名」和「利」應該不是一切，這大概是梅蘭芳品性之中最可貴的地方。

在梅蘭芳的生命中，有兩種人一直伴隨著他，一是「同事」，二是「朋友」，對於一個出身梨園的藝人來說，同事和朋友的內容其實又很複雜：同台演出的同事，經常本來就是親戚故交，而台下研討戲曲的朋友，又常常是觀眾、崇拜者、利害相關的人，這是一個內容複雜、成分各異的群體……

說到常年合作的同事，梅蘭芳真是數不勝數：年輕的時候，他「陪著」爺爺譚鑫培、大叔楊小樓唱，成名之後，小生姜妙香、丑角蕭長華、劉連榮是陪伴輔佐梅蘭芳時間最長的綠葉，與梅蘭芳合作將近半個世紀，年長半輩的老生王鳳卿，開始是「提拔」梅蘭芳，後來是為梅蘭芳「跨刀」（次主角）多年，姨父徐蘭沅為他操琴二十八年，姚玉芙曾經是梅蘭芳的配角，謝絕舞台之後，與李春林一起幫助梅蘭芳處理對外事務，文公達、李斐叔、許姬傳都曾經為梅蘭芳司管宣傳和文書……他如：路三寶、王蕙芳、俞振飛、周信芳、王瑤卿、孟小冬、田際雲、俞振庭、李順亭、錢金福、王長林、楊寶森、程硯秋、尚小雲等等當時中國京劇的第一流名伶，都曾經是他的合作夥伴和同事……梅蘭芳遭逢了戲曲的全盛時代，他和一大批名伶共同造就了晚清至民國年間舞台上的絢麗多彩。

梅蘭芳的朋友也是多得數不勝數，他不僅能夠在忙碌之中，與各式各樣的人相處到善始善終，而且可以在關鍵時刻得到他們的鼎力相助，這不能不歸功於梅蘭芳天性中的與人為善和器量弘深所具有的極大的吸引力，這種吸引力可以使不同出身、不同文化、不同教養的人與他同聲相應、同氣相求，比如：

馮耿光（中國銀行董事）從仰慕他才、藝的老斗，變成維護他的朋友，五十年如一日，在梅蘭芳走出國門前往美國之前遇到困難的時候，馮耿光還為他籌錢十萬元。

齊如山（世家子弟、同文館學生）輔佐梅蘭芳不遺餘力，為他編戲、排戲、策劃出訪美國……合作二十餘年。

他如：李釋戡（留學日本、民國初年陸軍中將、行政院參事）、吳震修（留學日本）、黃秋岳（留學日本）、張彭春（哥倫比亞大學畢業、中西戲劇研究者）、余上沅（胡適學生、北大英文系畢業、曾經赴美研究戲劇）、費穆（電影導演）、羅癭公（光緒二十九年副貢、康有為的學生）……這些都是多年來圍繞在梅蘭芳的周圍，可以撰寫討論劇本、導演戲曲表演的人。

而曾經是北大學生的劇評家張厚載（張繆子）、京師大譯學館的學生張庾樓、張孟嘉、沈耕梅、陶益生、言簡齋，以及光緒元年恩科舉人易順鼎（實甫）、光緒三年進士樊增祥（雲門）等等也都是他的崇拜者和朋友……

在競爭激烈的舊時代舞台上，梅蘭芳度過了四十多年的舞台生活，他從始至終都是一個人緣好的朋友、口碑好的名伶。

5「恰到好處」的一生

梅蘭芳在圍繞著他的、有著不同的出身背景、工作經歷和不同文化修養的人的影響、薰陶、幫助下眼界大開，藝術品味也不斷地得到提高，梅蘭芳成為了走出國門的第一人：

一九一九年，第一次赴日本演出。

一九二四年，第二次赴日本演出。

一九二八年，第二次赴香港演出。

一九三〇年，第一次赴美國演出，帶回了

「文學博士」的頭銜。

一九三一年，第三次赴香港演出。

一九三五年，第一次赴蘇聯演出、第一次赴歐洲考察戲劇。

……

梅蘭芳成為了中國藝術的使者、代表和象徵……

一九四九年梅蘭芳五十六歲，他選擇了留在大陸。

建國之後，他被挑選成為「戲劇界的一面旗幟」，他被委以諸多的「重任」，一躍成為政府的官員：

全國政協常務委員

全國人大代表

中國文聯副主席

中國戲劇家協會副主席

中國戲曲研究院院長

中國京劇院院長

中國戲曲學院院長

……

在進入老年的時候，這些「榮華富貴」的桂冠和光環簇擁著他……

他可以免去舊社會藝人老景淒涼的命運（就像是余玉琴）；也可以不必晚年時候還要登台演出（就像是譚鑫培、楊小樓）；他還能夠在各種各樣的政治運動中平安無事（沒有像尚小雲、言慧珠、楊寶忠、葉盛蘭、葉盛長、奚嘯伯、馬連良一樣）……

梅蘭芳死在一九六一年，他睡在原本存放在故宮博物院、給孫中山準備的楠木棺材裡，死得安靜、清揚、瀟逸——那是周恩來總理建議，作價四千元賣給福芝芳的……

他埋在香山碧雲寺萬花山自家的墳地裡，他的第一個妻子（王明華）的旁邊，另一邊留下了福芝芳的壽穴……

《人民日報》和多家報紙在頭版發表了他

的巨幅訃告……

北京各界兩千餘人參加、陳毅副總理主持了他的追悼大會……

最最幸運的是，周恩來指示要修建的他的墓地還沒有來得及施工，文化大革命就開始了，當紅衛兵扛著工具衝向萬花山，準備挖掘梅蘭芳墳墓的時候，卻因為墳前尚未立碑，找不到確切的位置而無奈作罷，梅蘭芳終於沒有遭到掘墓鞭屍……

他的死後哀榮為伶人們親眼所見，他的不算長壽也曾經成為大家的遺憾，可是，到了此時此刻，那些度日如年、看著同類死無葬身之地的名伶們，才開始想到，梅蘭芳的死是多麼的恰到好處！

在從舊社會走到新中國的伶人之中，梅蘭芳一生都是幸運兒！

原載《程長庚・譚鑫培・梅蘭芳——清代至民初京師戲曲的輝煌》么書儀著，北京大學出版社二〇〇九年版

附錄五　一幀照片的五種說明

么書儀

一九二八年（民國十七年）三月七日，《北洋畫報》一六八期，刊登了一幅十二人的合影照片，題為「廿年前北京雲和堂十二金釵之合影」，文字說明是：

雲和堂為清末北京著名教坊，人才輩出，造就名伶不少。今日鼎鼎大名之梅郎，即發祥於此。其所關於梨園歷史掌故甚鉅。圖中（前列自右至左）小春林、梅蘭芳、姚玉芙、劉硯芳（中列）遲連和、未詳、小鳳凰、未詳（後

廿年前北京雲和堂十二金釵之合影
（原刊《北洋畫報》168期，1928年3月7日）

列）朱幼芬、姜妙香、姚佩蘭、羅小寶（不知名姓之二人，望閱者見告）。

一周之後的三月十四日，《北洋畫報》一七〇期，刊登了夏山樓主「見告」的文字，「關於十二金釵」：

閱本報雲和堂十二金釵圖，有未詳姓氏者二人，按中列左首者為曹小鳳，居妙香之下者，為姜妙清，係妙香之弟。此十二人中，梅郎已為伶界大王騰譽環球。妙香、玉芙亦梨園中有聲色者。劉硯芳係楊小樓之婿，倚重泰山，尚能一露頭角。羅小寶、遲連和和小春林、姜妙清均已物化。餘者率皆窮迫潦倒，無人稱道矣。

這裡的「教坊」，應當是代指妓院，「雲和堂」是當時著名的「堂子」，而「十二金釵」則是指上述十二名「歌郎」……如果想要說清楚上面涉及的辭彙和這兩段話的確切含義，對於一些歷史情況，需要作一些說明。

晚清乾隆時代的「四大徽班」進京之後，除了給京師舞台帶來了新劇目、新唱腔、新演員，從而引起了戲曲史上的變革和京城觀眾的極大熱情之外，還為京城帶來了一種新的娛樂行業——「打茶圍」，也叫做「逛堂子」。

嘉慶之後，京師來自徽州、蘇揚的名伶，多以堂名作為私寓的標識，比如，程長庚私寓的堂號為「四箴堂」，梅蘭芳的祖父梅巧齡私寓的堂名是「景和堂」。私寓除了是名伶的住處之外，還是「科班」，因為南方名伶的習慣是，在住處教授自己的子弟和招收的徒弟「在家學藝」，如同周明泰先生和齊如山先生所言：

當年伶人學藝，固有科班之設，惟老闆所

> 攜來之子弟，多為南籍，一因言語隔閡，不能入眾，二因嬌慣性成，不忍使之吃苦，故只好在家學藝，或自傳授，或請名師，俟學成時，即再另起堂號，以示能自樹立，遂亦收徒授藝，輾轉衣鉢相承。凡私房子弟，在未出師前，可以在某戲班中，借台練習，至出師後，亦可搭班售技，法至良而意至善也。【注】

這裡所說的「私房」也就是「堂子」。

由於徽班伶人不僅重視台上的演出，同樣重視台下的營業，所以，名伶除了在台上獻藝之外，還在自己的住處或者客人指定的酒樓、飯莊，開展接待客人來訪、侍宴、侑酒的收費服務，讓子弟和徒弟接待客人，陪歌、陪聊、陪酒。

這一行業出現之後，獲得了極大的市場。上層社會的達官顯貴、豪客富商、文人雅士都趨之若鶩。從事這一行業的年輕的伶人被稱作「歌郎」、「相公」、「像姑」；客人把這一娛樂叫做「打茶圍」、「逛胡同」、「逛堂子」；名伶的私寓也被稱為「堂子」、「像姑堂」。

這時，名伶的私寓就有了住處、科班、營業三項職能。後來，由於私寓作為「堂子」的「營業」職能越來越突出，所以私寓逐漸更多的被稱為「堂子」，而且，「堂子」二字，也逐漸成為侍宴侑酒行業的代稱，而且稍有了貶義。

這一娛樂行業由於利潤豐厚，曾經在一個時期成為非常看好的職業，發展非常迅速。從嘉慶、道光直到光緒末，「堂子」幾乎有一個世紀興旺發達的歷史，南城韓家潭以及周邊（後來稱為「八大胡同」）一帶，都是當時「堂

注：周志輔《枕流答問》（香港，嘉華印刷公司，1955年）頁46。

子」最集中的地方。

就像所有的娛樂業一樣，「堂子」之中，也出現良莠不齊的現象，「侑酒」之中，難免有不同程度的性服務存在，甚至形同娼寮妓館的最極端的現象也有出現。於是，「堂子」的聲譽，全體都受到損失……

民國元年（一九一二年）四月十五日，名伶田際雲上呈於北京外城總廳，請求查禁韓家潭像姑堂，「以重人道」。五天以後，外城巡警總廳刊登告示，全文如下：

> 外城巡警總廳為出示嚴禁事：照得韓家潭、外廊營等處諸堂寓，往往有以戲為名，引誘良家幼子，飾其色相，授以聲歌，其初由墨客騷人偶作文會宴遊之地，沿流既久，遂為納污藏垢之場。積習相仍，釀成一京師特別之風俗，玷污全國，貽笑外幫。名曰：「像姑」，實乖人道。須知改良社會，戲曲之鼓吹有功；操業優伶，於國民之資格無損。若必以媚人為生活，效私娼之行為，則人格之卑，乃達極點。現當共和民國初立之際，舊染污俗，允宜咸與維新。本廳有整齊風俗、保障人權之責，斷不容此種頹風尚現於首善國都之地。為此出示嚴禁，仰即痛改前非，各謀正業，尊重完全之人格，同為高尚之國民。自示之後，如再有陽奉陰違，典買幼齡子弟，私開堂寓者，國律具在，本廳不能為爾等寬也。切切特示，右諭通知。【注】

從這一天起，「堂子」就以「革命」的名義被禁止。「告示」對當時的「堂子」有了一個新的定位，那就是：它從風流文人的「文

注：張江裁《清代燕都梨園史料》（北京，中國戲劇出版社，1988）下冊，頁1243。

會宴遊之地」起始，已經演化成為「實乖人道」、「藏污納垢」的場所。這一帶有啟蒙思潮色彩的觀點，後來成為「主流社會」的「共識」。這一「告示」，明確劃分了「歌郎」與「優伶」的界限：前者是「以媚人為生活，效私娼之行為」，「人格之卑，乃達極點」的不堪的一群，後者是於鼓吹「改良社會……有功」；「於國民之資格無損」的「操業優伶」。這個界限所包含的內容和意義非常嚴重，於是「歌郎」「堂子」開始成為令人忌諱的字眼，特別是曾經做過「歌郎」的人，都不希望別人再舊事重提，畢竟人人都有「面子」。周圍的人（特別是愛護受到鄙視的「歌郎」，決心「維護正義」的人）也開始諱言「歌郎」「堂子」這些字眼，對於一些難以說清的往事，有時乾脆予以否認，斥為謠言。並且覺得只有這樣，才算是「心存厚道」。

瞭解了這些背景材料，或許我們就可以明白：《北洋畫報》三月七日刊登合影的文字說明的作者，使用「教坊」「金釵」這些辭彙，是仍舊將「堂子」等同於「妓院」，將「歌郎」等同於「妓女」。而夏山樓主的立場與前者則有不同，他的敘述之中，帶有同情和感傷，但是對於「教坊」「金釵」也沒有覺得不可容忍，或許這種類型的、並未遵從當時政治潮流的表述，至少在當時的《北洋畫報》，可能還是通行的做法吧?!

遠在二十世紀之初，梅家三代名伶的經歷是人所共知的故事：梅巧玲除了曾經是名伶、是「四喜班」班主，名列「同光十三絕」之外，他還是咸豐年間「醇和堂」著名的「歌郎」。同治年間，他已經「脫籍」，自己經營「景和堂」，成為「景和堂主人」【注】。梅巧

注：《清代燕都梨園史料》上冊，頁409、426。

玲的兒子梅竹芬（大瑣）、梅肖芬（二瑣）子承父業，也曾經是光緒年間走紅的「歌郎」，梅蘭芳的父親梅肖芬，在梅巧玲死後，成為「景和二主人」【注】……「景和堂」曾經是當時出名的「堂子」，門下走紅的歌郎不少，培養的著名伶人也不少。後來，「景和堂」在梅肖芬死後，由於家道中落而衰敗。

梅蘭芳從小在姐夫朱小芬的「雲和堂」學藝，人稱「梅郎」，作過「侑酒」的營生，也曾經是當時看好的歌郎……鳴晦廬主人的《聞歌述憶》中，就細細記錄了羅癭公、馬炯之與鳴晦廬主人一起，召請「梅郎」到「萬福居」的過程，以及鳴晦廬主人的「驚豔」的感受。當時，梅蘭芳尚在「髫年」……應當說梅巧齡、梅肖芬、梅蘭芳的成名，都不是僅僅與舞台相關，而且還都與「堂子」相聯。

不過，梅蘭芳的運氣好，他適逢作為「娛樂業」的「堂子」進入了衰敗，這使他有可能避免了深入「歌郎」一途；他趕上了「後三鼎甲」打造的，看重京劇藝術的時代，這使他有機會選擇在藝術上展開生命；同時，他的木訥的性格，也使他受益匪淺，他沒有得到太多的機會走上走紅「歌郎」王蕙芳的道路。

梅蘭芳德藝雙馨，尊敬他、愛護他的人不少，所以，他的在「雲和堂」學藝和作過「歌郎」的歷史，就在不同的時期、不同的地域、不同的「戲曲史」的敘述中，或彰顯、或隱蔽、或刪除，顯現出五花八門。同時，在民國以後，有關「堂子」在「戲曲史」上的存在，以及其他與「歌郎」「堂子」相關伶人的歷史，也同樣受到不同程度的「諱言」。

一九五二年，梅蘭芳的《舞台生活四十

注：《清代燕都梨園史料》上冊，頁807、671、676。

年》由上海平明出版社出版，梅蘭芳提供了那張曾經刊登在《北洋畫報》一六八期上的「雲和堂十二金釵之合影」，但是，說明文字已經有了很大的改變：

十四歲（一九〇八年）坐前排右起第二人，那年正式搭班「喜連成」。

梅蘭芳迴避了這張照片是「雲和堂」十二位歌郎合影的「事實」，卻強調了「十四歲」那年「搭班喜連成」。至於另外的十一個人是誰？他們是不是與「喜連成」有關？說明文字都沒有明示。

由於《舞台生活四十年》是口述實錄，所以它成為梅蘭芳舞台生活歷史的「權威」著作；也由於梅蘭芳在戲曲史上的特別的位置，所以《舞台生活四十年》也就成為戲曲史著作的「經典」和後來的「戲曲史」的藍本。

一九九〇年，魯青主編的《京劇史照》由北京燕山出版社出版。其中的「史照」部分，亦採用了「雲和堂十二金釵之合影」，「說明文字」被擬作：

姚玉芙（一排左二）、梅蘭芳（左三）、孫硯亭（二排左二）、姜妙香（三排左三）等於一九〇七年合影。

這裡的「說明文字」更加簡單，也更加乾淨：不僅刪除了「雲和堂」，而且也不拉扯「喜連成」，只是標示了合影的十二人中的四人的姓名。梅蘭芳之外，只剩下了三人，其餘「窮迫潦倒，無人稱道」者，均被略去。這入選的三個人（姚玉芙、孫硯亭、姜妙香）是不是出於「不會有損於梅蘭芳形象」的考慮呢？經過了這樣的「處理」之後，這張照片的歷史意義，除了「一九〇七年」之外，也就沒有什麼了。

一九九四年，金耀章主編的《中國京劇史圖錄》（河北教育出版社）面世，其中也採用了「雲和堂十二金釵之合影」，不過，「說明文字」更加簡單、明瞭：

梅蘭芳在喜連成科班（一排右二）【注】

這張照片的「說明文字」，延續了《舞台生活四十年》的方式，也是回避「雲和堂」，強調「喜連成」，比《舞台生活四十年》更甚的是，連「搭班」二字都去掉了，「在喜連成科班」這樣的模糊說法，很容易使人覺得梅蘭芳是在「喜連成科班」學藝。當然，我們也沒有理由猜測：這種語義不清造成的似是而非，正是「說明文字」作者的目的。

一九九七年，梅紹武主編的《一代宗師梅蘭芳》由北京出版社出版，在「投師學藝」部分，又收入了「雲和堂十二金釵之合影」，這張被放大了的合影，十二個人的面目都很是清晰。「說明文字」是：

梅蘭芳與幼年學藝時的小夥伴。

前排左起：劉硯芳、姚玉芙、梅蘭芳、王春林

二排左起：曹小鳳、孫硯亭、姜妙卿、遲玉林

三排左起：羅小寶、姚佩蘭、姜妙香、朱幼芬

這一「說明文字」的擬定，是《京劇史照》的方式，既掩埋了「雲和堂」也不去有意彰顯「喜連成」，而只是突出「幼年學藝」時的「小夥伴」。並且，把十二個人的姓名一一羅列清楚，甚至於比一九二八年的《北洋畫報》還要確切。

半個世紀以來，這張「合影」的四個「說明文字」，似乎是遵循著兩種思路在擬訂，但是原則卻是相同的，那就是：諱言「堂子」與梅蘭芳的關聯，當然，也就同時刪除了「堂

注：金耀章《中國京劇史圖錄》（石家莊，河北教育出版社，1994年）頁51、146。

子」與梅家三代的關係。

可是，事實上，作為娛樂業的「堂子」在中國文化史上，是一個重要的存在，這不僅因為它有將近一個世紀歷史，而且還因為，在當時，它曾經在社會生活中有過很長時間的轟動效應；而作為「科班」的「堂子」，在中國的戲曲史上，也是一個重要的存在，不僅因為它也有將近一個世紀的發展史，而且，還因為在嘉慶、道光直至光緒年間很長的一個時段裡，「堂子」與「科班」共存，一起擔當著培養造就戲曲藝人的職責。「堂子」作為「科班」的職能，在將近一個世紀的時間裡，也始終沒有間斷。正如周明泰先生和齊如山先生所說：

> 八十餘年，私房子弟，人才輩出，雖其間薰蕕同器，不免貽人以口實，但隱然占梨園中重要地位，則是事實，無可否認。【注一】

> 私房者，好腳個人之住宅也，招收徒弟，人數少，則自己教導，多則另請教師。這種出來的人才最多。一因師傅與教師，都是內行，教法當然不會錯。而因為在家中，招收徒弟，等於自己的子弟，待遇諸事較優。所以本界人的子弟，都願入私寓。因為想入的人很多，所以他挑選較嚴。凡收入的，都是優秀兒童。至少面貌秀麗，資質聰明，且多是戲界的子弟，都有些遺傳性，於學戲較近，所以人才輩出。光緒幾十年中，一直到民國初年，戲界的名角，這種人才，占極大的部分。【注二】

如今，一個世紀前的「堂子」早已經成為了「歷史」。對於在嘉慶、道光直至光緒時

注一：《枕流答問》頁51。

注二：《齊如山全集（三）》（台北，聯經出版社，1979年）《國劇漫談》頁52。

期，與「科班」共同承擔著培養造就戲曲人才，因而實際上是「戲曲史」一部分的「堂子」，包括與梅家三代以及梅蘭芳幼年學藝密切相關的「雲和堂」種種，在戲曲研究和各種戲曲史敘述中，繼續被減省、被忽略。直到八十年代以後的今天，當文學史上的很多被「諱言」的歷史，已經開始被還原、被開掘、被重新敘述的時候，「堂子」仍然是一個諱莫如深的話題。比如：二〇〇二年，徐凌霄（一八八六～一九六一年）的《古城返照記》由「同心出版社」出版，這是一九二八年徐氏在上海《時報》連載的「紀實」性質的小說，據說其中有關「堂子」的部分，被刪除了二十萬字。

看來，起始於民國初年的、對於「堂子」的「諱言」態度，一直延續至今。其實，這很可惜，等於是一些史料性的東西被掩埋掉了。

原載《程長庚・譚鑫培・梅蘭芳——清代至民初京師戲曲的輝煌》
么書儀著，北京大學出版社二〇〇九年版

附錄六

「梅蘭芳」：從「人民藝術家」到「男旦」

陳均

二〇〇七年二月一日，在《南方週末》的「往事版」上，出現了一篇名為《梅郎少小是歌郎》的文章，該文根據么書儀的學術著作《晚清戲曲的變革》中關於「男旦」、「相公」、「堂子」等方面的論述，敷演和揭諸了梅蘭芳作為「男旦」的往事，並極力渲染「男旦」與「男色」的關聯，「梅蘭芳的迅速竄紅，正是這種男色風尚的產物」。不久，黃裳分別在《文匯報》二〇〇七年四月二十五日、《南方週末》二〇〇七年五月三日「往事版」上發表《關於「梅郎」》予以反擊，並指責《梅郎少小是歌郎》一文的八卦心態，「尤為重要的是怎樣對待這些『史料』，是對被損害、侮辱者的同情和激憤，還是作為有趣的佚聞加以複述」。這或許是近些年來在中國著名的公共媒體上第一次討論「男旦」背後向來為人所諱言的歷史糾葛。

梅蘭芳作為京劇藝術的代表人物，已毋庸贅言。人們追溯京劇及「男旦」的巔峰，亦是以梅蘭芳等「四大名旦」為象徵。但是，《梅郎少小是歌郎》一文亦昭示了另一角度，即是梅蘭芳作為「娛樂圈」的「超級男聲」。作者將梅蘭芳的文化意義並不僅僅局限於京劇，而是將之投射到「以京劇為中心的近世娛樂史、風尚史乃至大眾精神史」、「晚清民初『娛樂圈』的現場及其語境」。

如此一來，在這一視角和演繹之下，「梅蘭芳」就成為「京劇」和「娛樂圈」互相疊加的雙重的文化象徵。如果在晚清民國之際，這兩個圈子還相去不遠，京劇為娛樂圈的中心之一（或「中國文藝娛樂業前史」）。但到了現今，京劇被視作高雅的小眾文化，甚而「非物質文化遺產」，且早已退居娛樂圈的邊緣。

因此，這一空間的變化，在對「梅蘭芳」這一象徵資本的開掘和消費上，亦產生了不同的路徑。在一九四九年之後，主流意識形態和戲曲界對於梅蘭芳的文化形象的建構，往往在於諱言或「洗白」梅蘭芳早年出身「堂子」、曾作「歌郎」（「梅郎」）的前史，而樹立一位「德藝雙馨」的「人民藝術家」的形象。在這一建構下，梅蘭芳不僅被中性化（或去「男旦」化），而且「男旦」與「男色」之間的歷史關聯也被隱藏起來，成為人所諱言的話題。黃裳的《關於「梅郎」》一文恰好以其親歷提供了一個「梅郎」是如何在新中國被遺忘，且被意識形態話語改造成「德藝雙馨」的「人民藝術家」的實際例子。

但是，在新一輪的以「男旦」為號召的大眾文化生產中，梅蘭芳作為男旦藝術的象徵，不僅被屢屢提及，成為被追溯、被比擬的對象，而且以往被掩蓋的「男色」內涵也被還原、被放大，並成為「男旦」這一概念被消費及運作過程中的文化符號。

譬如，二〇〇九年上映的電影《梅蘭芳》即是以「男旦」梅蘭芳作為賣點。如果對比陳凱歌導演的兩部電影《霸王別姬》和《梅蘭芳》，則更為有趣，在一九九三年拍的《霸王別姬》中，由張國榮扮演的程蝶衣即為「男旦」，亦據說是以梅蘭芳為原型，但在當時的宣傳中，「男旦」並未成為一個關鍵字。而到了二〇〇九年的《梅蘭芳》，「男旦」就幾乎成為梅蘭芳的一個主要身份，而且在諸多闡釋與報導中，「男旦」藝術這一形式與中國傳統文化勾連起來，成為中國傳統文化的精粹或代表。【注一】

在李玉剛以性別反串歌舞表演獲得二〇〇六年「星光大道」季軍後，便出現「前有梅蘭芳，後有李玉剛」之類的說法。而在二〇〇九年，日本歌舞伎大師阪東玉三郎演出崑曲《牡丹亭》時，在媒體上便出現了「日本的梅蘭芳」、「眉眼間，與梅蘭芳相似相通」、「玉三郎是繼梅蘭芳之後出現的亞洲戲劇又一奇蹟。他的表演具有一種無限接近自然的、接近無意識界的『透明感』，與梅蘭芳藝術的鮮明的『人間性』恰成對比。梅蘭芳與玉三郎猶如日月之交相輝映。」【注二】這樣的宣傳語。除此之外，當人們追溯起「男旦」的前生後世時，必定以「梅蘭芳」作為例證。在短短幾年內，梅蘭芳的文化形象發生了傾斜，甚至顛覆，從「德藝雙馨」的「人民藝術家」搖身變為「男旦」的代言人。

與大眾對民國時期京劇「男旦」之「男

注一：譬如電影《梅蘭芳》的編劇嚴歌苓就談到「它是一種很古老的藝術，只有像古代中國、古希臘和古羅馬這種有古老文化的地方才能產生。我總覺得古代人在性方面是大膽，很有想像力的。男旦是一種無奈的產物」，見《嚴歌苓：男旦有一種病態的美》，載《南方週末》2008、11、26。

注二：參見中日版《牡丹亭》製作人靳飛的新華網博客「前度佳公子」中的「牡丹新聞」專欄（網址：http://jiagongzi2.home.news.cn/blog/a/0101000001760868A27BDF77.html）

色」的關注點集中於「堂子」、「歌郎」、「相公」等情色業不同，現今之「男旦」的「男色」雖被發掘出來，但其「情色」內容卻往往被去除，而表述成「色相」或「扮相」來印證其藝術性或文化內涵。

在電影《梅蘭芳》中，雖然還原了作為「男旦」的「堂子」「相公」之語境，但卻以梅蘭芳之拒絕樹立了其不同於平常民國男旦的形象。這一安排或許並不符合歷史實情，卻是一種基於現實之上的建構，即如何在「男旦」與「男色」之間建立一種可供消費的關係，但又不超越作為現實存在的「男旦」的界限。

因而，「梅蘭芳」作為一個被消費的文化符號，實際上投射了處於現實世界中的「男旦」被大眾文化所消費的現狀。一方面，以「男色」而被想像成「一個特殊的神秘的群體」而在大眾文化場域中獲得一定的空間，另一方面，力圖消除「情色業」的想像而獲得其正面的文化形象。

節選自《「男旦」、「女同」與「昆曲」：近年來大陸戲曲文化生態剖析》一文，原載《空生岩畔花狼藉——京都聆曲錄》

陳均著，台灣秀威二〇一一年版

釀文學 PG0763

梅蘭芳
——穆儒丐孤本小說

作　　者　穆儒丐
編　　訂　陳　均
主　　編　蔡登山
責任編輯　蔡曉雯
圖文排版　邱瀞誼
封面設計　陳佩蓉

出版策劃　釀出版
製作發行　秀威資訊科技股份有限公司
114 台北市內湖區瑞光路76巷65號1樓
電話：+886-2-2796-3638　傳真：+886-2-2796-1377
服務信箱：service@showwe.com.tw
http://www.showwe.com.tw
郵政劃撥　19563868　戶名：秀威資訊科技股份有限公司
展售門市　國家書店【松江門市】
104 台北市中山區松江路209號1樓
電話：+886-2-2518-0207　傳真：+886-2-2518-0778
網路訂購　秀威網路書店：https://store.showwe.tw
國家網路書店：https://www.govbooks.com.tw
法律顧問　毛國樑　律師
總 經 銷　聯合發行股份有限公司
231新北市新店區寶橋路235巷6弄6號4F
電話：+886-2-2917-8022　傳真：+886-2-2915-6275

出版日期　2012年6月　BOD一版
定　　價　320元

Printed in Taiwan

國家圖書館出版品預行編目

梅蘭芳：穆儒丐孤本小説 / 穆儒丐著. -- 初版. -- 臺北市：
釀出版, 2012.06
面； 公分. --（釀文學；PG0763）
ISBN 978-986-5976-32-3（平裝）

857.7 101008042

讀者回函卡

感謝您購買本書，為提升服務品質，請填妥以下資料，將讀者回函卡直接寄回或傳真本公司，收到您的寶貴意見後，我們會收藏記錄及檢討，謝謝！如您需要了解本公司最新出版書目、購書優惠或企劃活動，歡迎您上網查詢或下載相關資料：http:// www.showwe.com.tw

您購買的書名：________________________________

出生日期：________年________月________日

學歷：□高中（含）以下　□大專　□研究所（含）以上

職業：□製造業　□金融業　□資訊業　□軍警　□傳播業　□自由業

□服務業　□公務員　□教職　□學生　□家管　□其它_____

購書地點：□網路書店　□實體書店　□書展　□郵購　□贈閱　□其他

您從何得知本書的消息？

□網路書店　□實體書店　□網路搜尋　□電子報　□書訊　□雜誌

□傳播媒體　□親友推薦　□網站推薦　□部落格　□其他__________

您對本書的評價：（請填代號　1.非常滿意　2.滿意　3.尚可　4.再改進）

封面設計____　版面編排____　內容____　文／譯筆____　價格____

讀完書後您覺得：

□很有收穫　□有收穫　□收穫不多　□沒收穫

對我們的建議：________________________________

請貼
郵票

11466
台北市內湖區瑞光路 76 巷 65 號 1 樓
秀威資訊科技股份有限公司　　收
BOD 數位出版事業部

....
（請沿線對折寄回，謝謝！）

姓　　名：________________　　年齡：________　　性別：□女　□男

郵遞區號：□□□□□

地　　址：____

聯絡電話：（日）________________（夜）________________

E-mail：____